ディスカヴァー文庫

滔々と紅

志坂圭

Discover

滔々と紅＊目次

滔々と紅

第一章

飢餓の村から

雨

わらじの紐《ひも》を結びなおそうと草むらに転がる石へ足を掛けた伊佐治《いさじ》は、それが地蔵菩薩《ぼさつ》の頭であることに気づき、とっさに足を引いた。

奥州街道、江戸日本橋より四十一番目の宿、小原田宿から脇路《わきみち》へと入り、一刻《いっとき》（約二時間）ほど歩いたころのことであった。

今は八月。月も半ばであるが冷たい雨ばかりがいつ止むともなく降りそぼる。平年であれば酷暑である。しかし、気温は一向に上がらず、『やませ』と呼ばれる湿って冷たい風が吹き荒れ、国中に深刻な凶作をもたらしていた。しかも、凶作は北へ行くほどすさまじい。江戸を出てここまで、いくつもの集落を通り抜けたが、日を追うごと目にする惨状は増すばかりであった。

山道を通り抜け、視界が開けたところで伊佐治は一息ついた。

わらじの紐を結びなおそうとしたときであった。横倒しになって草に埋もれた地蔵菩薩の頭に足を掛けていることに気づいたのであった。苔《こけ》が衣のように覆いつくそうとする様子から、地蔵は、もう長い間、倒れたままだれにも気づかれることなく埋もれていたにちがいなかった。荒廃しきり、神仏に願掛けすることすらあきらめてしまったのかと疲れた頭の中で哀れを嘆《なげ》いた。

伊佐治は草を掻き分けると地蔵を台座へと立てなおし、腰の道中刀を引き抜くと、地蔵の周りの草をざくりざくり刈りはじめた。決して手入れのよい刀ではないが、草を刈るに不自由はなかった。百姓の出である伊佐治の手際はよく、瞬《また》く間に周辺はぽっかりと開いて地蔵の姿が露《あらわ》となった。

刀を納めると懐から竹の皮に包《くる》まれた小さな包みを取り出した。

包まれていたのは一つの団子。かたくなってひび割れ、ところどころ黴《か》びているが、食うに食えぬこともなかろうと懐へ忍ばせておいたものである。

「うっかりしていたとはいえ申しわけねえ。せめてものお詫《わ》びでございます。これでご勘弁を」

団子を供えると手を合わせた。

連日の雨で三度笠（竹の皮などで編んだ笠）も道中合羽《どうちゅうがっぱ》（旅などに使用した合羽）も乾く暇なく饐《す》えた臭いを漂わせ、身体《からだ》へと重くのしかかっていた。この先、手《て》筈《はず》通り行くか案ずるばかりである。

歩を進め、しばらくし、ふと、背後に気配を感じて振り返ると、地蔵の前に人と思われる影が三つ。どこから現れたかボロ布を纏《まと》ったざんばら髪の何者かが、枯れ枝のような四肢を振り回し絡みあう。男か女かも判別できぬ者々が、今、伊佐治が地蔵に供えた団子を奪いあっている。

ひとりがそれを口へ放りこむと別の者がその口をこじ開けようと手をかける。唸る形相は人としての理性を喪失させているかのようであった。まさに風狂（狂人）。

去年の夏、東北のある地方まで足を延ばしたときには更なる凄惨な光景を目にし、人の業の深さを思い知らされた。犬、猫、鼠、蛙、蛇を食いつくし、松の木の皮、根を食いつくし、もはや口に入れるものがないと知ると風狂は同類へと襲いかかった。目にしたのは、人が人を殺し、その肉を貪《むさぼ》り食う姿であった。しかも、こともあろうに風狂の目は伊佐治へも向けられた。あやうく食われるところを命からがら逃げのびたのであった。人を食わねば死があるばかりだが、食えば人としての尊厳を失うことになりはしないか、人はどこまで許されるのかと疲れた身体の奥底で考えながら行く先を見つめた。

路《みち》の行く手に転がる屍骸一つ、二つ、三つ……行くにつれて数は増え、数えることが無意味と思われるほどとなった。

定期的に役人が見回り、屍骸を一ヶ所に集めてはいるようであるが、間に合わぬらしい。屍骸の山以外にも累々《るいるい》と散らばる。

屍骸には無数のカラスが群がり、肉を啄《つい》ばみ目を穿る。唇、鼻を引きちぎる。暗雲のごとく渦を巻くハエ。古い屍骸、新しい屍骸が累々と連なる。旅人を待ち、物乞いをしながら力尽きた周辺の村人であろう。性別さえもわからぬほどに腐り果て転がる。

伊佐治は思い出したように屍骸を見はじめた。物色すると言う方がよい。

目ぼしい屍骸をいくつか見つけると、懐から出した匕首《あいくち》を使って小指を丁寧に切り取りはじめた。良質のものは少なく、それでも手早く八つばかり仕入れると紙に包んで懐の奥へと突っこんだ。その場を離れるとき、手を合わせるのを忘れなかった。

先まで足を延ばして無駄になりはしないかと鬼胎《きたい》を抱くが、ここまで来たからにはもはや引き返すこともできぬと性根を据えて目の前に横たわる屍骸を一足で飛び越えた。

急に道中合羽が重くなった。てっきり息絶えて横たわっているとばかり思っていた屍骸が、枯れ枝を引っかけたように合羽をつかんでいた。骸骨に皮を被《かぶ》せてからくりで動かすような力ない生き物である。

それは腹の底から絞り出すような声で懇願した。

「お慈悲《じひ》はねえか……」

「何も持ち合わせちゃいねえ。勘弁してくれ」

伊佐治は道中合羽を無理やりに引き離すと視線を断ち切り、歩みを速めた。

どこまで行ってもそこかしこに屍骸が転がる。

カラスが伊佐治に気づかぬふりで死肉を啄《つい》ばむ。

一斉にカラスが飛び立つと同時に一匹の犬が路へと飛び出した。人の腕とおぼしき物をくわえ、威嚇するような目でちらり伊佐治を見ると先へと駆けて行く。

犬と入れ違うように路の先から男の姿が現れた。三度笠に道中合羽、背には大きな柳行李《やなぎごうり》を背負っている。どうやら薬売りのようである。

薬売りは伊佐治を見るとびっくりしたように立ち止まり、引きつったような笑顔を見せた。

「あんたは鬼か魔物か？　そうではないらしい。やれやれだ。ちゃんと生きた御仁《ごじん》もいなさるようだ。どうやらここは地獄横丁ではないらしい。お前さんに会うまで何度も地獄へ迷い込んだかと疑ったもんだ。……お前さん、この先へ行くのかね。だったら覚悟して行くんだな。いくつもの屍《しかばね》の山を見ることになるぜ」

「朝月《あさづき》村はこの先ですかね」

「朝月……二里（約八キロ）ほど先にそんな村があったような気がするが……その村も、ひょっとすると手遅れになってやしねえかね」

「それでも行かなきゃならねえんで」

「お互い、生きるためには難儀しますわ……それじゃお気をつけて」

「あんたもな。この先には屍の山もあれば襲いかかる餓鬼《がき》もいる。お守りと道中刀くらいは握っておったほうがいいですぜ」

案じてのつもりだったが薬売りは絶句したまま身を強張《こわば》らせた。


山路を抜けると空は広がるが、淀んだ空からは相も変わらず冷たい雨が降りそぼる。そろそろだろうかと気にしながら歩を進めると道標《みちしるべ》が立っており、刻まれた指形が朝月村の方角を指していた。

ひらけた土地へと出、山の中腹から小径《こみち》が村へと続いていた。歪《いびつ》な田畑がひしめき合い、取り巻くように粗末な家が二十戸ほど点在する。

平年であれば田圃《たんぼ》に稲穂が波打ち、畑には無数の作物が実り、風に揺れているはずであるが、その様相は皆目ない。畑は荒れ地と化し、田圃は雑草に埋もれる池と化している。種《たね》や種籾《たねもみ》まで食いつくせば翌年の収穫は絶望となる。異常な天候がはじまってはや五年。この村も全滅したかとの懸念を抱きながら村へと入った。

冷たい空気に同化するよう息を押し殺し気を探るが、人の気配を感じることはできなかった。どこからともなく死臭が漂うばかり。

伊佐治は村の入り口にある一軒の家の木戸を叩いた。

「鼠のお宿かい？」

耳を傾けるが、雨が萱葺《かやぶ》き屋根を叩くだけである。伊佐治は木戸を力まかせに引いた。

木戸が砂を噛んでいざった。饐《す》えた臭いが冷たい風と共に流れ出てきた。家の奥に腐った死骸が二つ三つあるにちがいなく、この家族も全滅したらしいと思った。

隣の家へと視線を移したとき、ひとつの気配に気付いた。確かに人の気配である。崩れた土壁の隙間からじっと伊佐治の様子を窺う者がいる。

驚かさぬよう気を配りながら家に近づき声をかけた。

「ほう、鼠じゃなかったか。達者な者もいるようだな。安心したぜ。ちょっと訊きてえことがある」

木戸をぎこちなくあけて出てきたのはコオロギのような子供。手足は痩せ細っているが、腹だけが異様に膨らんだ五つか六つの男児である。髪はぼさぼさ、顔は垢《あか》、埃《ほこり》、涎《よだれ》、青洟《あおばな》で固まり、蓑虫《みのむし》のように纏《まと》った着物は染みに塗《まみ》れていた。

コオロギは臭気を放ちながら飛びだしそうな目で伊佐治を見上げた。

「坊主、ひとりか？」

コオロギは青洟を舌先で舐《な》めながら今にも折れそうな首でコクリと頷《うなず》いた。

言葉は通じるようで安心した。このような惨状の下《もと》では気のふれる者も多い。

「幸助《こうすけ》さんの家はどこだ？　この村に住んでいるはずなんだが。住んでいたといったほうがいいかもしれんが」

コオロギはきょとんとした顔で伊佐治を見つめた。伊佐治は訊き方を変えた。

「駒乃《こまの》という、お前よりちょっと年上の女の子がいる家だ。知っているかい？」

コオロギは黙然《もくねん》と一軒の家を指差した。

雲が一層厚くなり、夕暮れのように暗くなった。雨脚も、にわかに強くなった。まだ昼の八ツ（午後二時）前である。

家の中に人の気配があり、木戸をあけると、薄暗い三和土《たたき》に白い足がぼんやりと見えた。白い足を上へたどっていくと娘の横顔があった。上框《あがりかまち》に腰掛けた娘は空疎な面《めん》を伊佐治へと向けた。頬《ほお》は削《そ》げたようにこけ落ち青白く、目はぎょろりとし、生気はあるものの、その奥に子供らしい光を垣間見ることはできなかった。髪が丁寧《ていねい》に結われていたことがわずかな慰《なぐさ》めであった。かたわらに行李《こうり》と菅笠《すげがさ》、蓑《みの》を置き、手には手っ甲をはめ、既に旅支度《たびじたく》は整えられていた。

「お前さんが駒乃か？　遅くなってすまねえ。幸助さんはいるかい？」

奥の間の襖《ふすま》がガタゴト開いて、生きていることが奇っ怪なほどに痩せ細った女が這うように現れた。女は肩で息をしながら喘《あえ》ぐように言った。

「幸助の家内のヌ衣です。もうご存じと思いますが、ご覧のようなありさまで……」

「今はどこも同じですわ。生きているだけで立派ですわ。……幸助さんはおられますか？」

「幸助は二ヶ月ほど前に姿を消しましたがね」

「……ですが、この様子を見ると、気持ちに変わりはないとお見受けしましたが」

「へえ、この子はもう旅支度ができております。早く連れていっておくんなさいな」

旅の前に少しでも体力をつけさせようと娘には何かしらの食い物を与えていたようであるが、今時、この村に糊口《ここう》を凌《しの》ぐ術《すべ》があるとは思えなかった。

伊佐治は懐《ふところ》から油紙に包まれた証書を取り出しながら訊いた。

「何を食ってたかね？」

「人様に言えるようなものは口にしておりませんがね」

ヌ衣は苦しそうに言い喘いだ。

「この村も随分、人が減ったようだが、他にも生きている者はおるのかね？」

「幾人かは生きているようですがね。半分はもう去年までに死にましたがね。生きてる者は鬼になって生きながらえたですわ。口に入るものはなんでも入れましたわ。動けるうちに村を出た者もいますがね、村を出る力がない者だけが今、ここに残っておるということです」

「あんたも、この村を出たほうがいい。ここを出て西に行け。運がよければ御救小屋へたどりつけるやもしれん。保証はねえが。ここにいても死ぬのを待つだけだ」

「出られるものならとうに出ておりますがね。子供がいてはそうはいきません」

「この家にいるのは、この娘《こ》を除いてあんたひとりかい？」

「向こうの部屋にこの娘の弟がひとり寝ておりますが、もう歩くこともままなりません」

「渡したいものがある。まずは済ませることだけ済ませねえといけねえ」

奉公人請状《ほうこうにんうけじょう》（雇用契約を記した書状）。縦一尺強、横三尺ほどの書状には概《おおむ》ね以下の内容が記される。

《八月十三日。名、駒乃。年齢、九歳。出生、奥州（福島県）田村郡朝月。身代金《みのしろきん》八両二分《ぶ》、年季《ねんき》二十八歳八月末日迄《まで》……
一、この期間中において生命、身体にいかなることが起こっても異議申し立てはなく、補償も受けないこと。当人が仕出かした不始末は賠償すること。
二、鞍替《くらが》え、身請《みう》けがあること。
三、怪我《けが》、疾病《しっぺい》、死亡の際の費用は自己負担であること。自己負担できぬときは親族が負担すること。
四、逃亡の際の捜索費用、及び借金は親族が負担すること……》
縷々《るる》。

御定書《おさだめがき》（江戸時代の法令）により人身売買は禁じられていたため建て前は奉公である。金を前借して一定期間の労務を約束する年季奉公契約となっていた。

ヌ衣は手に取ると文面に目を凝らした。

伊佐治は駒乃を見た。駒乃は茫乎《ぼうこ》とした目で三和土の隅《すみ》の暗がりを這《は》うナメクジを見ていた。このナメクジには親、兄弟はいるのかの？　この先、どこへ行くのかの？　涙さえ流さず、歯を食いしばったまま木偶《でく》のように沈黙し、行く末のわからぬ自らの身の上と重ね合わせているようであった。

「お前さん、腹は減ってねえか？　これから夕方まで歩くことになる。途中でぶっ倒れられちゃかなわねえ」

駒乃は相変わらず無表情で三和土の隅のナメクジを見つめていた。

「鹿の干し肉だ。食いな。精をつけておいてくれ」

肉を差し出すと駒乃は初めて表情ある顔を向けた。

手に取ると駒乃は固い肉を、音を立てて噛み千切った。

「ヌ衣さん、あんた、文字は読めるのかい？　読めねえのにいつまで請状を見てても埒《らち》があかねえ。いいからそこに名を書いて判を押してくれねえか。ここを出れば、請状なんて意味のねえものとなる」

請状などというものは形式であり、交わさないことのほうが多い。だが、ヌ衣にとってはただの請状ではなく、駒乃との終生の決別状であったかもしれない。ヌ衣には請状の内容よりそれに判を押すことの意味が重くのしかかっていた。

見つめるばかりのヌ衣だったが、渡された筆で示されたところに震える手で『ヌ衣』としたため、剃刀で親指を切って血判を押した。

「じゃあこれと引き換えに八両二分だ」

たとえ金があっても買う食い物がない。僻地《へきち》で娘を売るということは金が目的というより、口減らしが目的である。死なせるか売るかの選択であった。

「ここに五日分の食い物がある。餅と干し肉だ。子供と分ければ三日分くらいにしかならねえが腹の足しにはなるだろう。この食い物と、金を持ってこの村を出な。そうすればお前らも助かるかもしれねえ。生きていればいつかまた会えるかもしれん。言うまでもねえが、死んだらそれっきりだ」

ヌ衣は聞こえているのかわからぬ様子で出された餅と干し肉、八両二分の金を見つめていた。

「路《みち》を訊きてえ。笹川宿へ出るに一番近い路はどの路だね」

ヌ衣は我に返って応えた。

「街道へ出るのでしたら日和田《ひわだ》宿の方が近いですがね」

「笹川宿で人と落ち合うことになっているんで、日没までに行きてえ」

「だったら、この家の裏山の脇を抜けて山路を抜けるといいです。この娘が知っておりますので、案内させるといいです」

「好都合だ。気掛かりがひとつある。山賊は出ねえか？」

「山賊はもう山を下りて、人っ子ひとりいねえです。ですが、山犬が出るかも知れねえので気をつけてくださいな」

「どちらにしても遅くなると物騒だ。そろそろ出発するが、別れの盃はすんだか？」

駒乃とヌ衣はお互いに顔を見ることもなくあらぬ方を見ていた。顔を見れば決意が揺らぐことはお互いにわかっていた。

そのような光景を嫌というほど見てきた伊佐治は「行くとするか」と、引導を渡すかのように言うとひとり外へ出た。

時がたった。雨はひとしきり強くなり、笠に叩きつける雨音は骨の髄《ずい》まで響いた。

伊佐治は身じろぎもせず時を待った。

どれほどかたったころ、菅笠《すげがさ》を被《かぶ》り、蓑《みの》を着けた駒乃がのそのそと出てきて伊佐治の前に立った。無表情で俯《うつむ》き、雨の雫《しずく》を見つめているようであった。

「別れはすんだようだな。言うまでもねえが、生きることが肝心だ。生きていれば、いつか会える」

慰めにもならぬが伊佐治にはこれ以外の言葉は思い浮かばなかった。

駒乃は伊佐治を見上げた。悲しげでありながら軽蔑を含む眼差しであった。

伊佐治は抗《あらが》うように言った。

「腹を括《くく》りな。お前さんがこれから行くのは地獄でも極楽でもねえ。江戸は吉原《よしわら》だ」

駒乃は顔色も変えず伊佐治を睨《にら》みながらも、硬く閉ざしていた口をはじめて開いた。喉の奥で何かが絡《から》まり、震えるような声だったが強い意志を含んでいた。

「お前、女衒《ぜげん》（人買いを職業とする者）じゃろ。女衒は人間のクズじゃとおっ父《とう》が言《ゆ》うておった」

しばらく見下ろした後、伊佐治は返した。

「お前の父ちゃんの言うとおりだ。お前の父ちゃんは正しいが、もう生きちゃいまい。山犬の腹に収まっていなさるころだ。たとえクズであろうと生きてる者の勝ちだ」

駒乃は奥歯を食いしばると伊佐治の向こう脛《ずね》を蹴った。

慶長十七年（一六一二年）、庄司甚右衛門《しょうじじんえもん》は幕府に対し、傾城《けいせい》町築造を願い出た（傾城とは、美女に入れあげると城や国を傾かせるという中国の故事に由来する）。これにより傾城町設置の沙汰《さた》が下り、葺屋《ふきや》町の二町四方が与えられた。これが吉原遊郭《ゆうかく》のはじまりとされる。このころの遊女の数は千余名。

江戸はこの後、急速に発展し、吉原という悪所が江戸の中心であることを懸念した幕府によって移転が命じられた。

明暦二年（一六五六年）、浅草浅草寺《あさくさせんそうじ》北の日本堤《にほんづつみ》、通称浅草田圃《たんぼ》と呼ばれる地が候補地となり、元吉原の五割増しの面積を許可されることで移転に承諾。これにより日本最大の色里が公許《こうきょ》となった。天保のころには六千を超える遊女が籍を置き、もっとも多いときには七千を超える遊女が身を売りながら生活していたといわれる。

葺屋町一帯が葦《あし》という植物の群生地で、葦の原から葦原と呼ばれ、葦は『悪《あ》し』につながり縁起悪とされ、転じさせて『良し』とし、吉原と命名したといわれている。移転以前を『元吉原』、移転後を『新吉原』と称す。

奥州田村郡朝月村から、江戸まで約六十里。大人の足であれば一日十里から十二里の移動が可能であるが、子供の足が絡むと簡単に事は運ばない。一日七里半が限度である。その距離を歩いて八日目で江戸入りの手筈となる。まずは仲間と落ち合うため笹川宿まで行く。笹川宿までは三里半である。

駒乃は伊佐治の前を行った。歩き慣れた路とあって駒乃の歩調は意外なほど軽かった。雨音と足音、伊佐治の耳にはそれに混じって声が聞こえていた。しゃくり上げる子供の声。蓑《みの》を着た駒乃の背中がかすかに震えていた。

雨は小降りになったものの相変わらず降り続いていた。

夕暮れ近くになってようやく奥州街道へと出ることができた。日出山宿の少し手前であった。次が笹川宿。どうやら刻限までに目的地へたどりつけそうだと伊佐治は安《あん》堵《ど》した。

天保八年（一八三七年）。駒乃、このとき九歳。文政十二年（一八二九年）、父幸助、母ヌ衣の間の七人姉弟の長女として朝月村に生まれた。幸助は一反（約三十一・五平方メートル）ほどの田圃を所有し、米を主に作る小百姓で、二代前からこの地へ移り住み、少しずつ田畑を広げてきた。ヌ衣も家事、子育てのかたわら百姓を手伝った。元々痩《や》せた土地で収穫は少なく、一反の田圃で三俵の米を作るのが精々で、生活は困窮を極めていた。山肌を耕し、わずかな土地でイモ、カボチャを作ったが、生活に上向く気配はなかった。

冷夏は五年前にはじまっている。村人たちはそれ以前から不順な天候に懸念を抱いていたが、ここまでの凶作を予想する者はいなかった。

冷夏に長雨が重なり、弱った稲に病気が追い討ちをかけ、最初の年で収穫は半分となった。翌年、一時的に天候が回復したかと安堵したのも束《つか》の間、見計らったかのようにウンカが大発生した。空を覆いつくすがごとく発生したウンカは育った稲を食い尽くした。これによりこの年のこの村の稲は全滅した。

飢饉がはじまって二年目、一番下の弟が流行《はや》り病で死に、翌年下から二番目の弟も亡くした。一昨年、去年と相次いで妹と弟が生まれたが、ふたりともその日のうちに間引かれた。先月、下から三番目の弟と父親の幸助が姿を消した。残ったのが母親のヌ衣と長男の松吉、そして駒乃であった。

宿

駒乃は、さすがに疲れた顔を見せた。涙はもはや涸《か》れていた。埃と垢に塗れた顔には二筋《ふたすじ》の跡が残った。

「もう少しだ、辛抱しな」

「腹すいた」

駒乃は村を出てからはじめて口を利いた。伊佐治はわずかに笑った。しかし、笹川宿でも食い物にありつけるとは思えなかった。ここ十里四方での食い物の調達は困難を極めていた。金はあっても食い物がない。銭を懐に抱いたまま野垂れ死にする者も多い。宿は素泊まり、つまり、夜露を凌《しの》ぐだけとなる。

笹川宿へ到着したが、食い物屋の木戸はすべて閉まっていた。木戸の前には蹲る《うずくま》無数の影。物乞いである。通行する者を見咎《みとが》めると足元へ山蛭《やまびる》のごとく這《は》い集まった。

伊佐治は道中刀に手を掛けると駒乃の手を引き歩調を速めてその場を通り過ぎた。掛行灯《かけあんどん》に『笹屋』の文字を見つけて入った。待ち合わせの旅籠《はたご》である。

わらじの紐をほどきながら「伝七という男は来てるかい？」と旅籠の主人に訊いた。

「へえ、お待ちかねでございます」

「間に合ったようだ。ところで、食い物はあるかい？」

「いえ。何分《なにぶん》このご時世でございますから……」

期待していなかったとはいえ、当然のような顔で言われて腹の虫が収まらなかった。

「茶くらいは出るんだろうな」

「へえ、茶くらいは出せますが」

「それで二百文は高けえな。この娘とふたりで百五十文に負けな。食い物がねえのなら木賃宿と変わらねえ。負けねえのなら用を済ませたあと、他へ行くが」

旅籠の主人は困ったような面を浮かべたが、「へえ、承知しました」と言い、すすぎの用意をさせた。

女中が伊佐治の足を洗い終わったとき、背後から聞き覚えのあるダミ声がかけられた。

「よう伊佐治、手筈どおりだな。相変わらずきっちりした野郎だ」

声の主は伝七であった。ずんぐりした体躯に日焼け面、不精髭に頬の傷。いかにも女衒でございといった風貌である。

「それだけが取柄でな」

「お前さんの玉はその娘かい？　六つか七つってところか、大した金になりそうもねえな」

「この娘は駒乃だ。九つだ。お前さんの方はどうだい」

「ちゃんとふたり、上の部屋に待たせてるぜ。早く上がって引継ぎを頼みますわ」

「えらくせっかちじゃねえか」

なにを企んでいるのかと勘繰《かんぐ》りを入れてみた。伝七は、それを見透かしたように言った。

「なんでもねえ。すぐに立ちてえんで。一刻でも早く連れて来て欲しいって客が首を長くして待っているんで、今日中に杉田宿《すぎたじゅく》辺《あた》りまでもどりてえんで。わしらの稼業は今の飢饉の時期が書き入れ時だ。稼げるときに稼いでおかねえと食いっぱぐれちまうでな」

部屋へ上がると伝七が連れてきた娘がふたり、部屋の隅で身を寄せ合うように座っていた。ひとりは里《さと》、十一歳、もうひとりは鈴《すず》、十二歳。

「そっちの里は顔色が悪いようだがだいじょうぶかい？」

「ちょっと疲れただけだ。ふたりとも出羽《でわ》（秋田）から五日ぶっ通しで歩いてきたんだ。疲れくらいは出るわ」

「そうかい、それだけだったらいいが」

伊佐治は伝七から奉公人請状を受け取り、確認し、引継状に署名して渡した。滞《とどこお》りなく取り交わしがすむと伝七はふたりの娘に向かって、「お前らとは今日でお別れだ。明日からはここにいる伊佐治さんと江戸へ向かうんだ。短い付き合いだったが、元気でな。見送りはいらねえよ。総屋《ふさや》の頭《かしら》、九兵さんによろしく伝えといてくれ」と簡単に別れの口上を述べると、薄ら笑いを浮かべながら部屋を出て行った。

どうも腑《ふ》に落ちねえと伊佐治は思った。明朝立ってもそうは変わらないはずである。

「お前さんら、なにかされたかい？」

ふたりは首を横へ振った。売り物に手を出すのは掟破りで、その代償が大きいことは伝七も知っている。

宿場には幕府黙認の私娼を置く旅籠屋が必ずといっていいほどあり、我慢できず女でも買いに行ったかと思った。茶を運んできた宿の主人に、伝七が宿賃を払っていったかと訊いたところ「へえ、明日の分までもらっておりやす」とのこと。そう悪い奴でもなさそうだと思い直した。

どんな状況であろうと子供はすぐに仲良くなる。三人の娘は身を寄せ合うようにして小さな声で話をした。聞き耳を立てるまでもなく、どこから来たかとか、家族のこととか、村の様子とか、他愛のない話である。

「明日は根田宿辺《ねたじゅくあた》りまで行きてぇ。今日はゆっくり休んでおきな」

足元がぬかるむ上に山道を行くこととなる。娘三人を連れての道中は難儀この上ない。

伊佐治が横になり、うとうとしはじめたころ、「女衒のおじさん」と不意に駒乃が呼んだ。「この子、だいぶ辛そう」

伊佐治が里に目を移した途端、里は崩れるように身を横たえた。全身に汗を噴き、歯の根が合わぬほど震えている。額に手を当てると熱がある。迂闊《うかつ》だったと自分の甘さを悔いた。

「あの野郎、これを怖《おそ》れていやがったか。なにか言われたか？」

鈴が小さな声で応えた。

「俺が出て行くまで、元気な振りをしろって。俺がいるうちにぶっ倒れたらただじゃおかねえぞって脅されて……昨日から熱があったんです。なにも食べずに無理してここまで連れて来られたんです」

宿の主人に熱さましの薬はあるかと訊ねたが素っ気ない返事が返されただけだった。たらいと手ぬぐいを借りると伊佐治は里に付きっきりとなった。ふたりの娘には餅と干し肉を与え、食ったら寝ろと命じた。

湿った薄っぺらな布団に寝かせるだけで病状がよくなるとは思えなかった。だが、それ以外になんの手立てもない。手ぬぐいを水に浸し、里の額に乗せ、様子を見た。

しかし、熱が下がる様子はなく、呼吸は荒くなるばかり。伊佐治は駄目かもしれぬと思った。

ろくな物も食わされず、長い道程を歩かされ、その疲労と心労は相当なものだったはず。患っても何ら不思議ではない。

里は明け方、息を引き取った。

宿の朝、勝手場の方で物音がはじまった。とは言え、朝餉《あさげ》の支度《したく》をするわけでもなく、湯を沸かして掃除をするだけである。

駒乃と鈴が目を覚ます前に伊佐治は里の亡骸《なきがら》を抱えて階段を下りた。下りたところで宿の主人とかち合った。

「この近くに寺はあるかい？」

「寺ですかい？　裏の路を真っ直ぐ行ったところに照念寺がありますが。どうなされたんで？」

「朝方、押《お》っ死《ち》んじまったよ。呆気ねえもんだ」

主人は手を合わせると念仏を唱えた。

雨は上がっていた。しかし、曇天は遥《はる》か彼方《かなた》まで続いていた。

照念寺の山門まで里の小さな亡骸を運んだ。

門前に亡骸を下ろし、手を胸の上で組ませると帯の間に一分銀をひとつ入れた。かたわらには筵《むしろ》に包まれた大小の骸《むくろ》が三つばかり転がっていた。亡骸の始末は寺にまかせるだけである。里は、旅の途中で行き倒れた無縁仏として戒名《かいみょう》もなく葬《ほうむ》られることとなる。

伊佐治は里の顔を見た。幼いきれいな顔、力なく緩んだ顔、なんのために生まれてきたかわからぬ顔、夢や希望もあっただろうに呆気なく絶たれた哀れな顔。さまざまな顔が重なっていた。弔いにはなるまいがその顔を心に留めてやろうと思いながら手を合わせてその場を離れた。

代わり映《ば》えのしない朝餉、ないよりはましの餅と干し肉。ふたりの娘と伊佐治は、それを時をかけて噛み、白湯のような茶で喉の奥へと流し込んだ。

食う物は食わせるのが伊佐治のやり方である。女衒の中には伝七のように儲けを増やそうと食費まで削る輩《やから》もいる。

駒乃も鈴も里のことはなにも訊かなかった。訊かなくともわかっていたし、訊くことが怖かった。次は自分の番かもしれないとの思いがあった。

笹川宿を出た伊佐治と駒乃、鈴の三人は五日目に古河宿にたどり着いた。時折、陽は差すものの晴れ渡ることはなかった。湿った冷たい風ばかりが吹きつけた。

江戸に近づき、三人旅に慣れてくると行李の餅や懐の小指が黴びねえかとそればかりが気になった。餅はいいが小指だけは無事に持って帰りたかった。

ここまで来れば、食い物は手に入る。しかし、値段は馬鹿にならない。人の足元を見るあくどい商売が横行している。通常の五倍、十倍と値をふっかける輩も多い。

一行は旅籠に入った。旅籠は相部屋となっていて、屏風《びょうぶ》でいくつかに仕切られた割部屋である。伊佐治は旅の疲れと汗を流すべく風呂へと向かった。

相部屋になった行商人の助左《すけざ》という男が屏風の陰から顔を出すと、伊佐治の留守をいいことに娘ふたりに話しかけた。若い娘を見るとちょっかいを出したくなる。決して悪気があるわけではないが性分である。

「お前ら、どこまで行くんだい？」

「お江戸です」

鈴が怯《おび》えたような震える声で応えた。

「江戸のどこだい？」

駒乃と鈴はお互いの顔を見つめた。吉原のことは詳しく聞いてはいなかったが、話すに憚《はばか》られるところであることは薄々感じていたし、他の者とはあまり話をするなとも言われていた。

応《こた》えあぐねていると「どこかのお店《たな》か？」と押して訊いてきた。

ふたりの反応はなかった。助左はその様子から察した。

「じゃあ、吉原か？」

ふたりは戸惑いながら頷いた。

「そうだと思ったんだ。どう見てもお前さんらは親子には見えねえ。ましてやお前らふたりが姉妹にも見えねえ。あの男、見てくれはいいが、やっぱり女衒《ぜげん》だったか」

相部屋の泊まり客、行商人の茂吉《もきち》という男がいざり寄って話に割り込んだ。

「お前ら、吉原って、どんなところか知っていなさるか？」

駒乃と鈴は、知りませんと首を横に振った。

「可哀想に。なにも知らないで売られていくんだな」

茂吉は眉を顰《ひそ》めてふたりを哀れんだ。

助左は意地悪く、どこか得意気に語りはじめた。

「向こうへ行って驚くといけねえからちょっとだけ話してやるが、吉原ってところは、それはそれはひどいところだ。苦界《くがい》とか地獄とか言われるところだ。縦二町、横三町の四角い町でな、忍返《しのびがえ》しの付いた黒い板塀《いたべい》に囲まれている。その外は幅五間の堀、堀と言っても、通称お歯黒《はぐろ》ドブという臭っせえドブになっているんで逃げるに逃げられねえ。入り口は大門《おおもん》というのが一つ。反対側には跳《は》ね橋のついた口もあるが、そこは女達の死骸を運び出すための裏口だ。運び出された死骸は浄閑寺《じょうかんじ》という寺に投げ込まれることになっている。もちろん満足な弔《とむら》いなんてあるわけねえ。女は吉原へ一歩入ると、もう生きては出られねえ。死ぬまで客を取らされるんでぇ。客を取らされるということは、お前らにはまだわからねえかもしれねえが」

「しかもな……」茂吉がつけ加えた。「病気になっても医者に診せてももらえねえ。行灯《あんどん》部屋という真っ暗な部屋へ放り込まれて、ろくに飯も食わしてもらえねえまま、骸骨《がいこつ》のように痩せ衰えて死んでいくそうだ」

「逃げようとする女もいるが、必ず捕まるそうだ。捕まって連れもどされて、ひどい折檻《せっかん》を受ける。中には折檻で死んでしまう女もいるそうだ」

障子戸が勢いよく開いて浴衣《ゆかた》姿の伊佐治が踏み込んできた。顔には怒りにも似た表情が浮かんでいた。

「お前さんら、なにいい加減なこと吹き込んでいやがるんでぇ」

茂吉と助左はびっくりして飛び上がった。

「脅かすな。金玉が喉元《のどもと》まで縮み上がったぜ」

伊佐治はどっかりとふたりの前に座ると、

「お前さんら、吉原のなにを知っているんでぇ。吉原へは行ったことはあるのか？」

と問い詰めた。

「まだねえ。あんなところで遊べる身分じゃねえ」

ふたりとも首を振った。

「そんな行ったこともねえ連中が、なにを見てきたように騙《かた》っていやがる」

カチンと来たのか茂吉が問い返した。

「じゃあ、なにか？　吉原は極楽か、それとも桃源郷（理想郷）とでもいうのか？」

助左が畳《たた》み掛けた。

「この娘たちはそこで幸せに暮らせるというのかね？」

「そうはいえねえが……」

伊佐治の語尾が萎《しぼ》んだ。

「ほらみろ。なにも返答できねえじゃねえか。だれに聞いても吉原は地獄だ。もっぱらの噂だ。お前さんはこの娘らを地獄へ連れて行く鬼だ」

ふたりは口々に浴びせた。

「この娘達は今までいたところでは生きてはいけねえんだ。だから吉原へ奉公に行くんだ。少なくともそこへ行けば生きていける。日に二度の飯と着物と住むところが約束される」

「奉公なんて建前じゃねえか。いくら客を取ったって金なんて返せねえという話だ。客を取れば取るほど借金が膨らんでいくそうじゃねえか。死ぬまで借金を背負って客を取らされるんじゃねえのか？　そのうち瘡《かさ》（梅毒）を患って死んでいくっていうじゃねえか。死んだら筵《むしろ》に包《くる》まれて寺に投げ込まれておしまいじゃねえのか？」

「やめねえかっ。これからこの娘達はそこへ行くんだ。不安で一杯なんだ。それを煽《あお》るようなことはやめてもらえねえか。いい大人のすることじゃねえ。小娘を怖がらせて楽しいかい」

伊佐治の剣幕に気圧《けお》されたのか、己の言動を恥じたのか、ふたりの男は冷めたように伊佐治から離れ、屏風の向こう側へと消えた。

部屋に甘い香りが漂いはじめた。しばらくすると先ほどの男、助左が屏風の上から顔を覗かせ、一尺（約三〇センチ）ほどの棒を差し出した。棒の先には小さな白い鳩《はと》が羽を広げていた。

「お前らにこれをやるよ。鳩飴《はとあめ》だ。俺は飴の行商をしていてな。あまりもんだ、遠慮するな。鳥のように翼があれば、ひと飛びで板塀なんぞ飛び越えられるんだがな……

「そのうち、ちったぁいいこともあるわな」

ふたりに飴を手渡すと、助左は気まずそうに顔を引っ込めた。

ふたりの顔にほんのりと赤みが差し、舐めている間は笑顔が膨らんだ。しかし、不安であることに変わりはなかった。

「あいつらが言ったことの半分は本当だ。だが、半分は嘘だ。どこが本当で、どこが嘘かは行けばわかるし、行ってみねえとわからねえ。どちらにしても、お前らが生きていくのはそこしかねえんだ。逃げてもいいが、外で生きるのもあまり変わりはねえ。情夫《まぶ》（愛人）を作れば別だがな。それはもっとずーっと先の話だ。十六、七になるまでは、なにも心配ねえ。そこまでの命は約束されたようなもんだ。お前らが今までいたところと比べりゃ極楽かもしれねえ。その先は地獄かもしれねえが」

古河宿を出立したとき、それまで無口だった伊佐治の口から出た言葉だった。

吉原では七、八歳から奉公に入る。十三、四歳までを禿《かむろ》と言い、この期間に吉原の掟《おきて》、しきたり、言葉遣いを仕込まれる。駒乃は九歳、鈴は十二歳であるから、ふたりとも妓楼《ぎろう》へ入ったその日から禿として抱《かか》えられる。

越ケ谷宿まで来ると江戸は目と鼻の先となる。

日が暮れかかったころ、三人は江戸を一望できる小高い山の中腹に立った。

薄暗くなった江戸の町には点々と明かりが灯り、その一角だけは四角く皓々《こうこう》と幻想的に浮き上がっていた。

「あれが吉原だ。どうだ、きれいだろ。この江戸の中で最も美しい街だ。傍《はた》からの見た目は別世界だ。見るもの聞くもの全てがお前らにとってはじめてのことばかりだ。明日、お前らをそこへ連れて行く。心配するな。そこにいる者もみな人だ。そこにいる女たちもお前らと同じ境遇の者ばかりだ。いきなり捕まって食われることはねえ」

娘ふたりは江戸の町へ来たのも見るのも初めてで、広さにも驚いたが、その一角だけが昼間のように光り輝いていることには尚、驚いた。地獄と呼ばれるようなところなので、暗く、淀《よど》んだところとばかり思っていた。

旅籠を決めると、翌日の準備に取りかかる。娘ふたりを風呂に入れ、伊佐治が不器用ながら髪を結うが、あまり代わり映えしないことに少々気落ちし、適当なところであきらめた。旅に慣れてきたせいかふたりとも顔色はよかった。

「明日は寄るところへ寄った後、お前らの奉公先へ出向く。そこでお前らを引き渡したらお別れだ。この先どんなことがあるかなんて俺は知っちゃいない。後はお前らで生きていくしかねえんだ。それだけだ。なにか訊きたいことはあるか？」

ふたりはなにも訊かなかった。なにを訊けばいいのか、訊いてどうなるのかさえわからなかった。

「そうか、覚悟を決めたか。じゃあもう寝ろ」

ふたりが布団に入り、うとうとしかけたとき、障子戸の向こうから様子を窺うような声がかかった。

「ちょっと兄さん、いいかい？」

聞き覚えのない男の声であるが、長く女衒をやっていると、よくあることなのでその腹は読めていた。障子を開けると顎の張った四十絡みの男が立っていた。廊下で何度か見た顔である。男は薄ら笑いを浮かべていた。

「ちょっと相談があるんだがな」

「なんでしょうかね」

伊佐治は低い声で丁寧に対応した。

「そっちの娘、二朱で遊ばせてくれねえか？　二朱なら文句ねえだろ。玄人《くろうと》でも買える値だ」

男の目当ては鈴であった。

「申し訳ねえ、まだ売りモンじゃねえんで。これから仕込んで売りモンにするところでな。ふたりともなにも知らねえおぼこなんで」

「俺が味見をしてやるってことだよ。どうせやることはいっしょじゃねえか。お前さんも、ここまで散々楽しんできたんじゃねえのか？」

伊佐治はちょっと考える素振りをするとニヤリ笑って「入りな」と男を招き入れ、障子戸をぴしゃりと閉めた。

「話がわかるじゃねえか」

「まあな」と言うが早いか伊佐治は男の胸倉をつかんで引き寄せると鼻っ柱に拳骨《げんこつ》を叩きつけた。

男は、ふがっと奇妙な声を発して鼻血を散らした。

「なにしやがる。この女衒野郎が」

「外道《げどう》。俺は女衒だが、売り物に手を出したことは一度もねえんだ。人の道だけはわきまえているつもりだ」

「ちくしょー、鼻を潰《つぶ》しやがって」

男は伊佐治に殴りかかった。

伊佐治の動きは速く、身を翻《ひるがえ》すと後ろから男の股座《またぐら》を蹴り上げた。さらに、股座を押さえて蹲《うずくま》る男を強引に引き上げると素早く窓を開け、外へと放り投げた。

男は屋根を転がると、二、三枚の瓦とともに庭の池へと落ちていった。

寝入りばな、なに事が起こったかわからずきょとんとした顔で娘ふたりが見ていた。

「なんでもねえ、早く寝ろ」

外が騒がしくなった。

「空から人が降ってきたぜ。奇妙なことがあるもんだ」などとからかいの口が聞こえた。

娘たちが寝入るのを見届けると、伊佐治は酒を飲みながら行灯の火で八つの小指を乾かした。黴びてはいなかったが、長雨のせいで白くふやけ、ひどい悪臭を放っていた。

着

江戸に入るとその足で山谷町へと向かい、雇い主である総屋《ふさや》へと立ち寄った。そこで伊佐治は娘ひとりを笹川宿で死なせたことを告げた。すると頭《かしら》の九兵は拳骨のような顔を歪めた。

「伊佐治さんともあろうものが、途中で娘死なせてどうするんだ。らしくねえ。伝七の廻《まわ》りそうなところは大概わかってる。手下使って袋叩きにしておいてやる。だが、前金の四両はお前さんのツケにしておくからな」

道中で娘が死ぬことはよくあることだが、この原因は具合の悪い娘を押し付けられたことにある。見抜けなかったのは伊佐治の落ち度であった。

「すんでしまったことはしょうがねえ。尾張屋《おわりや》にはこっちから詫《わ》び入れておくから、後のふたりはちゃんと届けてくれな。その後、行ってもらわなきゃならねえところがある」

その後も半刻にもわたって小言を言われたが、聞き流す術《すべ》も心得ていた。

山谷町から吉原は目と鼻の先である。伊佐治は、娘ふたりを連れて聖天町《しょうでんちょう》の方から吉原へ向かった。

しばらく歩くと日本堤にぶつかり、右に折れる。そこは山谷堀の土手になっていて、先は八町（約八七〇メートル）ほど延びている。

駒乃が山谷堀の流れを見ながら歩いていると、背後から迫り来る者の気配があった。振り返ると早駕籠《かご》である。三人の脇を通り過ぎ、それを見送ると今度は馬に跨《また》った侍が足早に駆け抜けていく。人の往来は引っ切りなしである。

「みんな吉原へ向かう客だ」

伊佐治が蔑《さげす》むように顎《あご》を杓《しゃく》った。

堤《つつみ》の行く手には屋台が並んでいて、左手には柿葺《こけらぶき》（薄い板）の屋根が犇《ひしめ》くのが見える。そこが吉原の一画である。

「ちょっと休んでいこうじゃねえか。お前らも腰を下ろしな」

屋台からは風に乗って団子の焼ける香ばしい匂いが鼻をくすぐった。

伊佐治は自分から団子屋の床机《しょうぎ》（折りたたんで持ち運べる腰掛）に腰をかけた。御手洗団子《みたらしだんご》を三人前頼むと伊佐治は堤の先を見つめ、おもむろに口を開いた。

「あそこに柳の木が見えるだろ。あれは見返り柳と呼ばれる柳だ。吉原から帰る客が名残《なごり》を惜《お》しみながら振り返るからそう呼ばれるようになった。風に吹かれる様が、まるで遊女が手を振っているようだといわれる。俺にはそうは見えねえがな。恨めしそうに項垂《うなだれ》る女のようにしか見えねえが……」

茶と団子が運ばれると、伊佐治は一口茶をすすり、話を続けた。

「柳の木のところに左に折れる道があって、そこから坂になっている。衣紋坂《えもんざか》と呼ばれる坂だ。吉原を訪れる客はそこへくると着物の衣紋（襟《えり》）を整えるからそう呼ばれるようになったそうだ。その先が五十間道《ごじゅっけんどう》だ。道は外から遊郭の中が直《じか》に見えないよう三つに折れている。どうでもいい話か？」

駒乃と鈴は、口の周りにタレをベタリとつけて団子を頬張《ほおば》りながら、興味なさそうに聞いていた。

「その先に大門がある。お前らが大門を潜《くぐ》れば、年季が明けるまでは出られねえ」

ふたりの口の動きが止まった。先日、古河宿の旅籠で相部屋になった客からも確かにその話は聞いた。しかし駒乃は伊佐治の、深刻さを煽《あお》る口ぶりに戸惑うばかりで、その心情を垣間見ることはできなかった。

伊佐治はそこから先を詳しくは語らなかった。生きるためとはいえ自分自身がどれほど残忍な行為に加担しているか痛いほどわかっていた。伊佐治は駒乃と鈴の顔を交互に見た。

「だがな、なにも心配することはねえ。吉原には生きるために必要なものはなんでもそろっている。外で手に入らねえ物も、中でなら手に入るかもしれねえ」

このふたりは運がいいのか悪いのか、伊佐治にはわからなかった。生まれてすぐに間引かれる子供もいれば、三つになる前に病で死ぬ子供もいる。飢饉《ききん》で餓死する子供、口減らしのため親の手で川へ投げ込まれる子供、そんな光景を数多《あまた》見てきた。

「俺の団子も食いな。食えるときに食っておかねえと、今度いつ食えるかわからねえ」

飢餓の村から来た駒乃も鈴も小さくなった腹では食い溜めなどできそうになかった。それでもふたりは皿の上の一本ずつを無理やり口へと押し込んだ。それを見て伊佐治は安心したかのように口角を上げた。

八月も終わりに差しかかろうとしていた。雨は止んでいたが、今にも雨粒を落としそうな曇天が駒乃らを包み込もうとしているようであった。

吉原大門は人の背丈の三倍ほどもある冠木門《かぶきもん》（門柱に貫をかけた門）で、屋根は漆黒《しっこく》の板で葺《ふ》かれており、門柱は無垢《むく》の白木からなる。

そこを入ると吉原遊郭。忍返しの付いた漆黒の板塀と堀に囲まれた隔絶の世界。地獄とか苦界とか称される一種独特の色里。

話に聞いたように、確かに周囲には堀はあった。お歯黒を流したように真っ黒く淀んでいたことからお歯黒ドブと呼ばれ、遊女の逃亡を防ぐために張り巡らされたと噂される堀である。しかし、もともとは吉原遊郭から出る汚水を山谷堀へ流すためのもので、逃亡を阻止する目的のものではない。しかも聞いた話ほど悪臭漂う淀んだドブではなく、幅二間（約三・六メートル）のもので流れも速かった。

吉原では、通常、使われる出入り口は大門のみであるが、大門の反対側に裏門が一ヶ所、左右に四ヶ所ずつ設けられ、大門以外に合計九ヶ所の出入り口があった。左右と裏の出入り口には堀を渡す跳ね橋が設けられていて、祭りなどの催しがあるときにはこれらの門が開放され、橋が下ろされ、たくさんの客が来遊し賑わいを見せた。

大門は壮麗で、子供の目にはいっそう際立って見えるはずだったが、駒乃には、さして感慨が湧《わ》くものではなかった。年季明けまでは出られないといわれても、なんら躊躇《ためら》いもなかった。どこで生きても同じ、そんなあきらめのようなものが心の隅から湧いて身の中を満たしていた。

伊佐治と駒乃と鈴は引っ切りなしに往来する人々に交じって大門を潜《くぐ》った。

男の出入りは自由であるが、女の出入りは厳しく取り締まられる。所用で女が大門を潜ることもあり、その折には切手茶屋と呼ばれる店で通行切手を手に入れなければ所用を済ませても大門を出ることはできなかった。年季明けまで出られない駒乃と鈴には必要のないものである。

大門を入ったすぐ右手には会所がある。大見世三浦屋の番頭四郎兵衛《しろべい》が詰めていたことから四郎兵衛会所と呼ばれ、遊郭に雇われた監視役が昼夜詰め、遊女の逃亡を見張っていた。

門の左手には面番所があり、町奉行所の隠密廻《おんみつまわ》りの与力と同心、岡っ引きが詰め、出入りする客の顔を見、それが手配者ではないか、または挙動に不審はないかを監視した。ここ以外にも遊郭の板塀沿いの数ヶ所に番所が設けられて役人が詰めていた。

大門から真っすぐ突き当たりの水戸尻《すいとじり》までが仲之町、そこから左右に広がる道ごとに町名が付けられており、右手の手前の道から順に、江戸町一丁目、揚屋町、京町一丁目と呼ばれ、左手の手前の道から順に江戸町二丁目、角町、京町二丁目と呼ばれている。右手の突き当たりが浄念河岸《じょうねんがし》、左手の突き当たりが羅生門《らしょうもん》河岸である。

仲之町の両脇に並び、軒先に鬼簾《おにすだれ》（細い篠竹で編んだ簾）を掛け、畳敷きの縁台を置いた店は茶屋である。引手《ひきて》茶屋と呼ばれ、遊女、妓楼《ぎろう》の紹介はもとより、座敷を貸したり、妓楼へ向かう客のお供、お迎えなどを業とした。

伊佐治はふたりを引き連れると仲之町の通りを歩いた。

「昼見世が終わったばかりだから客は少ねえんだ。もう一刻もすれば賑やかになる。その前にお前らを口入《くちい》れする」

伊佐治は最初の角を右へ曲がって木戸を潜った。横道に入る角には木戸があり、そこを潜ると町名が変わる。そこは江戸町一丁目。紅殻格子《べんがらごうし》の構えがずらりと連なる。

大見世、中見世の名だたる妓楼が軒を並べる通りである。

娘ふたりは、見たことのない光景に、呆気に取られるとともに緊張が迸《ほとばし》った。

伊佐治はちらりと左手の店を見るが、そのまましばらく歩き、『扇屋《おうぎや》』と書かれた角行灯《かくあんどん》の掛かる見世の前で立ち止まった。間口十三間（約二十四メートル）はあろうかという大見世である。入口の両側は惣籬《そうまがき》になっている。籬とは見世と入口の間の格子戸のことで、大見世は惣籬、中見世は半籬、小見世は小格子《こごうし》と区別される。これが妓楼の格式の目安とされていた。

暖簾《のれん》を潜《くぐ》ると上框から奥に向かって長い廊下が延びる。左手は広い土間になっていて米俵や酒樽が天井まで積み上げられていて壮観。右手は大広間になっていて、華やかな髪飾りや、色鮮やかな着物で着飾った無数の女たちで溢《あふ》れ返っていた。

大広間の中ほどに幅二間はあろうかと思われる大階段が設《しつら》えられていて、上階へと向かっていた。二階の廊下は点在する部屋をつなぐように張り巡らされ、まるで空中回廊のよう。

駒乃は店へ入った途端、異様な匂《にお》いに襲われ、思わず顔を顰《しか》めた。白木の匂いと漆《うるし》の匂い、畳の匂い、白粉《おしろい》の匂い、飯を炊く匂い、煮物の匂い、それらが混ざって一種独特の臭《くさ》みとなって駒乃を包み込んだ。すると吐き気となって先ほど食った団子とともにこみ上げてきた。が、力任せに押し込んだ。

「お前は俺の後ろにいろ」

伊佐治は鈴に命じ、駒乃の背中を押した。咳払いをひとつすると、「……総屋でございます。遣手《やりて》のお豊さんにお目通り願います」と妙に甲高い声を店に響かせた。道程八日間で聞いたことのない調子外れの声で、しかも笑顔でもみ手しながらの挨拶である。

この女衒もやっぱり嘘つきじゃなと駒乃は思った。それを読み取ったのか伊佐治は駒乃のお頭《つむ》をひとつ小突《こづ》いた。

しばらくして大階段の陰に、ひとりの女が佇《たたず》んでいることに気づいた。猪《いのしし》のようにずんぐりした女で、女は訝《いぶか》しげな眼差しを滲《にじ》ませ、じっとこちらを窺《うかが》っている。

遣手のお豊である。遣手とは元遊女で年季が明けた後も妓楼に居座り、見世にかかわることの一切合財《いっさいがっさい》を遣《や》り廻す者で、遣手婆《ばばあ》ともいう。

お豊は、一転、柔和《にゅうわ》な顔に変えて出てくると上框で仁王立ちした。

「総屋の伊佐治さんじゃないかね。脅かすんじゃないよ。そうならそうと言っておくれよ」

「そう言いましたが」

「そうなのかい？　あたしを呼びにきた者がなにも言わないから、てっきり借金取りが来たかと思ったじゃないか……ここには意地の悪い女郎が多いからね。今日が口入れの日だったかね。すっかり忘れていたよ。口入れはその娘たちかい？」

「この娘でございます。駒乃といいます」

駒乃は背中を押されてつんのめった。

お豊が弛《たる》んだ顎《あご》を向けた。

「そっちの娘は？」

「他の店への口入れでございまして」

お豊の目つきと態度が険しくなった。

「話が違うじゃないかね。今日口入れするのは十一になる娘じゃなかったかね？　この娘はどう見ても六つか七つ……」

「その手筈だったんですが、連れてくる途中に流行り病で死なれまして……」

「それでも女衒かい。商品台なしにするなんて聞いて呆《あき》れるね。しょうがないね……じゃ、替え玉で勘弁しておいてやるけど、そっちの娘にしてくれないかね。そっちの方が、どう見ても上玉だよ。こんなチビは願い下げだよ」

足元を見ようとする態度がありありで、お豊は鈴を一瞥《いちべつ》した。

「こちらの口入れ先は決まっております。玉屋弥八《たまややはち》様、直々のお目付けでございまして」

「なんてことだい。あそこはいつも上玉を掻《か》っ攫《さら》っていくんだ。結局、残りものってことじゃないか。残りものに福があるっていうけど、あたしゃそんなの信じないよ」

駒乃は大袈裟《おおげさ》に天を仰ぐお豊を睨みつけた。

それを嘲《あざけ》るようにお豊は尚も言った。

「しかも、やせっぽちで真っ黒けで、目がぎょろぎょろしてて、まるで地獄絵に出てくる亡者だね。こんなの売りものになるのかね」

駒乃は中見世の尾張屋へ口入れされる手筈であったが、病死した里のかわりに急遽大見世扇屋への口入れとなった。大見世との関係を保つための九兵の苦肉の策であった。

「だいじょうぶです。ちゃんとものになります。まだ九つでございます。食う物食わせれば、まっとうな娼妓《しょうぎ》になるはずでございます」

「そうかね」

お豊は不服そうに口を尖らせながらも首を傾げ、駒乃の奥底を見ようとした。

「あんた、出はどこだい？」

駒乃は応えずお豊の顔を親の敵《かたき》でも見るかのように睨みつけていた。

「この娘、耳が聞こえないのかい？　それとも口が利けないのかい？」

「いえ、両方とも達者で……」

「じゃあ、なんで応えないんだね？」

お豊は丸太のような腕を組むと腰を屈め、駒乃の顔をまじと覗き込んだ。

「長旅で少々疲れているようで」

お豊は頬を震わせて小さく笑った。

「こりゃぁ、仕込み甲斐がありそうだね。楽しみだわ」と言い、伊佐治に歩み寄り
「……で、アレは手に入ったかい？」と耳へ注ぐように訊いた。

「へえ、八つばかり手に入りました」

伊佐治は懐から紙の包みを取り出すと開いて見せた。死骸から切り取った小指が白くふやけていた。

「ちょっと古くないかい？」とお豊は鼻先へ持っていくと鼻をひくひくさせた。

「これなら上等の方だと思います。火の近くで乾かせばいいかと」

「ふん……まあいいや、いくらだい？」

「ひとつ一分で、全部で二両というところで、お納めいただければと思いますが」

「一両二分に負けなよ」

「いえ、しかし……ひとつ一分でとのお約束で……」

伊佐治は口元を歪《ゆが》めながらも、「……へえ、じゃあ、一両二分で」と渋々承諾。

お豊は銭を取り出すと包みと引き換えに渡し、それを懐深くに押し込み、「じゃあ、ついてきなさいよ。楼主様に会わせますから」と手招いた。「あんたはそこで待ってな。うちの妓《こ》じゃないんだからね。腰掛けるんじゃないよ。その辺に立ってな」と鈴にきつい口調で言った。鈴はいずれ商売敵《がたき》になる娘で、その対応は必然と厳《きび》しくなった。

左手の大広間には三十人ほどの着飾った女達がカルタをしたり煙草を吸ったり、本を読んだりしながらそれぞれにくつろいでいた。扇屋の女郎衆である。隅では長机で飯を頬張る女の姿もある。昼見世と夜見世の間のこのころに夕餉《ゆうげ》をすませておくのが日常であった。

女の多くは首から顔まで化粧をし、鮮やかな紅を差す。髪は立兵庫《たてひょうご》、奴島田《やっこしまだ》、勝山《かつやま》に結い上げ、笄《こうがい》と数本から十数本の簪《かんざし》を挿《さ》す。笄、簪は、鶴の骨、象牙からなる高価な細工物である。

今の時分は夜見世の前とあって、のんびりした空気が流れていた。女郎達の中には、駒乃と同じくらいの娘の姿もあり、よく見るともっと幼い娘の姿も見られた。

駒乃がかたわらを通ると、すまし顔でちらり見る。幼い娘はほとんど坊主頭であるが、なかには団栗《どんぐり》のように、前、鬢《びん》、後ろと剃《そ》り上げ、天辺《てっぺん》だけ髪を残して結い、見たこともないような綺麗な花簪を挿す娘もいた。着物の基調はそろって鮮やかな紅色。七歳から十三歳までの禿《かむろ》と呼ばれる少女たちである。

廊下右手の台所には竈《かまど》や井戸があり、着物の尻を捲《まく》った男達が炊事に追われていた。

通りざま、お豊は大広間の隅で飯を掻き込む女に声を掛けた。

「照葉《てるは》、翡翠花魁《かおとりおいらん》がいらっしゃったら奥座敷まで来るように伝えておくれ」

照葉は「へーい」と大きな口を開けて返事。

「なんだねこの娘《こ》は、行儀《ぎょうぎ》が悪いね。これだから揚代《あげだい》二朱から足が洗えないわけだ。だいたい、なんで今ごろまで飯を食らってるんだい。もう半刻《はんとき》（約一時間）もしたら夜見世がはじまるだろ」

お豊がきっと睨みつけるが、照葉は臆面も見せず返す。

「面目ねえです」

張り出した二階の廊下で様子を窺っていたひとりの女郎が、手に紙包みを持ち、口の中でポリポリと音を立てながら階段を下りて来ると土間で佇む鈴に詰め寄った。

「お前さん、玉屋さんへご奉公に行くでありんすかい？」

「……わかりません」

鈴は戸惑いの色を浮かべて俯いた。

「さっき言ってたじゃないかね。……いいよね玉屋さんは。お前さんは幸せでありんすよ」

そこへもうひとりの女郎。

「そうそう。玉屋さんは吉原一の大見世でありんすからね」

「それに引き換え、この扇屋は危のうござんす。妓楼というものは商才に長けた者が廻さないといけんせん。受け継いだだけでは傾く一方。『売家と唐様で書く三代目』とはよく言ったものでありんす。しかも今のお豊という遣手婆がとんでもなく強欲でしてね。ありゃきっと地獄に落ちますよ。釜茹《かまゆで》地獄か糞尿《ふんにょう》地獄でありんしょう。お前さんが玉屋さんへ行ったら、わっちを引き抜いてくれるように楼主様にお願いしてくれないかね。扇屋の夕霧ですよ。覚えておいておくんなんし」と言うと金平糖《こんぺいとう》をひとつ鈴の口へ放り込んだ。

第二章

駒乃、苦界へ

花

吉原女郎には厳然《げんぜん》とした階級がある。最上位は花魁《おいらん》である。吉原前期、中期には太夫《たゆう》という位が存在したが、天保のころには消滅し、同時に事実上の花魁道中も姿を消した。そもそも花魁道中とは花魁が揚屋へ呼ばれる際、新造《しんぞう》や禿《かむろ》、若い衆、遣手《やりて》を引き連れて賑々《にぎにぎ》しく向かうものであったが、このころには揚屋そのものが衰退し、紋日、祭り、新造の披露目《ひろめ》のときにのみ行われるようになっていた。

天保のころの花魁は三種に分けられ、呼出昼三《よびだしちゅうさん》、昼三、附廻《つけまわし》とあった。その下は座敷持《ざしきもち》、部屋持《へやもち》、振袖新造《ふりそでしんぞう》、留袖新造《とめそで》と続く。これは上級妓楼《ぎろう》のことで、下級の河岸見世《かしみせ》へ行くと局女郎《つぼね》や切見世《きりみせ》女郎などがいた。

花魁は自身のための豪華な部屋と座敷を持ち、最高の調度品がそろえられ、権勢を振るった。新造を配下に持ち、禿を抱え、その衣食住の一切合財《いっさいがっさい》の面倒を見ていた。揚代《あげだい》は金二分から一両一分。

座敷持は自分の部屋と座敷を持ち、部屋で寝起きしながら座敷へと客を招いた。場合によっては禿を養った。揚代は二分。

部屋持は自分の部屋を持ち、その部屋で寝起きしながら、その部屋へと客を招いた。揚代は一分。

振袖新造は十三、四歳からなり、基本は客を取らないことになっていたが、姉女郎の采配で客の相手をしたり、小遣い稼ぎでこっそりと客を取ることもあった。座敷や部屋は持たず、大部屋にて雑魚寝《ざこね》で生活しながら姉女郎の配下で一人前の遊女となるため見習いに勤《いそ》しんだ。客を取る場合の揚代は二朱。

留袖新造も十三、四歳からなり、座敷や部屋は持たず、大部屋にて雑魚寝で生活し、十五、六歳から割床という屏風《びょうぶ》で仕切られた大きな部屋で客を取ることもあった。揚代は振袖新造と同じく二朱。

それ以外に番頭新造と呼ばれる女がいた。元女郎で年季《ねんき》が明けても行く宛てのない女が花魁の世話役として籍を置いていた。求めに応じて客を取ることもあった。

それらの女達をまとめ、躾《しつ》けるのが遣手である。遣手も元女郎で、長年に亘って籍を置き、妓楼の全てを知り尽くしてつつがなく妓楼を廻していくのが仕事で、まさに遣手であった。

翡翠《かおとり》花魁が上草履《うわぞうり》をパタリパタリと疎《まばら》に響かせて階段を下りてきた。紫《むらさき》山繭《やままゆ》の中着に御納戸《おなんど》天鵞絨《ビロウド》と本国織《ほんごくおり》の合わせ帯をだらりと結び、露草色《つゆくさいろ》の仕掛《しか》け（打掛）を粋《いき》に羽織る。仕掛けの褄《つま》を持ちながら気だるく階段を下りる姿は粋なことこの上ない。髪は立兵庫。笄《こうがい》を一本通し、前簪《まえかんざし》四本、後ろ簪四本、櫛《くし》を一枚挿《さ》す。

「今は確かに夏でありんしょうに。もしや、お天道様の藪入りでありんしょうか」

翡翠は、『呼出昼三』『昼三』『附廻』と三つある花魁の最上位、呼出昼三の花魁で入山形《いりやまがた》二ツ星。扇屋では三番目の稼ぎ手であった。吉原の遊女は印《しるし》で格付けされ吉原細見（案内本）に載せられ、源氏名の上に印が付く。多く用いられるのは山形で、それが二つ重なると入山形となり、その下に星が付くと更に格は上がる。花魁はだれからも一目置かれる存在であった。

階段を下りきると仕掛けの褄を下ろし、裾で廊下を掃くように歩いた。翡翠は土間に佇《たたず》む鈴の姿を見つけると首を傾《かし》げ、だれに向けるともなく問いかけた。

「お客様でありんすか？」

飯を食い終わった照葉が「翡翠花魁。奥座敷で楼主様がお呼びでありんす」と先ほどと打って変わった口調で伝えた。

「嫌な予感は妙に当たりますな。お頭《つむ》の横っちょがズキズキするのはそのせいか

「……」

眉根を寄せると帯に差していた二尺ほどある長煙管《ながぎせる》を手にし、咥《くわ》えるかと思いきや、肩をトントンと叩く。

「奥座敷はどちらでござんしょう？」

照葉は丁寧に「へえ、この廊下を真っすぐ行かれて突き当たりを」と……。

「知っておりんす。いちいち真《ま》に受けるんじゃありんせん」

軽くあしらい、ひとつ溜息《ためいき》をついた。


奥座敷では楼主である三代目扇屋宇右衛門《うえもん》が、蒔絵《まきえ》の施《ほどこ》された煙草盆《たばこぼん》を前にして煙管の吸い口を舐めていた。伊佐治から話を聞き、当初、渋い顔をしていた宇右衛門も、もうすっかりほとぼりを冷まし、世間話に花を咲かせていた。しかし、内儀（楼主の妻）の勝田《かつた》はその横で茶をすすりながら、貧乏くじでも引かされたとばかりの浮かぬ顔。

扇屋は、初代宇右衛門によって宝暦十二年（一七六二年）に創業され、一代で大見世にまで伸《の》し上がった吉原界隈では知らぬ者のない店である。初代宇右衛門は俳名《はいみょう》を墨河《ぼくが》といい、戯作家山東京伝《さんとうきょうでん》とも交流のあったことで知られる。扇屋は別名を五《ご》明楼《めいろう》ともいい、吉原で二軒のみとなった大見世のうちの一軒である。

「こりゃあなかなかの玉ぞよ。お豊にはわからぬか？」

宇右衛門は褒《ほ》めることを良しとする。

「わたしにはそうは見えませんがね。できれば今からでも代えていただければね」

お豊はあえて悪役を買うかのように詰《なじ》った。勝田も同意の態を表した。

「わしには入ってきたときにすぐにわかった。項《うなじ》の生え際もきれいじゃし、足首も手首もちゃんと締まっておるし、足の大指も反《そ》り上がる。鼻の形、顎《あご》の張り具合も申し分ねえ。掘り出しもんかもしれんぞ」

鷹揚《おうよう》に笑うが本心ではどのように思っているかわからないのがこの宇右衛門である。

伊佐治は宇右衛門を前にして慣れない笑顔を作り、冷や汗を拭いながら話を合わせた。その横で駒乃が、皺《しわ》だらけで弛《たる》んだ宇右衛門の顔を無表情で見ていた。内心では村の山にいたサルの親分の方が男前じゃなと思った。

宇右衛門の横の結界の中では番頭の泰造と物書の忠助が奉公人請状を確認し、金勘定をはじめている。小判の音が座敷に響くたびに駒乃の心臓の音が胸の奥で大きく響いた。刻々と迫る自身の請け渡しの合図のように聞こえた。惨《みじ》めで悲しく、情けなかった。逃げ出したかった。生きていけなくてもいい、野垂れ死にしてもいい、とにかくこの場から離れたかった。物のように売り買いされる情けなさが体の芯から溢《あふ》れて滲《にじ》み出てきた。

座敷は開け放たれていて中庭が見える。庭の真ん中あたりに瓢箪《ひょうたん》形の池があり、太鼓橋が架かる。松の木、石灯籠《いしどうろう》などが設《しつら》えられた贅沢《ぜいたく》な造りではあるが、外へ通じるような戸口は見当たらなかった。

こんなことなら旅の途中で逃げていたらよかったと今更ながら思った。

とにかく今からでも逃げてみようと思いたったとき、廊下の張り板が軋《きし》んで人の気配が現れた。

翡翠《かおとり》花魁がやおら顔を出した。敷居の手前で上草履を脱ぐと、腰を屈めて草履をそろえる。仕草は楚々《そそ》として妖美。大広間にたむろする女達とは別格の艶《つや》やかさがあり、駒乃は唖然とした。場の光量が増したかのようであった。容姿には気《け》だるさが滲んでいるものの、床《ゆか》から五尺ほどのところに浮かぶ小さな面《めん》には気品が満ち、薄化粧のせいか、面を語る部位、ひとつひとつが軽やかに仄《ほの》めかす。でありながら切れ長の大きな目は毅然とした意気張《いきば》りを発する。愁《うれ》いを含む唇はもの言いた気で、細く形のいい顎は気品を醸《かも》し出していた。髪飾り、着物、身に着ける物全てが、駒乃が見ても極上で目を瞠《みは》るものばかりであった。それらを何気なく従える。

「おう、翡翠《かおとり》花魁、来たか。入ってくれ。会わせたい娘がおる」

「やれやれ……」と、翡翠の口から洩れた。

「なんですかね、その言いぐさは。楼主様に対して」

お豊が胡麻《ごま》をするように叱責《しっせき》すると、翡翠はあきらめたような表情を作り、畳の上に尻を下ろした。衣擦《きぬず》れの音と共によい香りが広がり、駒乃の意識がふわりと揺らいだ。

「ここにいる駒乃のことだが……」

翡翠は座敷の隅に置いてあった煙草盆に煙管の雁首《がんくび》を引っかけると手前まで引き寄せ、宇右衛門の話を聞いているのかいないのかわからない様子で煙管に煙草を詰めはじめた。

「楼主様がお話しなんですよ。花魁っ」とお豊。

「ちゃ～んと聞いておりんす。わっちも長らくこちらへご厄介《やっかい》になっておりんす。用件は承知しておりんす」

火をつけると、ふわりと吸って細く長く煙を吐き出した。

「それなら話は早い。禿《かむろ》として翡翠に預ける。名は『しのほ』だ。よろしく頼む」

駒乃は、しのほってなんじゃ？　と呆気に取られた。見えない別の子がそこにいるような気がして、きょろきょろと見回した。

花魁ともなると禿を抱える。一人か二人、最上位のお職ともなると四人となることもある。抱えの花魁が禿の面倒を見、衣食住の一切の費用を受け持つこととなり、一人増えるごとに負担は重くのしかかる。

「だいじょうぶですかね。また三月《みつき》で押《お》っ死《ち》んじまうなんてことにならないでしょうかね。そればかりが気がかりでありんす」

「前の娘《むすめ》は不運だったが、そう不運も続くまいて」

「この娘《こ》も丈夫そうには見えんせん。やせっぽちで青白くて、いまにも息を引き取りそうで。わっちは生国《しょうごく》でこんな死骸をいくつも見てきんした」

「この娘も飢餓《きが》の村から八日かけて歩いてきたんじゃ。疲れているんじゃ。しばらくは精のつくものを食わせてやってくれ」

翡翠の本心にあったのはしのほの健康や命ではなく、金《かね》である。翡翠に限らず遊女はみな金銭の遣《や》り繰《く》りに苦慮していた。

「こう言っちゃあなんですけどね」とお豊。「翡翠花魁も、ここへ来たときはこんな感じでしたけどね」

「わっちがですか？　どうでありんしたか、よく覚えておりんせん。ただ、こちらの伊佐治さんに連れて来られたことはよく覚えておりんす。稼業とはいえ、また罰当たりなことをしなさったようで……さようですか。楼主様の頼みとあれば断るわけにもまいりんせん。お引き受けいたしんす」

　ようやく許諾が下りて駒乃は正式に翡翠《かおとり》花魁の抱えとなった。ここから大部屋で生活しながら妓楼のしきたり、客あしらいを学ぶこととなる。

　駒乃は禿名を『しのほ』と命名されたが、なぜ、駒乃という名があるにもかかわらず、しのほと呼ばれるようになったのかはよくわからなかった。流されてゆく自分の身の置き所に葛藤するばかりであった。

　口入れと請状の受け渡しが滞りなく終わると「ではあっしはこれで。もうひとり今日中に口入れしないといけない娘がおりますので」と伊佐治は立ち上がり、「じゃ、しっかりな」と駒乃の頭を撫《な》でると奥座敷を出て行った。

「用はこれだけでありんすか？」　火皿の灰をはたき落とすと翡翠も立ち上がった。

「あんたも来や。皆に紹介するからね」

　翡翠に襟首《えりくび》をつかまれると吊り上げられるようにして立たされて、駒乃は奥座敷から引き出された。

「まず着物を着せないといけないね。売れ残りの昆布巻きみたいな形《なり》じゃなんもできやしない。かといって……」と翡翠はちょっと顔を曇らせた。

隙を突いて駒乃が反駁《はんばく》した。

「言っとくけど、あたしは駒乃じゃね。しのほじゃないわ」

翡翠はちょっと首を傾げると眉根を寄せ、呆《あき》れたような口調で言った。

「今日からお前は、わっちの禿でしのほじゃ。お前にもわっちにもどうすることもできやせん」

しかし、駒乃は尚も力を込めて言い返した。

「あたしは駒乃じゃね」

翡翠も押し返すように言った。

「いや、しのほじゃ」

「駒乃じゃ」

「しのほじゃ」

押問答を繰り返した揚げ句、埒《らち》が明かないと腹を煮やしたのは翡翠。

「耳の穴をかっぽじいてよく聞きや。ここに一歩足を踏み入れたときから名前が変わるんじゃ。源氏名というんじゃ。だからしのほじゃっ。わかったかね」

「わからんわね。駒乃じゃ。生まれたときにもらった名前があるんじゃ」

悔しさのあまり涙が滲《にじ》み、目の前の翡翠《かおとり》の顔が歪《ゆが》んで見えた。

「お前は馬鹿かね。お前は売られ、ここの楼主に買われたんじゃ。犬コロのようにな。買った者が名を決めるんじゃ。お前だって、犬くらい飼ったことがあろう」

「ないわね。食ったことならあるわね」

「……食ったのかね？　犬は食うものじゃないし、駄々《だだ》をこねるんじゃない。いいか、よく考えてもみや。本当の名前なんて、こんなところで使うもんじゃない。おっ父《とう》やおっ母《かあ》に申し訳なかろう。そして、ここ『ありんす国』にはここの話し方がある。ありんす言葉じゃ。最後に『ありんす』を付ける。わかったでありんすか？」翡翠はからかいながらも鷹揚《おうよう》に言った。「ここは吉原じゃ。世間からは苦界《くがい》とか地獄とか呼ばれておる。お前にもそのうちわかる。ここから生きて出たければ強い心を持たんといかん。それができない者は死んでいく。馴染《なじ》む者には極楽じゃ、嫌う者には地獄じゃ。まあ、これはどこも同じじゃがな……地獄か極楽かはお前さん次第じゃ」

駒乃は急に威勢を落とし今更のように悄気《しょげ》た。

「あたしは地獄に来たんじゃな。きっとあれがいけなかったんじゃ」

翡翠は駒乃の顔を覗き込んだ。

「ほう……なんぞ心当たりでもありんすか？」

「山向こうの地蔵さんを蹴倒したんじゃ。ウリ坊を追っかけておって、ぶつかったんじゃや。ウリ坊には逃げられるしコブはできるし。腹立ちまぎれに蹴倒したんじゃや。その罰《ばち》が当たったんじゃな。今でも草むらに転がっておるはずじゃ」

「きっとそのせいじゃ。地蔵様の祟りは恐ろしいというからな。覚悟せねばな。では、まずは馴染むよう名を覚えることじゃ」

翡翠は駒乃の気持ちを逆撫《さかな》でるように天を仰いで笑った。


大広間まで来ると、翡翠はそこにたむろする者達に声をかけた。

「皆、聞きや。翡翠抱えの禿《かむろ》、しのほでありんす。よろしゅうに」

振り返る者もいれば聞き流す者もいる。来る者も、出て行く者も重い荷物を背負っていることを心得ている。見て見ぬ振りを決め込んでいるかのようであった。

「お頭下げや」と言われ、駒乃は仏頂面《ぶっちょうづら》を張り付けたまま不器用に頭を下げた。

翡翠は大広間の隅にやおら腰を下ろすと「美浜、みその、来なんし」と呼ぶ。

どこからともなく「あ～い」と声がしてふたりが駆け寄って来た。

ひとりは十五、六歳で髪を奴島田に結《ゆ》い、白い花簪《かんざし》を挿す。もうひとりもしのほより少し年上で十か十一、髪はおかっぱである。ふたりとも虫や花の白抜き模様の赤い着物に身を包むが、異なるのは帯の結び方で、年上の方は帯を前で結び、年下の方は帯を後ろに結ぶ。

「お呼びでありんすか？」

ふたりは翡翠《かおとり》の前まで来ると行儀《ぎょうぎ》よく正座した。

「この娘、しのほじゃ。面倒を見てやっておくれ」

「あい」「あい」と、ふたりそろって歯切れのよい返事。

「美浜は振袖新造で、みそのは禿じゃ。しのほの朋輩《ほうばい》じゃ。仲良くするんじゃぞ……それでじゃ、しのほに着物を着せたいんじゃが、みそのが着ていたカタツムリの白抜き模様の着物はどうしておる？　しのほに手配りしてやってほしいんじゃ」

みそのは困った顔を作った。翡翠は怪訝《けげん》な顔で訊いた。

「どうしなんした？」

「へえ、あの着物は伊勢甚《いせじん》へ奉公に行っておりんす」

「伊勢甚……やはりそうでありんしたか。どうりで最近見かけんと思うたわ……」と言うと髪に手を当て弄《まさぐ》り、簪を一本引き抜いた。

「これを入れて着物を出して来なんし。一両二分にはなるじゃろ。断られても、ちっとは粘るんじゃぞ。簡単にやり込められるんじゃありんせんよ」

伊勢甚というのは揚屋町に店を構える質屋で、吉原の女郎達は金に困ると足繁《あししげ》く通った。

「着物がもどるまでに美浜はしのほを風呂に入れて垢《あか》をこそぎ落として、髪を結うておきなんし。湯文字も誂《あつら》えてやってな」

湯文字とは下着のこと。

「髪型は芥子《けし》でありんすか？」

芥子とは頭の天辺の髪だけを残して剃り、残った髪を結う、幼い禿に多い髪型で、芥子禿と呼ばれた。もっと幼い禿は髪を全て剃って坊主頭にした。坊主禿と呼ばれた。

「芥子だと骸骨《がいこつ》に毛が生えたようで見てくれが悪いわな。かっぱでよいわ」

おかっぱの禿は切禿と呼ばれた。

「承知しんした」

美浜は小気味よく返事をすると駒乃の手を引いて風呂場へと向かった。

「あたし、きのう、旅籠《はたご》で風呂に入ったんじゃがな」

駒乃は美浜に向いた。

「風呂は毎日入るもんでありんす。でも、入ったにしては垢《あか》に塗《まみ》れてるでありんすな。しかも臭くて鼻がひん曲がりそうでありんす」との応えに、変な喋り方じゃなと駒乃は思った。


そろそろ夜見世がはじまろうとするころ、お豊の野太い声が大広間に響いた。

「小指が手に入ったよ。欲しい者はおらんかね」

「珍しいね、小指かね」と言いながら女達がお豊を取り囲んだ。

「い、いんこでしょ」

ひとりの女郎が疑い深く訊いた。

「なに言ってんだい、正真正銘の小指だよ」

お豊は鼻息を荒らげた。

「どうしたんだい、こんなにたくさんの小指。墓でも掘り返したかね。お豊さんならやりかねないからね」

「馬鹿をお言いでないよ。女衒《ぜげん》の伊佐治に頼んでおいたんだよ」

「いくらだい?」

「一つ、二分《ぶ》だよ」

「ひどいよ、二分なんて。足元見たくせにさ」

「あら見てたのかい？　やだね。でも値下げはしないよ。嫌ならやめておきな。問屋を通せば高くなるのは当たり前だよ」

「背に腹は替えられないようだね。わっちは二つもらうよ。それ以上に稼げばいいだけじゃないかね」

　座敷持の葛城《かつらぎ》が手に取った。

「葛城姉さん、ちゃんと小指があるじゃありんせんか。すぐにバレちまいますよ」と部屋持の花雲《はなぐも》。

　葛城は「おほ」と左手の小指を立てて笑い声を上げた。「これは付け指でありんす」と見せ、ぽんっと音を立てて抜いて見せた。

「付け指なんてありんすか。いつの間にや？」

　皆が目を丸くした。

「もうかれこれ二年になりんすか。ちょん切って情夫《まぶ》に贈りんした」

　周りの者はそれを珍しそうに廻して見た。木彫りの小指に本物のように染付けをした偽物の指である。

「結局、情夫には振られちまったけどね」

だれかが言って大笑いを誘った。

情を誘う手段として、言葉で口説くことを『口説《くぜつ》』と言う。また、熊野神社から出る熊野牛王《ごおう》宝印の神符《しんぷ》に誓いをしたためることを『起請《きしょう》』と言う。髪を切って送る『髪切り』、爪を剥いで送る『爪剥ぎ』、心変わりのないことを誓うために相手の名前を身体に彫ることもあった。その最たるものが小指を切って相手に贈る『指切り』である。小指の第一関節あたりに剃刀《かみそり》の刃を当て、下駄や鉄瓶で力まかせに叩く。すると切った小指がちょん切れて飛んでいく。飛んだ小指をなくさないよう、切る前には部屋を閉め切るという手筈《てはず》も決められていた。

指切りで情夫をつなぎとめられればいいのだが、それで振られてしまえば切り損となる。小指はなくなるわ、情夫には逃げられるわ、女郎としての価値も下がるわの踏んだり蹴ったりで、そこで思案されたのが付け指であった。

葛城は、馴染みの細工師に小指を作ってもらって嵌《は》めていたのである。

相手に贈るための小指は、米の粉を練って小指の型に嵌めて作られたしんこ細工も売られていたが、バレて恥を掻くこともあった。そこで考え出された商売が死骸から小指を切って売ることだった。多くは死罪となった罪人から仕入れられたが数に限りがあるため、飢饉《ききん》のころ、地方周《まわ》りをする女衒がついでに仕入れることがあった。お豊から頼まれ、小遣い稼ぎに伊佐治が請け負ったのである。

「主様に惚《ほ》れんした」との殺し文句をつけて小指を贈るのであれば、手に小指がついていては都合が悪いし、新しい客に対しては小指がついていたほうが都合がいい。既に切り落とした女郎は、ときに付け指を嵌め、ときには抜いてその場を凌《しの》いだ。このように客の気を引くための様々な手法のことを『手練手管《てれんてくだ》』と言った。

「じゃあ、わっちもいただくよ」と続々と手が挙がった。

指切りをした女は多くはないが、小指を大いに利用しようと考えたらしく、八つの小指は瞬く間に売り切れ、お豊の懐が膨らんだ。

禿

大広間の隅には神棚が設《しつら》えられていて、その横に鈴が葡萄《ぶどう》の房のように吊るされている。鈴につながる紐が引かれると、じゃらんじゃらんと『おふれ』が鳴り、それを合図に三味線が掻き鳴らされる。『見世清掻《すががき》』と呼ばれるもので、これをきっかけとして夜見世のはじまりとなる。昼見世にはない本格的な賑々《にぎにぎ》しさとなる。

紅殻格子に下ろされていた簾《すだれ》が巻き上げられると見世が披露され、次に見世番の口上がはじまる。

「とざいとーざい。花魁以下の面々そろい踏みでござ〜い。見世中央、奥に鎮座しますは花魁春日野《かすがの》でござーい。書、琴、三味線、囲碁、将棋に秀《ひい》で、情が深く、教養豊か。一たび馴染みとなれば、その艶《あで》やかさの虜《とりこ》となること請け合いでござーい。向かって右におわしますは花魁夕凪《ゆうなぎ》でござ〜い。書、琴、唄に秀で、その上、床上手が評判だ。向かって左におわしますは花魁弾琴《ひきごと》でござ〜い……」

上級遊女の口上が続き、下級になるにしたがって源氏名のみが読み上げられ、留袖新造で終了となる。

「早いもの勝ちだよ。揚代に糸目をつけない客様は茶屋を通してくださいな。そうでない客様には素上がりも相談に乗りますよ」という言葉を合図に部屋持、座敷持、留袖新造が格子近くまで躙《にじ》り寄り客を引く。上級の花魁衆は本を読んだり、手紙をしたためたり、煙草をふかしたりと、悠然と構える。「かすがの〜」「ゆうなぎ〜」とあちらこちらから仕込の声がかかると、花魁衆は声の方へと緩やかに秋波を流す。暮六ツ(午後六時)のことである。

しのほが竹べらで垢《あか》を掻かれて風呂から出てくると待ち構えていた髪結いによって髪を容赦なく切られた。しかも虱《しらみ》が湧いていたので更に短く切られ、たちまち妙なおかっぱ頭ができあがった。

「おかっぱというより河童《かっぱ》だね」と髪結いが笑った。

「お前が切ったんじゃろうが」としのほは言いたかったが堪えて飲み込んだ。

それでは見てくれが悪かろうというわけでもなかろうが、天辺を蝶々に結われて酸漿《ほおずき》の簪《かんざし》をひとつ挿された。髪はようやく見られる様になったが……。

さらには初めての白粉《おしろい》を項《うなじ》まで塗られ、唇には花びらのように紅を差された。

「紅を舐《な》めるんじゃありんせん。高いんですから」

美浜に剣突《けんつく》を食らわされるが、つい気になって舐めてしまう。

みそのが伊勢甚からもどって来た。簪と交換に請け出してきた着物には赤地に白抜きのカタツムリの模様が施されていた。それを着せられ、帯は後ろでだらりに締められた。

しのほは戸惑った。長旅の果てに妓楼なる場所へと連れて来られたかと思うと、その日のうちに呼び名が変わり、髪型が変わり、綺麗な着物を着せられ、いままで一度としてしたことのない白粉を塗られ、紅を差している。これはもしや夢であろうかと尻を抓《つね》ってみた……。

取りあえず形には仕上げられたものの、いかにも様にならない。皆は首を傾《かし》げるばかり。翡翠にでき栄えを見てもらうためしのほは座敷へと連れて行かれた。

翡翠は呼出昼三の上級花魁であるため見世張りに出ることはない。宛てがわれた座敷で、呼出茶屋を通して客からの指名がかかるのを待つのが常である。

そこでしのほを見た翡翠は「なんだか、細くてひらひらしてて、帯が床につきそうで、まるでカトンボのようでありんすな。だらりより文庫結びの方がよかったかね」と容赦なく笑った。

「わっちは風呂で垢を掻いておったとき、このまま掻き続けたら消えてなくなっちまうかと思ったでありんす。消えてなくなったらどう言い訳するか考えたでありんす」

美浜が笑いを膨らませた。

「わたしは、こんなに虱《しらみ》の多い髪を見たのははじめてだね。山の狸でもここまではいないね」と髪結い。

笑いの渦中に落とされて面白くないのはしのほ。しのほは頬《ほお》を紅潮させ声を荒《あら》げた。

「面白くないわね。笑うんじゃないわね」

「あれ、カトンボが怒った。赤トンボかね」

翡翠がからかうとさらなる笑いを誘った。

しのほは腹立ちにまかせて翡翠の部屋を飛び出した。呼び止める声を振り切り、このまま外へ逃げ出そうかと思ったが階段を下りたところで呼び止められた。

「あんた今日、女衒に連れてこられた娘《こ》だろ。なんか妙な感じだね。確か翡翠姉さんの抱えだね」

呼び止めたのは夕霧。

「うん」と、しのほは口を尖らして頷いた。

「禿は、『うん』じゃなくて、『あい』って返事するんだ。覚えておきなさいよ」

「……あい」と絞り出すように返事をしたとき、流れていく自分を見ていた。そして訊いた。「玉屋ってここから遠いんかね？」

「遠いのでありんすかって聞くんだよ」

妙な言葉遣いに戸惑いながらも、逆らうほどのことでもないし、流れていくついでに取りあえず真似して繰り返してみた。

「遠いのでありんすか？」

鈴に別れの挨拶もせず、しのほは心残りであった。また会えるか気がかりだった。

行く末もわからないまま、「ずっと友達でいようね」と約束をしたのだったが……。

「さっきの娘の奉公先の玉屋ね。ああ……遠いね。十里あるかね。あんたの足じゃ行って帰ってくるのに四日はかかるね」夕霧が曇った顔で首を振った。「もう会うことはないだろうね。まさか四日かけて会いに行くなんて言わないだろうね。あきらめな」

　それを聞いて悲しくなった。たとえ八日間とはいえ、苦しい道のりをいっしょに歩いて来て心通じる唯一の友達だった。この八日で別ればかりを経験したような気になった。

　横を通りかかった女が言った。

「夕霧って、どうしてそんなに意地が悪いかね。玉屋なんて三軒隣だよ。来るとき前を通ったろ。気がつかなかったかい？　お前さん字が読めないんだ」

　伊佐治は、最初に玉屋へ入ろうとしたが、別の女衒が先に口入れをしていたため、玉屋を後回しにして扇屋を先に口入れしたのである。

　しのほの気持ちはほっと緩んだが、その目は夕霧を睨みつけた。夕霧は悪びれることもなく眉を上げてケタケタ笑った。

　しのほの足は出ていた。はだしで玄関を飛び出すと江戸町一丁目の人ごみをすり抜けた。

玄関前の床机に座っていた見世番の丈太郎が呼び止めた。

「おい、どこへ行くっ」

いい、しのほは玉屋の前まで来ていた。

玉屋でも夜見世がはじまっており、格子の中の遊女達が通りへと視線を送っていた。

追いかけてきた丈太郎が首根っこをつかんだ。

「お前。どこへいくつもりだ」

「玉屋ってここじゃろ」

「ここだが、それがどうした」

「鈴ちゃんがここへ入ったって聞いたからじゃ」

「今日お前といっしょに来た娘か？　いいか、この玉屋は扇屋の商売敵《がたき》だ。ってことは鈴って娘はお前の商売敵ってことだ。これからは客を取り合うんだ。もう友達じゃねえんだ」

いい、しのほは悲しそうに丈太郎の顔を見上げた。ここにいる大人達は皆、冷酷で無慈悲であることを知った。

「あの娘の器量なら、おそらく引込《ひっこみ》になる。将来は花魁だ。俺の目に狂いはねえ。残念ながらお前は引込じゃねえ」

引込とは将来を嘱望される禿、新造で引込禿、引込新造と呼ばれた。知識や教養は元より、丁寧な言葉遣いと優雅な立ち居振る舞いを躾《しつ》けられ、妓楼の担《にな》い手として養育される少女のことである。店には出ず内所（楼主の居間）に引っ込んで楼主や内儀手ずから育てることからそう呼ばれた。

「お前は、しのほだろ。元の名前は駒乃。翡翠花魁お抱えの禿で奥州田村郡朝月の生まれだ。当年とって九歳だ。違っていたら言ってくれ」

自分はなにも知らないのにこの男は自分のことをなんでも知っている。そのことにしのほは驚いた。

「扇屋には、お職花魁を筆頭に禿のしのほまで七十六人の女衆がいる。若《わか》い衆《し》は十八人だ。ここでは男はオマケみてえなもんだ。ここにいる若い衆は、お前ら女衆におまんま食わせていただいている。だから、飯の種である女衆はひとり残らず頭に叩き込んでいるわけだ。そう驚くほどのことじゃねえ」

そこへ五、六人の若い衆が着物の尻を端折《はしょ》って追いかけてきた。

「丈太郎、どうした。足抜《あしぬき》かい？」と唾《つばき》を飛ばしたのは中郎《ちゅうろう》（雑用係）の源治《げんじ》。

「なんでもねえ。ちょっと商売敵の様子を見に来ただけだ。仕事にもどってくれ」

「違うのかい？　……なんだい、峰次の早とちりかい」

血相を変えて追いかけてきた若い衆は気が抜けたように萎《しぼ》んでもどっていった。丈太郎はしのほを見下ろし強い口調で言った。

「無断で店を出るんじゃねえ。足抜と間違われるぞ。ここでは足抜は重罪だ。足抜の折檻《せっかん》は半端じゃねえ。命落とすこともあるんだ」

死んだほうが楽かもしれないという状況を嫌というほど見て来たしのほには、その言葉は心に響かなかった。そのような言葉は死を怖れる者に向けるもので、生きているか死んでいるかわからない今のしのほに効果はなかった。

廓《くるわ》

妓楼の大見世、中見世の造りはどこも似ている。

一階に大広間があり、廊下を挟んで勝手場があり、竈《かまど》、井戸、流し場が設えられている。奥の日当たりの悪い北側には行灯部屋や布団《ふとん》部屋がある。大広間を一望するところに神棚が備えられていて、それを背にして楼主が目を光らせる形となっている。

大広間の中ほどに設えられた大階段を上がったところ、廊下の右側に遣手お豊の部屋がある。その部屋の反対側には二十畳ほどの引付座敷があり、そこから宙《ちゅう》を渡すように廊下が四方へと広がり、あちらこちらに設えられた遊女の部屋、座敷、廻し部屋を結んでいる。

妓楼の朝は遅く、昼四ツ（午前十時ごろ）に一日ははじまる。

後朝《きぬぎぬ》の別れの後、二度寝をした遊女たちが起きはじめるのがこのころである。禿や新造達が雑巾や箒を手にして掃除をはじめると遊女達はこの埃《ほこり》から逃れるようにして妓楼内にある湯へと向かい、前日の残渣《ざんさ》を流す。湯には遊女から新造、禿の順に入っていく。昼九ツ（正午ごろ）になると「湯をしまいます」との声が妓楼内に響く。

湯から出た女達には食事が用意されていて、ようやく朝餉《あさげ》となる。

花魁、部屋持、座敷持の上級遊女はそれぞれの部屋で取り、そうでない遊女や新造、禿は大広間でわいわい言いながらの朝餉となる。

朝餉のおかずもまちまちで、客に出した料理の残りをちゃっかりくすねておいて、それを温めなおして食す者もいれば、外から好きな料理を取り寄せる者もいる。もちろん自身の出費となる。

それが終わるとしばらく自由時間となり、化粧をする者、髪を結う者、手紙をしたためる者、貸本屋から借りてきた本を読む者、お喋りに花を咲かせる者、それぞれ思い思いに暇をつぶす。

昼八ツ（午後二時ごろ）に昼見世がはじまるが、人通りはまだ少なく、のんびりした雰囲気である。ここでも見世張りをしながら手紙をしたためる者、本を読む者、煙草を吸う者、格子越しに占い師に手相を見てもらう者もいる。もちろん客が付けば客の相手をすることになる。

夕七ツ（午後四時ごろ）に一旦、昼見世は閉められ、その間に遊女は化粧をなおしたり、髪を結いなおしたり、夕餉《ゆうげ》を取る。呼出昼三が引手茶屋に呼ばれて向かうのもこのころである。

暮六ツ（午後六時ごろ）になると様相は一変し、見世清掻の音が鳴り響き、通りを行き交う人々も増え、吉原は活気づく。

夜四ツ（午後十時ごろ）は登楼《とうろう》の門限であり、またこのころ、帰途に就く客も多く、最も忙しい刻限であった。「引け」と呼ばれる。本来であればこのとき合図として拍子木を打つものであるが、実際は打たれなかった。客に刻限を教えないことが慣わしとなっていて「吉原は拍子木までも嘘をいい」と言われる所以《ゆえん》であった。

夜九ツ（午前零時ごろ）。このころを「中引け」と言い、拍子木が打ち鳴らされ、大門が閉じられる。夜四ツに打たれなかった拍子木はこのときにまとめて打たれた。また、客の付かなかった遊女、新造、禿たちはこのころ床に就く。

夜八ツ（午前二時ごろ）。「大引け」である。客の付いた遊女は床入りとなり、吉原の本当の夜となる。

明六ツ（午前六時ごろ）。大門が開き、禿が水を入れたうがい茶碗と水を捨てる半挿《はんぞう》、房楊子《ふさようじ》、手ぬぐいを用意して寝間までやって来る。顔を洗って口をすすぐと、この後、帰り支度をしながら遊女と客が別れを惜しむことになる。これを後朝《きぬぎぬ》の別れという。

客を見送った後、遊女は再び床に入り、二度寝を決め込む。このときが本当の眠りである。遊女は客がいるときには眠ったふりはするものの本当に眠ることはなかった。客の接待をするため、常にその様子を窺っていたから、というのが建前であるが、本当のところは揚代を払わず逃げる客を見張るためであったとも言われている。

来た当初は全ての物が目新しく、しのはそれにどのような意味があるのか考える暇もなかったが、七日もたつと次第に妓楼が見えてくる。しかもそこに馴染んでくる自分が不思議でならなかった。

大部屋での雑魚寝やしきたりには相変わらず馴染めないものの、なんとなく見えてくる。

店に上がることを登楼と言い、見世張りや吉原細見で見初《みそ》めたり、茶屋の薦めで遊女に目星をつけて妓楼に上がることからはじまる。形式はいくつかあるが大見世の場合、引手茶屋を通すのが常道であった。世間では男が女郎を買う、もしくは女と遊ぶと言うが、妓楼では『擬似夫婦関係』を結ぶことを建前としている。

まず、引手茶屋から扇屋に遣《つか》いの者が来て「花魁のご機嫌はいかがでありましょう」と伺い、「申し分ござんせん」との返答で揚げの承諾となる。

今日、翡翠に付いた客は茶屋の主人と幇間《ほうかん》を伴い、古いしきたりを踏襲《とうしゅう》しての「初会」であった。このとき、しのほには初仕事が用意されていた。手取り足取り何度も稽古したものの、うまくこなせるか心許《こころもと》ないが。

客が登楼すると、まず二階の引付座敷へと案内され、目当ての遊女と対面することとなるが、その場では遣手のお豊が話をし、値段、料理、時間の交渉をする。初会から客が遊女と話をすることはない。

そこで話がまとまると、若い衆によって杯台《はいだい》と酒、硯蓋《すずりぶた》とよばれる羊羹《ようかん》、寒天または佃煮《つくだに》、カマボコといった簡単な料理が運ばれ、客はそれを突《つつ》きながら少しの暇をつぶす。

頃合を見計らって場所は翡翠の座敷へと移される。このとき、しのほが茶を運び、みそのが煙草盆を差し入れることになっていた。これがしのほにとっての初仕事であったが、ここでちょっとしたことが起こった。

「ゆっくりしなんし」と茶を出したはいいが、「おう、禿じゃねえか」といきなり客に釣り上げられた。幼くてぎこちなくてかえって目についたのか、それとも可愛らしく映ったからなのか、初会の客であったが遊びなれていたらしく、その場を和《なご》ませようとからかいを入れた。

そんな応対にはまだ不慣れと見切ったお豊が、「へえ、この子は新しく入ったしのほと申します。かわいがってあげてくださいまし」と助け舟を出したが、後がいけなかった。

客に「なんだかガリで、まるでカトンボみてえじゃねえか」と一番気にしていることを突《つつ》かれて途端にお頭へと怒りが迸《ほとばし》った。

「カトンボではないわね。しのほじゃね。本当は駒乃じゃけど」と顔を真っ赤にして突っかかった。

「おう、なんだ？　ネズミ花火みてえだな。なかなかおもしれえじゃねえか」と言って客は紙の包みを差し出した。しのほは包みをひったくると引付座敷を飛び出した。怒りにまかせて飛び出したが、気になって階段を下りたところで紙の包みを開いた。白い豆のような菓子が二十粒ほど包まれていた。口へまとめて放り込んだ。菓子は口の中で溶けた。これほどに甘く美味しい菓子があることをはじめて知った。怒りは少し和らいだ。後にそれがボーロという名の菓子であることを知った。

その後のことである。客は「気にするな、なんとも思っちゃいねえよ。あれくれえの気性のほうが先が楽しみだ」と言ってくれたものの、その場はひどく白け、場を取り繕《つくろ》うのにお豊はえらく難儀した。

翌日には翡翠から「しのほどん、主様の機嫌を損ねるような振る舞いはいけんせん。わかりんしたか？」と、こっぴどく叱られ、抓《つね》られた左の頬が倍ほどにも腫《は》れ上がった。「あい、わかりんした」と返事ができるほどまだ素直ではなかったので、しのほはただ翡翠を睨《にら》むばかりであった。

しのほが飛び出した後も席は続いていた。

仕掛け姿の翡翠花魁が上座に座り、若い衆がふたりを取り持ち、盃《さかずき》が交わされる。これが『引付の式』である。

これがつつがなくすむと、やがて料理が運ばれ、幇間《ほうかん》のかっぽれや百面相、新造の三味線で場が盛り上がるが、ここでも客と翡翠は話をすることもなくお互いに見ているだけ。

そのうち「お召し替え」との声がかかり、翡翠は席を外し、しばらくしてから額仕立ての常着姿で現れる。

滞りなく場が進み、刻限となったころ、客は翡翠の部屋へと案内される。そこには既に床《とこ》が用意されている。花魁の布団は三ツ布団である。敷布団ひとつの厚さが一尺（約三〇センチ）ほどあり、三つで厚さ三尺（約九〇センチ）ほどとなる。

客は寝巻きに着替えて布団に入るが、初会で翡翠が床へやってくるかどうかはわからない。来ても来なくても揚代に変わりはない。ひとり寂しく朝を迎えても支払う揚代は同じ。これは登楼回数には関係なかった。

二度目に登楼することは「裏」とか「裏を返す」といわれる。「初会」より親しくなり、ちょっとした会話を交わすようになる。そして、再び床に入って待つのだが、このときでも翡翠が来るかどうかはわからない。

そして三度目の登楼。このことを「三会目」とか「馴染みをつける」という。ここでようやく擬似夫婦が成立し、客の名前入りの箸が作られ、より親密な関係となる。客は禿や新造、若い衆、遣手に床花《とこばな》と呼ばれる祝儀を渡して再び床に入って待つことになる。しきたりでは三度目でお祭りを迎えることが通例として知られているが……。

客は、刻を迎えると布団に入って寝たふりをして翡翠が来るのを待つが、やはりここでも翡翠が来るとは限らなかった。来ないことを「振られた」という。花魁には振る権限が与えられていた。このときも来るか来ないかは賭けであった。

廊下を行きかう、パタパタという上草履の音に聞き耳を立てて胸を高鳴らせる。何度も期待を裏切られ、振られたかと思ったころ、パタと足音が止まって障子戸が開く。客は皆一様に胸がどきりと鼓動したことだろう。

「もう寝ておりんすか？」とわかりきったことを訊き、「うとうとしてたところだ」と白々しい返事をするのが慣わしである。この後、ようやく念願が叶うのである。

この晩に限ってはしきたりが守られる形であったが、厳しかったのは江戸中期までで、後期になるとそのようなしきたりは薄らいでいた。

花魁が客の相手をしているとき、禿は廊下か部屋の中の屏風《びょうぶ》の陰に行儀よく座って待ち、座敷から声がかかると用件を聞いて、下階の勝手場へ伝えるのが主な仕事であった。

花魁が別の客の相手をしているときには名代として抱えの新造が座を務めるが、稀《まれ》に禿が馴染み客の相手をすることもあった……相手と言っても、客前で折り紙を折ったり、花を生けたり、双六《すごろく》の相手をするくらいのもので、それ以外の仕事といえば、朝、客が目をさましたころに洗面具を部屋まで運んだり、姉女郎の部屋の掃除をしたり、おつかいを頼まれたり、である。

しのほはおつかいへ向かう途中、行灯部屋の前を通った。

そのとき、人の声のようなものを耳にして思わず立ち尽くした。空耳だったかもしれないが、しのほは「中に人がいる。あの話は本当だったんだ」と思った。旅の途中、旅籠で相部屋になった行商人の話である。吉原では病気になった遊女は行灯部屋に閉じ込められ、食事も与えられず見殺しにされるという話を思い出した。その行灯部屋の前に立っていた。

そのまま通り過ぎようと思ったが足は動かない。なにか得体の知れない化け物に足をつかまれているようだった。

覗いてみたいという好奇心も湧いてくるが、見るのも怖い。見ないでこのまま行けば見殺しの片棒を担《かつ》ぐことになりはしないか。しかし、おつかいを言いつかってい る。にもかかわらず手は自然と行灯部屋の戸の引手に掛かっていた。手が意思に関係なく動くことを知った。意を決めると力まかせに戸を開けた。

油臭く真っ暗な空間がぽっかりと広がっているだけだった。次第に目が慣れてきてその様子がわかった。左右に棚が設けられていてたくさんの行灯が整然と並べられている。人の気配はなかった。中へ足を踏み入れてもやはりだれもいない。

背後に人の気配がし、ぎょっとして振り返った。

「しのほ、なにしてんだい？　あんた翡翠花魁からおつかいを頼まれたんじゃないのかい？」

お豊だった。行灯部屋の入り口に大きな身体が立ちはだかったせいで途端に暗くなった。明暗の影だけを見るとまさに仁王である。

「ここから人の声がしんした」

「ここでかね？　なんでこんなところから人の声がするんだい。気味の悪いこと言うんじゃないよ」

しのほが行商人から聞いた話をすると、お豊は全身の肉を揺すりながら嘲るように笑った。

「あんたは馬鹿かい。病気の女郎を閉じ込めておいてなんの得になるんだい？　治らなきゃ死ぬだけじゃないかね。汚れるわ、臭いわ、後始末が厄介《やっかい》だわで、そんな女郎はとっとと鞍替《くらが》えだね。それができなきゃ御祓《おはら》い箱だよ」

鞍替えとは他の妓楼、ほとんどの場合は下級妓楼であるが、そこへ売り払うことである。


遊郭で厄介な病は瘡毒《そうどく》と労咳《ろうがい》（結核）であり、有効な治療法が確立されていないこの時代、症状が進むとまず治る見込みはなかった。治る見込みのない遊女を置いておくほど妓楼には余裕はないし、だいいち、なんの利得にもならない。過去には薄暗い部屋に閉じ込められて死んでいった女郎もあったらしく、それが悲惨を煽る話として広まったらしい。上級の遊女であれば箕輪《みのわ》の寮へ移して療養をさせるが、そこまでの費用と手間をかけられない下級遊女であれば楼主の判断で追い出されるのが相場である。下級妓楼でも引き取り先が見つからなければ年季明けと称して大門から出されるのである。わずかばかりの祝儀を持たされて一本締めを背中で聞きながら大門を出て行くことになる。


「大門を出て行った女郎がどのような末路をたどるかは知らないがね」

お豊は語尾を濁《にご》した。遊女の中には身寄りがなく、引き取り手のない者も多い。

「とっととおつかいに行っておいで。あんたにできるのは、金魚の餌《えさ》を買いに行くくらいのもんだ。早く行かないと金魚屋が行っちゃうよ」

玄関を出るとき、「おつかいでありんす」と見世番の丈太郎に声をかけて出かけた。度々、追っかけられては堪《たま》ったものではない。

金魚屋の声を追いかけるうち、思い出したようにしのほのおデコが疼《うず》きはじめた。

翡翠花魁の座敷の窓際にはガラス製の金魚鉢が置いてあって、中に赤色も鮮やかなリュウキンが一匹、尾びれをふりふり泳いでいる。

「翡翠姉さんも、この金魚も同じでありんすな」と言い終わらないうちに長煙管の雁首が風切り音とともに振り下ろされた。

どれほど綺麗な着物を着ていても、どれほど神々《こうごう》しく髪を飾り立てても、小さな吉原から出られないことが、子供心に金魚鉢の金魚と重なった。翡翠も自分を見ているようで癪《しゃく》に障《さわ》ったにちがいなかった。今もコブになって疼《うず》いている。普段穏やかな翡翠花魁も、ときには怖い顔をすることを知った。

「癪に障るんなら飼わなきゃいいのに」と思った。

声を頼りに進むと江戸町一丁目の突き当たりに金魚屋が天秤棒《てんびんぼう》を下ろしていた。

逃がすまいとそこまで駆けると息を切らして言った。

「金魚の餌、おくれ」

「へいよ」

金魚屋は愛想よく返事して腰にぶら下げた袋から包みを手渡すと、しのほが握り締めていた五文を受け取った。

「見かけねえ禿《かむろ》だな。新顔かい」

「あい。カトンボなんて言ったら承知しないでありんす」

「おっと、喉まで出かけていたんだけどぐっと飲み込んだよ。あぶねえところだ。気の強え禿だな。どこの禿だい？」

「扇屋でありんす」

「へぇ〜、扇屋といやぁ大見世じゃねえか。どうりで上等な着物《べべ》着てると思ったぜ。行く末は花魁かい？」

「わっちには無理だと言われんした」

「そうかい？　俺は、お前さんに花魁の素質ありと見たが。金魚も同じでな、いい金魚になるかどうか、なんとなくわかるもんだ」

「花魁と金魚を比べると小突かれんす」

「お前さん、姉さまにそんなこと言ったのかい。で、そのデコのコブかい？　口は災いの元だな。だったら、こう言い換えてやるわ。『栴檀《せんだん》は双葉より芳《かんば》し』とな。覚えておきな。……じゃ、またな」

金魚屋は天秤棒を担《かつ》ぎ上げると売り声と共に行ってしまった。姿を見送った後、ふと我に返り、辺《あた》りを見回した。

しのほが許しを受けて店を出たのは今日がはじめて。通りには大小様々な紅殻格子の見世が並んでいた。突き当たりは黒い板壁になっていて、その上には鉄の矢を並べて編んだような忍返しが付けられていた。地べたはそこで終わりである。間違いなくここは囲われた街、吉原遊郭なのだと思い知った。

今、しのほは浄念河岸に来ていた。最下級の妓楼が並ぶ通りで、仲之町を挟んだ反対側には羅生門河岸がある。鬼のごとく客をつかんで引きずり込むことからこのように呼ばれるようになったといわれている。

間口二間ほどの店が軒《のき》を連ね、その前で女たちが道行く客に声をかけている。白粉《おしろい》を漆喰《しっくい》のように塗りたくった痩《や》せぎすの年増女が床机《しょうぎ》に腰を下ろしたまま団扇《うちわ》で扇《あお》ぎながら「ちょっと、寄っていきなよ。安くしとくよ。一朱でどうだい」などと声をかけるが振り向く客すらいない。紅殻格子の見世の様子とは違っていた。

しのほは、その様子を見物するように突っ立って見ていた。

客が取れない苛立ちがしのほに向けられたのかもしれない。

「なにをもの珍しそうに見てるんだい？」

手負いの獲物を見つけた山犬のような女たちがあちらからこちらから集まってきて、たちまちしのほを取り囲んだ。

「お前さん、どこの禿だい？　見慣れない顔だね」

「ちょっと貧相だけど、きれいな顔してるね。わっちにもこんなころがあったはずなんだがね。あっという間に過ぎちまった」

「あんた年はいくつだい？　いつ売られて来たんだい？」

「どこから売られてきたんだい？」

「親兄弟は生きてるのかい？」

不躾《ぶしつけ》な質問が容赦なく浴びせられた。

しのほが踵《きびす》を返そうとしたところに別の年増女郎が立ちふさがった。女は値踏みでもするかのようにしのほの着物を指先で扱《しご》いた。

「こりゃ上物だね。どこかの大見世か中見世か……小見世じゃないことは確かだね」

「当たり前じゃないか、今のご時世に、新しい禿を抱えられるのは大見世か中見世くらいのものだよ」

ひとりの女がしのほの髪から簪を引き抜いた。翡翠花魁からの借り物である。

「この玉簪、珊瑚《さんご》じゃないかね。二両はするよ。わっちらのひと月分の稼ぎだ。こんなのを見せびらかされちゃ堪《たま》んないね」

「返して」

しのほは取り返そうと手を伸ばすが届かない。手は空《くう》を掻くばかり。

「どんなにいい着物《べべ》着てても、どんなに高価な簪つけてても、出て行くときはなにも持って行けないんだよ」

「どっちみち、こき使われて捨てられるだけだ。結局は、行き着くところはここなんだ。あんたもいつかここへくるんだ、よく覚えておくんだね」

「でもね、ここへ来られるのはまだ、運がいい方なんだ。瘡《かさ》や労咳を患《わずら》って死ぬかもしれないんだからね。大川に流れている女の屍骸はここを追い出された遊女ばかりだというじゃないか。ここを出てひと月もしないうちに身を投げるんだ。患った遊女なんて、ここを出ても生きる方法なんてないんだからね。それだけじゃない。稼ぎが少ないと折檻で殺されることもあるんだ。覚悟しておくんだね」

　大人は子供に嘘を吹き込むことがある。「半分が嘘で半分が本当だ」という女衒の伊佐治の言葉を思い出した。

　そのとき、聞き覚えのある男の怒鳴り声が響いた。見世番の丈太郎の声だった。丈太郎は、ひょいと簪を取り上げ、袂《たもと》で拭《ぬぐ》うとしのほの髪に挿した。

「汚ねえ手で触るんじゃねえ。汚れるじゃねえか。それはウチの禿だ。失せろ売女《ばいた》」

　女たちの視線が丈太郎へと集まった。

「ここいらはわっちらの島だ。失せろって言い方はおかしいんじゃありんせんか、丈太郎さん。……ということはこの禿どんは扇屋さんとこの抱えかね。どうりで高価な着物をお召しになられてるわけだ。でも、売女とは随分な言い草じゃないかね。女の生血吸って生きてる若い衆に、そんな言われ方される筋合いはありんせんがね。わっちらが食わしてやっているようなもんじゃないかね」

「お前じゃねえよ。大きな顔をするんじゃねぇ」

「同じことだ。女郎の生血吸って生きていやがるんだ」

「お前らは身体だけじゃなく、心の中まで腐っていやがる。ウチの女郎とは格が違う。その差がこれだ。年季が明けて外に出られても、結局、舞いもどって来ちまうんだ。女郎には意気張りがあるが、お前らにはそれがねえ。元はあったかもしれねえが今は微塵《みじん》も残っちゃいねえ。それさえも売り払っちまったんだろうよ。だから売女だ」

「そんなきれいごと言ってちゃ、生きていけないのさ。売れるものは売る。それが女郎なんだ」

「この次はなにを売るつもりだい？　もうなにも残っちゃいまい」

「しまいには命でも売ってやるよ」

「いい覚悟だ。精々長生きしな」

その後も女たちの罵声《ばせい》は容赦なく丈太郎の背中に叩きつけられた。

丈太郎は素知らぬ顔でしのほの襟《えり》をつかむと、引きずるようにして連れ帰った。

「お前のことだから真っすぐ帰ってこねえと思ったから後をついてきたんだ。この街は角をひとつ曲がると世界が変わるんだ。もうここへは来るんじゃねえぞ。本当に世話の焼ける禿だな」と言い、しのほの顔をまじと見た。「さっきも気になったんだが、そのデコのコブはどうしたんだ」

翡翠に小突かれたことを説明すると、「あの長煙管は二尺ある、手の長さも二尺ほどだ。慣れないうちは翡翠花魁の四尺より内側に入らねえ方がいい。慣れてくるといつ飛んでくるかわかるようになる。右の眉毛がぴくりと動いたら危ねえ。そしたらさっと身を躱《かわ》すんだ。だが、躱すと後が怖《こえ》えがな。突然、般若《はんにゃ》のような形相になって追いかけてくる。あれでいて駆《か》けっこは速《はえ》えんだ」丈太郎は冗談とも本気ともつかないような薄ら笑いを浮かべた。「般若って知ってるか？　般若っていうのはな、口が耳まで裂けてて頭に二本の角がある鬼女でな、そりゃ怖え顔で、一度あの顔を見たら夢に魘《うな》されるわ。お前なら厠《かわや》へいけなくなっておしい（小便）漏らしちまうわな……」

丈太郎の話は扇屋に着くまで続いた。

「あんた浄念河岸へ行ったんだってね。なんであんなところへ行ったんだね。あそこの連中は性質《たち》が悪いんだからね、二度と近づくんじゃないよ。お前なんて骨まで食われちまって何も残らないよ。早く風呂へ行ってきな」

丈太郎はきっちりお豊に伝えていた。男のくせに意外とお喋りであることがわかった。

しのほが風呂から上がって着物を着ているとき、あるものがないことに気づいた。いくら捜しても無い。あったはずのものがなくなっていたのである。

「ない、ない、ない……」

愕然《がくぜん》としたかと思うと、たちまち怒りが頭の天辺《てっぺん》まで立ち昇った。

急いで着物を着、帯を結ぶのもそこそこに大広間へ駆けていき、そこで朝餉を食う女郎や新造、禿に向かって叫んだ。悔しさと怒りのため声が裏返った。

「わっちのカマボコがなくなりんした。だれかえ？」

皆、一旦はしのほを見るが、気にもせず食事をしながら歓談に興じている。

楽しみにしていたカマボコである。昨日の客様の台の物（料理）の残りをくすねて紙に包んで懐に忍ばせておいたものである。

「わっちのカマボコ二つ、だれやらが盗《と》りんした」

留袖新造の照葉が「盗られる方が悪いんだよ。あきらめな。今ごろはもうだれかの腹の中だよ。腹掻《か》っ捌《さば》いて取り返すんなら、止めやしないがね」と言いながら見覚えのあるカマボコを口へ放り込んだ。

しのほが風呂に入るとき、ちょうど入れ違うようにして照葉が出たことを思い出し、思わず鼻の穴を広げて指差した。

「それ、わっちのカマボコじゃね」

「なんだい？　これがしのほどんのカマボコだっていうのかい？　名前でも書いてあったかい？　カマボコなんて見てくれはどれも同じだよ」

照葉はなに食わぬ顔で咀嚼《そしゃく》すると喉へ落とし込んだ。

「なんぜ、わっちのカマボコを盗りなんしたか？」

しのほは歯ぎしりしながら食ってかかった。

「滅多なこと言うんじゃないよ。証でもあれば別だがね」

照葉に悪い噂は絶えない。人のおかずを盗むのは日常茶飯事で、他人《ひと》の箸や笄を持ち出して伊勢甚へ持って行ったり、枕返しをしたりの噂さえある。枕返しとは客の財布から金をくすねること。

腹の中に収まってしまっては、これ以上言い合っても仕方がないとしのほは拳《こぶし》を下ろしたが、盗られる方が悪いなんて、そんなことがあろうか。やりきれない気分が渦巻く中、しのほは味気ない粗末な朝餉に向かった。白米ではあるが粥のような飯で、それに梅干と味噌汁が付くだけ。それでもカマボコが二切れ付くだけで気分は晴れやかになったはずなのに、一転暗々たる闇の底。昨日から楽しみにしていたカマボコなのに……こんなことなら最初からなかった方がよかった。直前で楽しみを奪われた衝撃はことのほか大きかった。

みそのが横にやってきて「わっちもやられたことがあるんよ。めざし二匹にだし巻きをやられんした。しかも久兵衛のだし巻きだよ。あれは絶品なんですがね。あれさえ食べられたら三日は幸せでいられたのに。あの人は最低でありんす。女郎の風上にも置けないクズでありんすよ」と、よほどの恨みがあるのか語尾を強めた。

「なにこそこそ陰口叩いてんだい。陰口なら聞こえないように言っておくれな。皆に聞こえるように言うなんて、性質《たち》が悪いじゃないかい。どっちがクズだい？」

クズという言葉がよほど癪《しゃく》に障《さわ》ったらしく、照葉は突然立ち上がると裾《すそ》を捲《まく》ってわめき散らした。

「やめなよ、みっともない。あんたの手癖の悪さはみんな知ってるよ。今更、驚かないよ」と笹舟《ささふね》。

その言葉でさらに油が注がれたように照葉の怒りが燃え上がった。周囲の膳をひっくり返しながら飛びかかると「もう一度言ってみなよ」と笹舟の髪を引っつかんで頭をぐるんぐるんと振り回した。

「ちくしょう、せっかくきれいに結い上げた髪を」

笹舟は照葉の頬へつかみかかった。

喧嘩《けんか》を煽《あお》る者、止めようとする者、騒ぎに乗じて転がった竹輪《ちくわ》を口へ放り込む者、膳を持って他へ移動する者で大騒ぎとなった。

笹舟の髪がひとつかみほど抜けて、照葉の頬が腫れ上がったころ、お豊が出てきて
「はいはい、もうそれくらいにしておきな。それ以上やるとふたりともお仕置だよ。しのほ、そこのお前ら、ぼーっと見てないで、さっさとこのふたりを連れて行きな。い、い、みその、お前達が発端だ、ここ掃除しておきな」

籠の鳥のような女郎たちは、鬱積《うっせき》した気持ちをなんらかの形で発散させながら生

活している。皆もそれがわかっている。顔を見ていると、そろそろ噴火しそうな女郎がわかってくるという。

皆がちりぢりになり、一段落して掃除しているとき、みそのが言った。

「翡翠姉さんにお願いして手箱をひとつ貸してもらいなさいよ。そうすれば風呂に入っているうちに盗られることはないからさ」

翡翠花魁の座敷には牡丹蒔絵《ぼたんまきえ》に金具を打った漆《うるし》の重ね箪笥《だんす》と桐箪笥ふた竿《さお》が調度として備えられており、その上に、金蒔絵の手箱が並んでいた。

「手箱にカマボコをしまっておくの？」

「朝までだよ。朝になったら食べなきゃ傷んじゃうから」

「でも手箱には、姉さんの小物で一杯でありんせんか？」

「ありんせん。それどころか空っぽなんよ。漆箪笥の引き出しも手箱も中身はからっぽ。下の方の引き出しには煙管や笄が何本か入ってるだけだよ。もともとはもっといっぱい入ってたんだけど、今はみんな伊勢甚へご奉公に行っていなさるよ。いつ帰ってくるかもわかりんせん。ひょっとすると、もう流れちゃっているかも知れんせん」

早速、翡翠にお願いすると「しのほどんもかい？　しょうがないね。さっきの騒ぎはそれでありんしたか。……どうせ空いているからいいけどね」と言いながら手ごろな手箱をひとつ貸してくれた。「きれいに使っておくれなんし。食べものは早く取り出すんだよ。ゴキカブリ（ゴキブリ）を出したら承知しんせんよ」

昼見世はもともと暇であるけれど、雨が降ると、ことのほか暇であった。翡翠花魁は部屋に入ったまま暇に飽《あ》かせて煙草ばかり吹かしている。かたわらにいると煙《けむ》いばかりでつまらないし、頭がくらくらするし、着物が煙草臭くなって堪らない。

それを見咎《みとが》めた翡翠に「しのほどん、みそのどん、姉さまたちの見世張りでも見て学んできなんせ」と言われたので「あい」「あい」と小気味よく返事をし、ふたりは喜んで部屋を出た。

もう見世張りははじまっているものの、いまだだれにも客が付いた様子はない。見世の中でも花魁たちが煙草を吸ったり、本を読んだり、手紙をしたためたりするばかり。

見世張りをする遊女達の座る背後には金屏風が立てられていて、その後ろは襖《ふすま》になっていて、ちょうど子供が立てるくらいの隙間があった。ふたりは襖を一尺ほど開けると見世へと入り込んで金屏風の後ろに立った。

「だれぞ、そこにいなんしか？」

弾琴花魁がふたりの気配に気づいて小声で聞いた。

「あい。しのほとみそのでありんす」とみそのが応えた。

「なんぜ、そんなとこにいなんすか？」

みそのが事情を説明すると「じゃあ、そこで大人しく見なんせ」

しかし、屏風の後ろからではなにも見えないし、息苦しいばかり。

みそのが暗い屏風の背後に一点の光を見つけた。だれの仕業か、小さなほつれができていた。

みそのは屏風の張り紙を指でこじ開ける。と、暗がりへ一筋の光が差し込んだ。

しかし見えるのは花魁衆の頭ばかり。

「あや、見えた」と、みそのは嬉しそうに見世を覗いた。

「これっ。そんなところに穴を開けなんしたか。お豊さんに知れたらお仕置ですよ」

そんな声は、ふたりの耳には入らない。

「わっちにも見せて」

しのほはみそのより三寸ほど背が足りないので、無理に背伸びして覗こうとしたものだから足元を崩してつんのめってしまい、その弾《はず》みで押した金屏風がふわりと見世へと傾いた。

「これっ、なにしなんしか？」

突然のことで見世張りをしていた花魁をはじめとする女郎衆はなにごとかと驚き、その拍子に煙草盆はひっくり返り、墨はぶちまけられ、行灯《あんどん》は転がって油がひっかかってすっ転ぶ女郎女郎の大騒ぎとなった。

幸い行灯の火はすぐ消えたので大事には至らなかったが、とても見世張りを続けるどころではなくなった。

「おい扇屋の見世、おもしれえぞ、とんでもねえ騒ぎになってやがる。新手の客寄せか？」

通りに黒山の人だかりができ、閑散としていた見世張りが一転賑わいを見せた。

騒ぎを聞きつけたお豊が駆けつけた。

「なんの騒ぎじゃね」

いい、しのほとみそのはお豊に襟をつかまれると奥座敷まで引きずられていった。そこで荒縄で縛り上げられ、ふたりそろって布団部屋へと放り込まれた。

黴《かび》臭い暗がりの中でお互いに罵《ののし》りあった。

「もう、いい、しのほどんとは口を利きんせん」

「わっちも、みそのどんとは口を利きんせん。もっと下に穴を開けてくれればこんなことにはならなかったのに……」

「しのほどんがチビだからいけないんです。早く大きくなりなんし」

「美味しいものをたくさん食べなきゃ無理でありんす」

翡翠《かおとり》が詫《わ》びて回ってその日の中引け（午前零時ごろ）になってようやく許しは出たが、その後、翡翠直々の説教が大引け（午前二時ごろ）まで続くこととなった。

覗

　翡翠花魁に気前のよい客が付いて大いに座が盛り上がり、新造の美浜、禿のみその、しのほまでもお相伴《しょうばん》にあずかった。

　翡翠の座敷の隅に調度された獅噛《しがみ》火鉢のそばは、ほの暖かく心地よく、空腹が満たされたしのほは、いつの間にか寝入っていた。薄情にも、美浜もみそのもしのほを放っておいて寝に行ってしまったらしい。もう中引けである。

　床入りの支度をしているとき翡翠は、座敷の隅にしのほの寝姿があることに気づいた。

「こんなところで寝ておりんしたか。起きや。はよ部屋へ行って寝なんし」

翡翠にゆり起こされると、しのほは畳の跡を頬《ほお》に張りつけたまま夢現《うつつ》に「あいあい」と返事をし、おぼつかない足取りで尻を掻き掻き座敷を出た。

「ちゃんと厠へ行ってから寝なんし」

背中で聞くも、足元はふらつき、どこをどう歩いているかわからなかった。

廊下を歩いていると明かりが見えた。障子の隙間から洩《も》れるほのかな明かりである。部屋は静かだった。光に誘われるように覗いてみた。

一筋の明かりを顔に映し、しのほは中へと目を凝らした。

行灯の明かりになにかが揺れていた。畳から一尺ほどのところに白い足が揺れていた。以前にもこんな光景を見たことがあった。空腹に耐えられず山の木の枝に縄をかけて首を吊ってぶら下がる村人の足であった。そのときの情景が鮮明に蘇ると眠気は瞬く間に吹っ切れた。

しのほは障子戸を開けた。天井の横木に結び付けた細帯が襦袢《じゅばん》姿の女を吊るしていた。細い首が倍ほどに伸び、今にも引きちぎれそうに見えた。白目を剥き、半開きになった口元からは涎《よだれ》が糸を引いて落ちていた。恨みつらみを呟《つぶや》いているようでもあった。

しのほは呆然としばらく見ていた。

はっと我に返ると障子戸を閉め、知らせに走った。遣手部屋まで行くと力まかせに障子戸を開けた。

今日も凌《しの》ぎ切ってほっとしたお豊はスルメを肴《さかな》に晩酌で一息ついている最中であった。

「だれだい、こんな夜更けにばたばたと。しのほかい？　禿はもう寝る刻限だ」

ほろ酔いのお豊が回らない呂律《ろれつ》で叱責《しっせき》した。

「部屋持の姉さまが……」

「部屋持の姉さまがどうしたい？」

お豊の顔がにわかに曇った。

「首、括《くく》っていなさる」

「姉さまってだれだい」

「顔が歪《ゆが》んでてわからん」

「どこの部屋だい？」

「鴨浦《かもうら》姉さんの部屋でありんす」

「だったら鴨浦姉さんじゃねえのかい？」

「……あい」

お豊はしばらく頭を抱え「やれやれ、やっちまったかね。いわんこっちゃない。だから目を離すなっていったんだよ」と深い溜息を洩らし、重そうに尻を持ち上げた。

「お前さんは不寝番《ねずばん》の竹造《たけぞう》の所へ行って、空の水桶を持ってくるようにお言い。後はこっちでやるから、お前さんは早く寝な」

しのほは返事もそこそこに詰め所へと向かった。

「竹造はおりんすか」

「へい、しのほどん、こんな時分になんの御用で？」

油の継ぎ足しに出かけようとしていた竹造は愛想よく聞いた。

「お豊さんのお言いつけでありんす。鴨浦姉さんの部屋まで空の水桶を持って来るようにと」

事情を察した竹造の顔色も一変し、鈍い口で応えた。

「へい。承知しやした。すぐに……」

若い衆が数人集められると「火の用心」と声をかけながら大きな空の水桶が運ばれる。鴨浦の部屋の前まで来ると客の目がないことを確かめ、素早く中へと入れられた。

「竹造、なにやってるんだい。こうならないように見張るのが不寝番の役目だろ」

不寝番とは、表向きは行灯の油が切れないように継ぎ足して回るのが仕事であるが、同時に遊女の様子、客の様子をそれとなく見るのも役目で、同衾《どうきん》の最中であっても容赦なく入り込む権限を持っていた。これにより心中、足抜、自害、火付けの兆しを見つけるのである。

「気には留めていたんですが。……面目ねぇです」

「楼主様になんて言い訳するんだい。あたしが叱られるんだよ。……しょうがない。こんなこと今更言ったってどうにもなることじゃない。大引けしたら、裏口から出して三ノ輪まで持って行っておくれ」

三ノ輪とは、そこにある寺、浄閑寺のこと。巷《ちまた》では投げ込み寺とも呼ばれていた。日本堤を北へ十町（約一キロ）ほど行ったところにあり、不浄の死を遂げた遊女はそこへ投げ込まれることになっている。犬や猫と同じ扱いに葬《ほうむ》ることで地獄へ落ちないようにするとか、祟《たた》らないようにするという意味合いがあったといわれている。

しのほか一件を聞いた大部屋の女達は、大引けまでのほんの一刻ほどの間、客に気づかれないようひとりずつ鴨浦との別れを惜しんだ。

鴨浦の死骸が運び出された後も、お豊はその場にとどまりつづけた。部屋からは明け方まで呟くような念仏が聞こえた。

鴨浦は十八のとき扇屋へ来た。売られてきたわけではなく、もともと千住《せんじゅ》の宿で飯盛女《めしもりおんな》をしていて警動《けいどう》にあった。警動とは町奉行が行う私娼窟や博打《ばくち》場への一斉手入れのことである。飯盛女と呼ばれていても、れっきとした身売り女で、公認ではないため、お上の取締りがあると召し取られ、吉原送りとなる。捕らえられた女は吉原へと送られ競《せり》に掛けられて妓楼へと売られることとなる。そこで奴《やっこ》女郎となり、三年の無賃労役となる。

しかし、器量がよく気立てもよかった鴨浦はことのほか人気があり、労役三年を終えると部屋持へと昇格した。部屋持となれば借金が膨らみ、年季も、三年が五年、五年が七年と延びた。やがて鬱憤《うっぷん》を紛らすように鴨浦は情夫《まぶ》に入れあげるようになった。

情夫は兼松《かねまつ》屋の番頭である慎吾。兼松屋といえば、江戸では知らないものはない大店の呉服屋である。慎吾は二年ほど前に若旦那のお供で扇屋へ登楼し、そのとき色里の味を占めた。

しかし、番頭の給金では河岸見世、小見世が精々で、とても大見世への登楼が叶うものではない。どう金を工面したのか、以来、慎吾は度々扇屋に通うようになり、鴨浦を敵娼《あいかた》として馴染みをつけ、鴨浦も心打ち解け情夫の誓いを立てたのであった。

一年ほど過ぎたころ、慎吾は鴨浦に相談を持ちかけた。

「大旦那様から暖簾《のれん》分けの話が出てな、俺さえその気があれば、店を持たせてもいいと言ってくれているんだ。しかし、店を持つにはそれ相応の金が必要だ。俺には手持ちが八十両ほどあってな、旦那様も五十両を用立ててくれるという。しかし、あと五十両たりねえんだ。鴨浦、なんとかならねえだろうか」

ありがちな話である。素面《しらふ》なら、「このようなお話は危のうありんす」と体《てい》よくあしらうのだろうが鴨浦は酔っていた。酔わずにはいられない、縋《すが》らずにはいられない事情があったのであろうか。

「店を持ったら、必ず鴨浦を身請けするつもりだ。そのときには夫婦《めおと》になって、いっしょに店を守り立ててくれねえか」との殺し文句に「へえ。よろしゅうお頼もうします」と二つ返事。

鴨浦は自らが蓄えた十両と朋輩から借り集めた四十両を慎吾に渡した。金を渡したその日が最後となった。それっきり音信が途絶えた。

文使いを頼んで手紙を届けるが、返事が来ることはなかった。しかし、しばらくして兼松屋から文が届いた。それに目を通して全てがわかった。慎吾は店の金に手を付けていた。その金で吉原へと通い、それが発覚しそうになったとき、鴨浦に相談を持ちかけ金を借りて姿を消したのであった。それっきり慎吾は行方知れずとなった。金と望みを失った鴨浦はその事実を知った九日後、首を括った。慎吾は鴨浦が命を懸けた男で、その男に裏切られての自害であった。

奥座敷に竹造とお豊が呼ばれた。宇右衛門は喘《あえ》ぎながら、ときに声を裏返してふたりを叱責した。

「竹造、お前、なにやっていたんじゃ？　三十年以上もここにいるお前だからこそ不寝番《ねずばん》をまかせていたんじゃねえか。ひとりひとりの女達の気性をわきまえてくれていると思ったからじゃ。みすみす首括《くく》られてどうするんじゃ。ただ行灯《あんどん》の油を注《そそ》ぐだけならお前じゃなくてもいいんじゃ。こんなことが世間に知れたら、扇屋の看板に傷が付くじゃねえか。売り上げが落ちたらどうするんじゃ？　……お豊、お前もなんじゃ？　毎日、女達の顔を見ていながら気がつかなかったのか？　ただ、顔を見て嫌味を言ってるだけじゃ駄目なんじゃぞ。二度とこんなことがあっちゃならねえ。いいか。鴨浦の借金はまだ三十両ばかりある。鴨浦の家財を売って、それでもたりない分は、お前たちの折半《せっぱん》ということにしておく。文句ねえだろうな」

奉公人ごときが文句を言える立場ではない。ふたりは飲むしかなかった。不祥事を起こせば、それにかかわる借金を負うのが吉原のしきたりである。

宇右衛門に限らず楼主は冷酷非情であった。楼主のことを亡八《ぼうはち》と呼ぶ。亡八とは人間の徳『仁・義・礼・智・忠・信・孝・悌』の八つすべてを失った者を揶揄《やゆ》する呼称で、金を儲けるためには手段を選ばない輩《やから》のことである。それでも商売を志す者にとっては妓楼の楼主というのは生涯に一度はやってみたいものの一つとされていた。どんなに蔑《さげす》まれ、揶揄されようとも才覚次第で店をどんどん大きくできるところに魅力があったといわれる。

大広間のあちらこちらに首を傾げる女郎の姿が見られた。

「鴨浦はあの世へ行っちまって楽になっていいけどさ、わっちらが貸した金はどうなるんでありんすか？」

「どうせすぐに同じとこへ行くんだ、行ったときに返してもらえばいいではありんせんか？」

「そうでありんすが、わっちは生きているうちに返してほしかった……」

病

座敷持の狭霧《さぎり》の部屋の障子戸が勢いよく開くと、禿のそ、と、ねが駆け出てきた。廊下でしのほとぶつかりそうになり、「どうしなんした?」と訊いたが、おろおろするばかりで要領を得ない。開け放たれた障子戸の奥を覗くと狭霧が咳《せき》をしながら蹲《うずくま》っている。その背中を留袖新造の雲居《くもい》が擦《さす》っていた。本来なら、座敷持には新造も禿も付かないが、客の要望や店の混み具合で宛《あ》てがうこともあった。この日は、そとね雲居が狭霧の座敷についていた。その部屋でことは起こった。

「どういうつもりだ。こんな女郎を宛てがいやがって」

怒鳴っているのは登楼二回目の客、桶《おけ》職人の留吉《とめきち》である。

狭霧は咳《せ》き込み、咳をしながら喀血《かっけつ》を繰り返した。蛸足膳《たこあしぜん》（足が蛸の足の形をした膳）の上の物に無数の赤い飛沫《ひまつ》が散っていた。

騒ぎを聞きつけ、駆けつけたお豊は、その様子を見てすぐに悟った。

「申し訳ありません、粗相《そそう》を仕出かしまして」

平謝りであるが、留吉の怒りが収まる様子はなかった。床急ぎのつもりだったが、生憎《あいにく》、上手く躱《かわ》されて悶々《もんもん》と酒を舐《な》めていたところであった。

「大見世の扇屋が、こんな労咳の女郎を見世に出すとはどういう了見だ」

咳き込みながら血を吐くとなればだれが見ても労咳であり、それを疑う者はなかった。

狭霧は一月《ひとつき》ほど前から体調が優れず、見世張りも休みがちであった。顔色も悪く、だれの目にも痩せて見えた。しかし、休ませてばかりもいられないため無理に見世へ出した途端この始末である。

「扇屋の女郎はこんな程度か？　あきれたね」

お豊は大きな身体をひたすら折り曲げた。

「もういいよ。帰るわ。二度と来ねえからな」

帰り際にお豊は一両を留吉の前に差し出し、「これで御内密に願えませんでしょうか」と囁《ささや》いた。一両もらえれば悪くないが、目的を果たせず、留吉は心中穏やかではなかった。金をひったくるように受け取ると留吉は大股で帰っていった。

その後である。

「どうするんだい？」お豊の怒号が狭霧の部屋から響いた。「わかっていたんだろ。ただの風邪だってごまかしていたけど、自分の身体は自分が一番わかってるはずだからね」

まだ肩で息をしながら狭霧は開きなおったように言った。

「しばらく静養させてもらえば……」

「静養？　静養ってなんだい？　意味がわからないね。箕輪《みのわ》の出養生《でようじょう》のことかい？

あんた、自分がどういう身分かわかってるのかい。花魁ならいざ知らず、たかが座敷持の分際《ぶんざい》で、出養生なんてさせてもらえると思っているのかい」

「じゃあ、どうしろというのさ。わっちだって好きで労咳を患《わずら》ってるわけじゃないんですよ」

　お膳を片付けていた雲居が口を出した。

「源庵《げんあん》先生に診てもらったらいかがでありんしょう？」

　お豊はきっと睨みつけた。

「あんた馬鹿かい。だれが見たって労咳だよ。診立て料をドブへ捨てるようなもんだ。……あんた、残った台の物、明日のおかずにするかい？」

　喀血が降りかかった台の物を見て雲居はぶるると顔を振った。

　翌朝、取りあえず源庵が呼ばれた。山谷町で遊女や町人、人足を主に診る良心的な医師として評判であった。診察を終えて座敷を出た源庵はお豊に診立てを説明した。予想どおり労咳であった。お豊は嘆く気にもならなかった。しかも、それだけに収まらなかった。

「おまけに、瘡《かさ》も再発しておる。このままだとそう長く持ちそうもない」

「瘡ですか？　あの娘は三年前、鳥屋《とや》に就《つ》いたんですがね……」

『鳥屋に就く』とは梅毒の発症によって毛が抜けることが、鳥が換羽期に巣に籠もるのに似ていたことからそういわれた。一度、鳥屋に就いた女郎は喜ばれ、一人前の遊女の証であった。

「鳥屋に就けば二度と瘡に罹《かか》らないとか、妊娠しないとか言われているようだが、そんな話を信じているのかね。この病は、不思議なことに一度はよくなるが、体が弱ると出てくることがある。よく覚えておくんだな」

「どうすればいいんでしょうか？」

「精のつくものを食わせて養生させることだ。だが、九分《くぶ》は無駄となる」

「九分ですか……いつまで持ちますかね」

「お豊さんの腹次第だ。長くて一年、短くて半年というところじゃな。あんたらが扱《こ》き使うからだよ。ここの女たちはみんなそのように死んでいくな。哀れじゃや」

「わたしのせいですか？　そうしなければ生きていけないんです。わたしだってただの奉公人ですよ」

「だが、もう少し使いようがあるじゃろ。同じ女子《おなご》なんだから」

「そんな甘いこと言ってちゃ客なんてとれなくなっちゃうんですよ。そうなればわたしがお咎《とが》め受けることになるんですよ」

「わかったわかった。そのようなことをここで言い争っても仕方がなかろう」

お豊はまだまだ言い足りないと不服の顔を膨らませた。

診立て料を受け取ると気休めの薬を置いて源庵は帰っていった。

宇右衛門に源庵の診立てを伝えると「わかった」とだけ言って腕組みをした。しばらく沈黙した後、思い出したように口を開いた。

「狭霧は今、どうしておる？」

「自分の部屋で寝ております。客を取れる容体《ようだい》ではありませんので」

「そうか。じゃあまず、部屋を空けてもらおうか」

「どの部屋へ移しましょうか？」

「使える部屋といえば、行灯部屋しかなかろう」

「行灯部屋ですか？　そんな世間の噂のようなことをして、話が漏れでもしたら扇屋の看板に傷がつきます」

「三日か四日のうちじゃ。それまでに処遇を決める」

「処遇と言いますと。鞍替《くらが》えですか」

宇右衛門は口をへの字にしたまま頷いた。

そのことを狭霧に伝え、部屋を明け渡すように迫ると狭霧の形相は一変し、半狂乱となった。痩せ細った体で、どこにそのような気力が残っていたかと思えるような立ち振る舞いで手がつけられなくなった。さらには剃刀を手にし、近寄るものに対して振り回した。

「わっちを御祓《おはら》い箱《ばこ》にする気だね。借金漬けにして散々扱き使っておきながら、使いものにならなくなったら畜生の死骸のように捨てるのかい。ここにある家財はみんなわっちが身体で稼いで買ったものばかりだよ。それを取り上げる気かい。お豊、あんたは鬼かい？　宇右衛門は化け物かね？　そんなことさせるものかね」

「そうじゃないよ。ちゃんと処分してその分は借金から棒引きにするから。どっちみちここではもう客は取れないだろ。うちでは無理なんだよ。楼主様は鞍替えをお考えだ」

お豊は子供をあやすように言った。

「騙《だま》されないよ。患《わずら》った女郎なんてどこが引き取ってくれるのさ。そんな話が信じられるものかね。たった二朱の金で追い出す気だろ。患った女郎はどうやって生きていけばいいのさ？　死ねって言ってるのも同じじゃないかね」

狭霧は喉首に剃刀を当てた。

「やめな。狭霧、やめておくれ」

懇願するようなお豊の声。

「姉さんやめて」

取り巻く遊女が口々に止めるが、狭霧の耳には入らなかった。

「祟ってやるよ。お豊も宇右衛門も。この扇屋も……わっちは先におさらばするよ」

涙ぐみ、そう言い残すと一気に剃刀を引いた。

喉元が一文字にぱっくりと開いた。噴き出した血飛沫は天井までも赤く染めた。断末魔の叫びのようにヒューと喉がひと鳴りしたと思うと狭霧は口から血の泡を吹いた。それを最後に狭霧の眼から光が消えた。

鞍替え先を当たるにしても見込みはなかった。狭霧の言ったとおり、瘡、労咳を患った女郎を引き取る妓楼などない。最下級の河岸見世でも先の見えた女郎は引き取らない。身を腐らせ、身動き取れなくなったときの扱いに苦慮するだけであるから。

客の取れない、引き取り手のない女郎は年季明けと称して吉原を出されるのが相場であった。座敷持とはいえ、家財を売り払ってその金を借金の返済に充てたとしても十分となるはずはない。無一文同然で、建前の二朱の祝儀だけを持たされ、一本締めで大門を出されることになる。めでたくはない。自由の身とはなるが、事実上の厄介払いである。

　吉原から出たとしても狭霧に行く宛てはなかった。子供のころに一家は離散し、親戚をたらい廻しにされ、たどり着いた最後の叔父によって売られた。その後、叔父との音信は途絶えた。

　もはや狭霧に生きる術はなかった。路頭を彷徨《さまよ》いながら死を待つのみであった。行灯部屋で身を腐らせて死ぬ方がよいのかもしれないが、利得を貪《むさぼ》る妓楼はそれを許さない。結局、大門の外で野垂れ死ぬ末路しか残されていないのである。

　すべてを失った狭霧にとって、多少生きながらえたとしても、路頭の恐怖の下、身を腐らせ、正気を失くして死ぬより、自分の部屋で命を絶つことが手っ取り早い選択であったかもしれない。

　いいしのほは、吉原へ来て半年の間にふたりの女の死を見た。いつか自分の身に降りかかることのように思えた。どこでも人は死ぬ、そう悟った。

第三章　しのほ十二

姉

しのほは十二になった。扇屋に来て三年がたち、しのほの禿姿もすっかり板に付いた。台の物の残りも抜かりなく朝餉《あさげ》に廻す手管を覚え、禿ながら客へのおねだりの手《て》練《れん》も身につけた。それらが功を奏したのか食い物にもこと欠かなくなり、背も三寸ばかり伸び、こけていた頬《ほお》も来た当時とは比べものにならぬほどふっくらし、カトンボと言う者はだれもいなくなっていた。

いつものようにしのほは仲のよい留袖新造の朱美《あけみ》と朝餉を取っていた。

「昨日の久次《ひさじ》って客だけどね、初めてじゃないって言ってたけど、ありゃ間違いなく生息子《きむすこ》だよ。筆おろしなら、そうと言ってくれりゃあ、それなりに御奉仕したのにさ。男はすぐに見栄を張りたがるから厄介だよ」

朱美はいつも前夜のできごとをしのほに話して聞かせる。留袖新造は十五、六歳から客を取る。大部屋を屏風で仕切っただけの割床《わりどこ》で安価に同衾《どうきん》するのである。人気が出れば部屋持、座敷持へと昇格するが、大概にしてそこまでの出世で終わる。

「生息子ってどうしてわかるの？」

箸を止め、しのほは興味津々の態で聞き入った。

「わかるさ。だってさ、糠袋《ぬかぶくろ》をちょっと擦《こす》っただけで、もうお地蔵さんみたいに硬くなって震えてやがった。おもしろくなってさ……」

「うんうん」

しのほの目がにわかに輝いた。

「竿を両手で握ってふって息を吹きかけてやったら、いきなり天井まで腎水《じんすい》（精液）を噴き出しなさった。びっくりしたのはこっちのほうだよ。あんなに勢いよく噴き出すもんなんだね。出るわ出るわ、一升出るかと思ったね。わっちは頭から被《かぶ》っちまったよ。おかげで髪が固まっちまったよ」

「だから朱美さんの御髪《おぐし》、生臭いんでありんすか？　生魚のような臭いでありんす」

「そうだよ。髪洗いの日までまだ十日もあるのに困るよ。久次の野郎、きっと、皮つるみ（自慰）もしないで溜めてたんだよ。で、わっちは、それ見て笑い転げちまうし、久次の野郎は真っ赤になって褌《ふんどし》引きずったまま逃げ出しちまうしで……わっちは二寸五分（女性器）の手筈整えておったのに、婿入りする前に終わってしまいんした。わっちのボボの立場がござんせんてなもんで……」と飯粒を飛ばしながら大笑た。

い。

しのほも釣られて笑ったがその意味はよくわからなかった。ただ、男はマラを勃起させるとやがて白くどろりとした腎水なるものを噴出して果てるということだけを虚ろに知るだけだった。

「朱美、いい加減におし」聞くにたえかねたお豊の怒号が飛んだ。「客様を笑いものにするんじゃないといつも言ってるだろ。そういう態度が床に出るんだよ。そんなことじゃいつまでたっても大部屋から出られないよ。だいたい、そんなところで笑ってどうするんだい。そんなんじゃその客様は二度と来てくれないじゃないか」

お豊の叱責にも動じることなく朱美は澄ました顔で言い返した。

「いいえ、あの客様は、ちゃんとまた来てくれなんす」

「どうしてそんなことが言えるんだい？」

お豊は朱美の根拠のない自信に対峙《たいじ》するよう腰に手を当てた。

「わっちにはわかりんす。ボボの勘でありんす」

「そんなものが当てになるかい？　……賭けるかい？」

お豊が不敵に笑った。

「ようござんす」

朱美が受けて立った。

「十日が期限だよ。だれか胴元に立っておくれ」

「ではわっちが引き受けやしょう」

座敷持の錦乃《にしきの》が手を上げた。

聞いていた周囲の女達、瞬く間に十四、五人が集まり、久次が十日以内にもう一度登楼するかしないかの賭けごとに下卑《げび》た声が飛び交った。

「わっち、来る方に二分」

「わっち、来ない方に一分」

「わっち来ない方にカマボコ二つ」

自信満々のお豊の口上がはじまった。

「あたしゃ、この扇屋へ来て、もうかれこれ三十年になるんだ。十で禿、十四で振袖、十七で水揚げ、十九で部屋持、二十三で座敷持、二十五から二十八までが附廻だ。その後、番頭新造、遣手と、経験はこっちの方が遥かに深いんだ。客の顔見りゃ、満足しなさったかどうか、次回のご登楼があるかないか、ピンとわかるというもんだ。駆け出しの留新ごときに負けるわけがありんせん」

受けて、朱美の口上。

「わっちは客様の竿《さお》を握らせてもらってるんだ。わっちに心を許したかどうかなんて手に取るようにわかるってもんだ。ありゃあ、わっちに惚《ほ》れたね。ただちょっと恥ずかしがり屋さんなだけだよ」

最終的に賭け率は「来ない」が七、「来る」が三となった。

当の久次というのは、年のころは二十二、三で丸顔、色白。朱美は羽織の手触り、ほのかに香る移り香から客の裏事情を見抜いていた。羽織は上質のもので、ほのかに香る磯の匂い。おそらく干物の仲介を生業とする乾物問屋の手代か、精々小番頭であろうと。

働き振りはいたって真面目で、「おい、久次や。お前ももういい年だ。真面目に働くばかりが能じゃない。遊びも覚えなくちゃ一人前とはいえないよ。たまには吉原辺《あた》りで羽を伸ばして来たらどうだ」とかなんとか言われたが、「いえ、わたしは、あのようなところにはとんと興味はありませんので」などと返しながらも本当は、興味はあるが金と勇気がなかっただけで、「ここに三分ばかり入れておいたからこれで遊んできな」と三ツ折りの紙入れをポンと手渡され、背中を押されるようにして吉原へやって来た、と読んだ。

見世の前を行ったり来たり、遊女の顔もまともに見られず、目がカチ合うと慌てて視線を逸らす。朱美が声をかけなければ、おそらく大門が閉まるまでそれを繰り返していたはずである。「ちょっとそこの若さん。上がっていきなんし」と朱美が強引に引っ張り込んだようなものだった。

扇屋は大見世で、本来は引手茶屋を通すことがしきたりであるが、それればかりではなかった。朱美は留袖新造であり、見世番と話がつけば二朱で素上がりできる。素上がりとは引手茶屋を通さず直接に上がること。直づけとも言う。

「初めてじゃないんだよ。ずいぶんと前に来たっきりだからね。要領を忘れてしまってね」とかなんとか言っていたが……。

初めての客は遊興に満足すると、三日後くらいに再び顔を見せ、同じ女郎を揚げるのが常である。ひとりの女郎にしばらく通い、飽きると別の女郎に移るのが、このころの一般的な遊びの形となっていた。が、三日目に久次は来なかった。賭けの期限にはまだ七日を残す。

朱美は客を取りながらも気が気ではなかった。金の問題ではなく、意地である。たとえ駆け出しとは言え、直に客の竿を手にしておきながら、お勧めもせずに逃がしたとなれば女郎の恥。しかし、あの勢いで中で出された日には……ぞっとする。

「わっちは天井に頭、ぶつけやしないかね」

十日目となった。引けまでが期限である。この刻限までに久次が登楼すれば賭けは朱美の勝ち。しかし、いくら待っても来ない。目を凝らして見世先を通る客の顔を見るが、久次の顔はなかった。

結局、引けになっても久次は来なかった。

「そら言わんこっちゃない。来ないんだよ。振られたんだよ。あたしの勝ちだね。あんなふうに笑われて、懲《こ》りずに登楼する客様はいないんだよ。皆もよく覚えておきな。客様をむやみに笑っちゃいけないということだ。なにがボボの勘だい？　それこそ笑っちゃうわ」

翌朝、大広間で勝ち誇ったようにお豊が仁王立ちし、嫌味をまき散らした。

おもしろくないのは朱美。金はとられるわ、笑われるわ、で女郎の意気張りは地に落ちた。しょっぱい朝餉であった。

その日の夜見世のこと。「また来ちゃいましたよ。朱美ちゃんのご機嫌、いかがでありんしょう」と、久次はにこやかに登楼した。

蹴

昼見世がはじまってまもなくのこと、翡翠花魁目当ての客が登楼した。善七という男である。しかし、このとき翡翠には別の客がついており、善七は空いた座敷へと通された。

「なんでい、廻しにぶつかっちまったか。一歩遅かったようだ、しょうがねえな。おい、禿、お前、確か……しのほって言ったな」

硯蓋を運んだしのほに目をつけた。善七という男は髪結いの亭主で、言わば遊び人である。評判もいいとは言えないが、扇屋にとっては上客であった。

「あい。わっちはしのほでありんす」

「お前でいいや、ちょっと相手しねえか？」

もう既にどこかで呷《あお》って来たらしく、かなり回っていて面《つら》が赤く、目が据《す》わっている。

「相手と申されましても、なんのお相手でありんしょう？　双六《すごろく》なら得意でありんす」

「双六？　馬鹿言っちゃいけねえ。ここは男と女の同衾の場でありんしょう？」

「わっちはまだ、幼気《いたいけ》な禿でありんす」

ちょっと茶目っ気を交えて躱《かわ》そうとした。

「幼気な禿でも、れっきとした女でありんしょう」

「わっちはまだ、客様とは床入りをいたしたことはありんせん」

「じゃあ、俺が最初の客ということで、水揚《みずあ》げしてやろうじゃねえか」

「いえ、まだお許しが出ておりんせんので」

「そうか、じゃあしかたねえな。なんせ、ここのしきたりは兎角《とかく》に厳しいという話を聞いている。じゃああきらめるとするか」

一旦は収まったように見えた。聞き分けのよい客で、しのほはほっとした。

「だったら、しのほどんのお道具が上物かどうか俺が見定めるってのはどうだい。見るだけならかまわねえだろ。たくさんの女郎の二寸五分を見てきた。しのほどんのはまだ二寸くらいか？　どっちでもいいや。俺の目は確かだぜ。品定めしてやろうというわけだ」

「いえ。それもお断り申しんす」

「なぜだよ、いいじゃねえか。ちょっと見せな。見るだけだよ」

そう言うと善七はしのほの足首をつかんで片足を持ち上げた。

「ダメでありんす。困ります」

「いいじゃねえか。遠慮するねえ」

善七は、もう片方の手で器用に着物の裾《すそ》を捲《まく》ると湯文字《ゆもじ》を引っぺがした。

すると白い足と股間のきれいな割れ目が露《あらわ》になった。

「ほう、きれいなお茶碗だ。尻の締まり具合もなかなかよさそうだぜ」

そう言い、割れ目を押し開こうとして着物の裾をつかんでいた手が離れた。

一瞬を見逃さず、しのほが放った渾身の踵《かかと》が善七の顎《あご》へとぶつかった。

貝を踏みつぶしたような音が響いたかと思うと、善七の口からなにかが飛び出し畳の上に散らばった。

善七は呻《うめ》きながら口元を押さえて蹲《うずくま》った。

「嫌じゃと言うとろうが、この馬鹿者めがっ。お前のような奴はナメクジより嫌いじゃ」

しのほは裾の乱れをなおすと座敷を飛び出した。

入れちがいに新造の美浜が蛸足膳を頭に載せた二階廻と共にやって来た。

「どうしなんしたか。あらら……歯が一つ、二つ、三つ折れて口が血だらけでありんすな」と美浜が覗き込む。

「あのファキ、ふぁふぁじゃふまへねえ。今ふぐろうひゅを呼べっ」

これを訳すと『あのガキ、ただじゃすまさねえ。今すぐ楼主を呼べっ』となる。

しのほの首根っこを引っつかんだ宇右衛門が座敷に来て、「申し訳ございません。うちのしのほがとんだ粗相《そそう》を仕出かしましたようで……」と平伏を繰り返した。

「どうヒてくれるんだ、歯が三本も折れちまったじゃねえか。こんなんじゃ通りも歩けやヒねえ。歯は俺の自慢だったんだぞ。今日の今日まで一本も欠けちゃいなかったんだ」

「へえ、しかしですね、話を聞いたところ、お客様も、しのほに悪さをしようとされたそうで、それはお客様の方にも落ち度があるように思いますが」

丁重ではあるが毅然と突き返した。

「なぜだよ。ちょっと見てやろうと思っただけじゃねえか。俺は十年以上も吉原に通って何百という女を見てきたんだ。二寸五分の見立《みた》てには自信があるんでえ」

「しかしですね、こちらからそれをお願いしたわけではありませんし、お客様のお役目ではありません。この禿はまだそのような年ではありません」

「上等じゃねえか。そっちがその気なら奉行所に訴え出てやる。そこで白黒はっきりさせようじゃねえか」

「それは、それで結構でございますが。禿に手を出したなんてことが表沙汰になりますと、お客様の方が恥を掻くことになりかねません。河岸見世はどうでございましょうか、おそらく大見世、中見世、小見世は今後の登楼をお断りすることになるかと思います。それでもよろしければ、どうぞ御勝手に……」

善七は返す言葉に困った。廓《くるわ》通いなしには生きていけない男である。しかも目の肥えた善七には河岸見世の下級女郎や岡場所女郎では満足できそうにない。

「それは困る。それだけは勘弁ヒてくれ。……だが、こっちの気がフまねえ」

「一昔前であれば、このような不始末を仕出かしたお客様には、髷《まげ》を切っていただいて、女形を装ってもらうのが廓の慣《なら》わしでございました。それほど恥ずべき所業《しょぎょう》でございます。このたびはお客様も歯を折られたことでございますので、この辺《あた》りで一件落着ということにしていただければ、わたしどもとしましても、このことは口外いたしません。いいえ、しのほにはわたしどもの方できつく言って聞かせますが……」

客に怪我をさせたことは扇屋にとっても表に出したくはないことであり、表沙汰になれば評判にも傷がつく。善七にとっても禿に悪さをしようとしたことが吉原に広まれば登楼が許されないことにもなりかねない。

「もう扇屋なんて二度と来ねえからな」と捨て台詞《ぜりふ》を残して善七は帰って行った。

こんなときでもきっちり揚代をいただくのが妓楼である。お互いに痛みわけということで、取りあえず決着はついた。が、しのほはそのまま楼主の奥座敷へ引きずっていかれると荒縄で縛り上げられた。そのまま庭先へ放り出され、池の水を頭から浴びせられた。四月のことである。水温《ぬる》む季節とは言え、浴びるにはまだ冷たく、着物に染み込んだ水は徐々に身体を冷やしていった。

「いくら湯文字を引っぺがされたからと言って、扇屋の禿がそのくらいのことで客様の顔に踵《かかと》をぶつけるとはなにごとじゃ。恥を知るんじゃな。客様あっての妓楼じゃ。しのほは昨日、今日の禿ではないぞ。客様は酒も入っておる。うまくあしらう手管《てくだ》くらい身につけておくことじゃ」

宇右衛門にそう言われ、そのまま放って置かれた。

空腹と寒さで意識が遠のき、このまま死んでしまうのかと思った。吉原へ来る前の楽しかった思い出や、苦しかった思い出が次々に蘇っては消えた。母親、父親、妹、弟の顔がひとつひとつ浮かんでは消えた。母親と弟は生きているのかと今更ながら気になった。死ぬ前には古い思い出を思い起こすものだと聞いてはいたが、今のこれがそれなのだとわかった。極楽へ行くのか地獄へ行くのかどっちじゃろうかと気になった。蹴倒した地蔵の祟りであればおそらく地獄へ行くのではないかとそれとなく覚悟した。死を覚悟しつつ、やがて意識を失った。

「しのほどん、生きておりんすか、死んでおりんすか？　どっちでもいいんでありんすがね。三途《さんず》の川にたどり着いたらうまいこと言って舟に乗せてもらいなさいよ」

　しのほは翡翠の、耳をくすぐるような声で目ざめた。

「あれ、戻ってきんしたか」

　翡翠はわざとらしく落胆して見せた。しのほは翡翠の部屋の三ツ布団の中で翡翠の胸に抱かれていた。春の花畑に寝そべっているような甘い香りに包まれ、溶けてそのまま染み込んでしまいそうな心地だった。

　既に翌日となっていて、昼見世がはじまろうとするころである。翡翠は着物の中にしのほを抱き、素肌で冷えた身体を温めていた。

　しのほは翡翠の胸に顔を埋め大きく息をした。甘くいい匂いが鼻の奥へと広がった。ずっとそうしていたかった。

「あったか～い」

「骸《むくろ》を抱いているかと思うほど冷たい身体でありんした。わっちも禿のころ、折檻《せっかん》を受けて体を冷やしたとき、こうして温めてもらいましたからね。お前さんに恩を廻すんです」

「わっちは翡翠姉さんのお客様を失くしてしまいんした」

「そうですね。そのことで、これからちょっとお話があります」

翡翠は起き上がり、帯を締めなおすと態度を改めて長煙管を握った。

「しのほどん。そこへお座り」

「……あい」

湯文字のまま正座させられた。

「ひとりのお客を馴染みにするにはどれほどの手練手管が必要と思うのですか。しのほどんにはそれが全然わかっておりんせん。禿ひとりの衣食住の一切合財を賄《まかな》うのがどれだけ大変か……客様ひとりなくすと、あんたは半年おまんま食べられなくなるんですよ。半年おまんま食べなかったらカトンボどころではありんせん。干からびて押っ死んでしまいます。わかっておりんすか?……」

その後、一刻ほど説教は続いた。その間、長煙管の雁首がしのほのお頭《つむ》に何度も振り下ろされた。

病み上がりの空腹に説教は応え、しのほは再び意識を失った。

「やりすぎんしたかね」と翡翠。

恨

お豊の悲鳴が聞こえた。辻斬《つじぎ》りにでも遭《あ》ったかと思われるような悲鳴が二度三度と続いた。大広間で飯を食う女郎たちは声の方へ視線を流すが、特に驚くわけでも、駆けつけるわけでもなく、しらっとして飯を口へ運んでいた。

だれかが嫌味交じりに言った。

「どうせゴキカブリにでも飛びつかれたんでしょうよ」

「いい気味じゃね」とほくそ笑む女郎あちらこちら。

すると、箒《ほうき》を持った中郎《ちゅうろう》（雑用係）の源治が廊下を走った。その前を三寸（約十センチ）ほどの白いものが走っていった。

「ネズミじゃねえかね」

ネズミは大広間に飛び込むと、女郎の間を走り回った。大広間は騒然となり、台の物はひっくり返るわ、女郎たちが逃げ惑うわの大騒ぎとなった。

「だれか捕まえんかい」

お豊が指差し、金切り声を上げた。

散々走り回った挙句《あげく》、ネズミはしのほの懐《ふところ》へ、すっと潜り込んだ。

「でかしたぞしのほ。そのままじゃ、逃がすんじゃねえぞ」

お豊は、しのほごと捕まえようとしたが、今度はしのほが逃げ出した。

「しのほどこへ行く。ネズミを出さんかい」

しのほはしばらく逃げ回った後、若い衆に捕らえられ、お豊の前まで連れて来られた。

　しのほは懐を押さえると首を横へ振った。

「どうした？　なぜネズミを出さんのじゃ。なぜお前が逃げ回るんじゃ？」

すると朱美が沢庵《たくあん》を齧《かじ》りながらお豊の横へ歩み出た。

「そのネズミはしのほどんの飼いネズミじゃ。ハツと申しんす。よろしゅうに……」

「本当かね？」の問いに、しのほは「あい」と頷《うなず》いた。

許されるはずもなかった。ネズミは不潔であるし、米を食ったり、調度品や柱を齧ったり、客様を驚かせたりするので飼うことなど断じて許されなかった。しかし、寂しさからこっそりネズミを飼う禿は多かった。

「駄目じゃ。駄目じゃ、絶対に駄目じゃ」

　お豊によってしのほは取り押さえられると、その場で身包《みぐる》み剥《は》がされて、ネズミは捕らえられた。

「勘弁しておくんなまし、ハツはわっちの抱えでありんす」

「なにを聞き分けのないことを言ってなさるか。往生際が悪いわ、観念せい」

　お豊は赤鬼のごとく凄《すご》む。

「わっちだけじゃありんせん。みんな飼っていなさる」

「馬鹿っ」と、どこからともなく罵声《ばせい》が飛んだ。

「みんな飼っているだと？」お豊は周囲を見回すと怒鳴った。「ネズミを飼っている者、みんなここへ持ってきな。後で見つけたらただじゃすまないよ。折檻だよ」

　泣く泣く禿たちはネズミを出した。全部で十二匹集まった。

「こんなにもかね？」

　お豊は眼を剥いて驚いた。

「絶対に迷惑かけません。飼わせてくんなまし」

　禿たちは懇願《こんがん》するが、聞き入れられるわけもなく、十二匹とも水桶に入れられて溺死させられた。死骸は下水へと流されてお歯黒ドブへと流れて行った。

　しのほは終日泣き通した。

「お豊ババアは絶対に地獄に堕《お》ちるでありんす。わっちが地獄へ突き堕としてあげるでありんす。姉さま、後生でありんす、わら人形の作り方、教えてくんなまし」

「そのようなものの作り方は、わっちは知りんせん」

翡翠《かおとり》は呆《あき》れてそっぽを向いた。

それに加えて他の禿達《かむろたち》からも相当な恨みを買ってしまった。「しのほがハツを逃がしたからこうなったんじゃ。しのほの馬鹿。馬鹿しのほ」と散々言われて悄気返《しょげかえ》った。

「でもしかたなかろうに。ネズミは客様にも迷惑をかけますからな」と翡翠が諭《さと》すが、「ハツは賢いネズミでありんした。悪さなんぞしません」と聞き入れない。

「賢いネズミなんて聞いたことがありんせんわ。ネズミなんてみんないっしょじゃ」

「ハツは他のネズミとはちがいんした」

「お前さんが逃がしたのが悪いんじゃね。お前さんのせいじゃ」

しのほは力いっぱい泣いた。

華

「しのほ、お前さん覚えているかね、鈴という娘を。お前といっしょに来た、玉屋へ口入れされた娘だよ」

朝餉《かし》のとき、お豊が丼飯《どんぶりめし》を携《たずさ》えてかたわらへと座った。畳が波打ってしのほの身体が傾いだ。

「よく覚えておりんす。ここへいっしょに来たとき、お豊さんが、わっちと換えてくれって女衒に凄《すご》んでおりんした」

いまだにネズミの一件でまともにお豊の顔が見られなかった。

「あんたも根に持つ禿だね」

「あい……」

鈴とは、おつかいに出たとき、何度か顔を合わせて話をする仲であったが、このごろすっかり疎遠になって、もう半年ちかくも会っていなかった。

「あの鈴が今度、新造出しするそうじゃ。引込だってね」

横で飯を掻き込んでいた留新の小紫《こむらさき》が割り込んだ。

「へえ、新造出しね。あの玉屋のことだからよっぽど盛大にやるんだろうね。でも今のご時世じゃ三百両が精々かね？」

「なに言ってるんだい。五百両って噂だよ。お職の玉姫《たまひめ》花魁が後ろ盾《うしだて》になってるそうだ。さすが吉原一の大見世だ。潰《つぶ》れかけの扇屋とは大ちがいだ」

「扇屋は潰れかけでありんすか？」

「しーっ」

お豊はしのほの口に指を当てるが、おかしそうに皆へ聞こえるように言う。

「ここはね、見てくれはいいが、内情は火の車なんだよ。いつ潰れてもおかしくないんだ」

「潰れたら、わっちらどうなるでありんすか？」

「潰れたら鞍替えだ。どこかの中見世に売られる。お前もそうだよ。借金を抱えて移ることになるんだからね、そこへ行けばもっとこき使われることになるんだ」

「いつものお豊さんの脅し文句だよ」と小紫。

「そんなことより五百両って本当かね」

なんとなく周りで聞いていた女郎達も、その金額に驚嘆の声を上げた。

禿が十三、四歳になると新造となる。遊女見習いのこと。そのときの披露目《ひろめ》を新造出しという。特に引込新造のお披露目は盛大で、お役となる姉女郎が後ろ盾となり、三百両、ときに五百両という大金をかけて花魁道中さながらに仲之町を練り歩くのである。

「五百両なんて最近聞いたことないね。冬ならわかるけど、この初夏にその額は半端じゃないね。玉屋の楼主はよっぽど鈴に入れあげてるんだね」

冬場の新造出しは多くの着物を誂《あつら》えなければならず費用が嵩《かさ》むので、薄着ですませられる夏場に出すことが多かった。

「わっちらのときには五人まとめて百両でありんした。こうもちがいますかね」

「あんたはただの留袖じゃないかね。向こうはお職候補だよ。格がちがうよ」

「そんな話、しないでくれよ。不味《まず》いメシがよけいに不味くなる。……メシの中に石つぶが入ってたよ。と思ったらゴキカブリのフンじゃないかね、これ……」

「言いたいのはそんなことじゃないんだがね。玉屋がそれだけの新造出しをするってことは、それを聞いておもしろくないのはだれだと思うかね」とお豊が視線を流す。

皆が顔を見合わせると必然と答えがまとまった。

「宇右衛門じゃね」

「そうじゃ。宇右衛門の心中《しんちゅう》は穏やかじゃないわな。ウチだって吉原で二番を張る大見世だ。傾いているとは言え大見世の意地もある。次の新造出しは玉屋と同じか、それ以上のことをしないと看板倒れになるわな」

「次の新造はだれじゃね」

「順番から行けば引込禿のお千佳《ちか》じゃ」

「だれが後ろ盾になるんじゃね」

「普通に考えればお職の艶粧《たおやぎ》花魁だけどね。今の艶粧花魁にそれだけの金子《きんす》は用意できそうもないね。かと言って他にいるかといえば……」

「翡翠花魁じゃどうかね。お職になってもおかしくない。後ろ盾には適役じゃないかね」

「絶対、駄目でありんす」

　しのほに事情はよくはわからないが金のかかる話には賛成できない。暮らしぶりが困窮するであろうことはしのほでも容易に察せられる。

「翡翠姉さんは三番頭という立場だからね。意地でも一番と二番が許さないね。口ではどう言っても腹の中じゃなんと思っているか……嵐にならなきゃいいがね」

　話の流れが変わってしのほは内心ほっとした。

「宇右衛門が荒れやしないかが心配じゃね。売り上げがたりないって当たられるのは嫌だよ。問題はそれなんだよ」

　お豊は不安を飲み込むように茶漬けを口へ流し込んだ。まともに風を食らうのがお豊である。

お千佳は十三。今年の終わりか来年の初めあたりに新造出しとなるはずである。

五月十五日、早朝から初夏の風に乗って段雷《だんらい》が響いていた。両国橋辺《あた》りから聞こえる。玉屋が今日の新造出しのために花火師に注文を出したのである。

扇屋の見世の前も、にわかに活気づいた。三軒隣の賑わいが波を打って伝わってくる。行く末のお職をひと目見ようと集まった客が道にあふれた。扇屋だけが悠長に見世張りなどしている場合ではなかった。このようなときに客など来ようはずもない。

二階の艶粧花魁の部屋の窓から宇右衛門が心中穏やかならざる様子で顔を出したり引っ込めたりを繰り返した。

玉屋では、酒樽《さかだる》や蒸籠《せいろ》が天井まで積み上げられ、風に乗って赤飯や振る舞い酒の香りが漂う。紅殻格子の前には新造の源氏名の入った手拭いや扇子、餅や菓子が軒先に届《とど》くほどに積まれ、行き交う人々に惜しげもなく配られた。二階の窓からは紙に包まれた餅や菓子がまかれ、そのたびに歓声が上がった。

「落ち着きなんし、宇右衛門殿。御楼主らしくありません」

艶粧が手紙をしたためながら呟くように言った。

「これが落ち着いていられようか。あのように邪険に菓子や餅をばらまかんでもええじゃろ。食い物をなんやと思っておるんじゃ」

「他所《よそ》は他所、ウチはウチ」

「他人《ひと》ごとのように言うでないぞ。今度はウチなんやぞ。お千佳の番なんやぞ」

「へえ、そうでありんしたか？　ちーとも知りんせんでした」

「惚《とぼ》けおって」

地響きと共にどよめきが押し寄せた。鈴の新造出しがはじまったのである。太鼓と三味線の音がいっそう盛大になったかと思うと「なつほ〜」と声がかかる。禿から新造に昇格した鈴は「夏帆《なつほ》」という名に変わった。

『玉屋』の屋号が入った箱提灯を手にした見世番が先頭を行き、続いて振袖新造が四人、その後ろに引込新造の夏帆。夏帆は鶴の刺繍《ししゅう》も眩《まばゆ》い緞子《どんす》の着物を纏《まと》い、金糸で御所車《ごしょぐるま》が刺繍された俎板帯《まないたおび》（花魁の正装用の前結びの帯）を下げる。髪は立兵庫に結い上げ、前簪四本、後ろ簪四本、笄、花簪、金蒔絵の櫛で飾る。すべて今日のために誂《あつら》えたものであった。髪飾りだけでも百両は下らない。

夏帆の後ろに、やはり金糸、銀糸を鏤《ちりば》めた緞子の着物で着飾った禿、その後ろにお職の玉姫花魁が続き、さらに番頭新造、遣手、若い衆がぞろぞろと続く。

一行は江戸町一丁目から仲之町へとゆっくりした足取りで進んでいった。

「ウチも負けてはおれん。ウチは五百五十両じゃ」
「そりゃ、豪勢でありんすな。精々おきばりあれ」
「お千佳の後ろ盾は、やっぱりお職でないと駄目じゃ」
「わっち、そのような約束をした覚えはありんせん。後ろ盾は、姉女郎やお職でなくとも、どなたでもいいのでは？」

艶粧は興味ない様子で手紙をしたためていた。

八月の初めごろ、新造出しを間近に控えたお千佳の体調が急変した。食欲がないと言い、奥の座敷で休むようになったかと思うと、突然、嘔吐、下痢を繰り返した。

心配した楼主は医者の源庵に見せたが、その様態を診た源庵の言葉に愕然となった。

「これと同じ症状を箱根で見たことがある。これはアレじゃ。間違いない」と言い、渋い表情で首を横へ振った。十九年前の文政五年（一八二二年）にはコロリ（コレラ）が猛威を振るった。被害は西日本にとどまったが、わずか一ヶ月半で十数万の死者を出した。その症状は劇的で、発症して三日で死ぬ、あっという間にコロリと死ぬことからコロリと呼ばれた。

お千佳の症状に改善の気配はなく、日に日にやせ衰え、四日目に息を引き取った。妓楼内で他にもコロリの症状が出た遊女があり、ただちに養生所へと移されたが、結局三人が亡くなり、内々に葬られた。コロリで死者を出したことが広まると見世の格が落ちるという理由から、この事実は隠された。

幸い、それ以上の広がりはなかったものの、近々、新造出しをすることになっていたお千佳の死に、楼主も内儀も悲嘆に暮れた。わが子のように内所で育ててきた引込《ひっこみ》禿《かむろ》であった。

午《うま》

しのほは十三になった。朋輩であったみそのは振袖新造春川《はるかわ》となったが、その新造出しもいたって簡素なものだった。春日野《かすがの》花魁の抱え禿よしのとふたりまとめて三百両というもので、玉屋の新造出しには到底及ばなかった。

新造には振袖と留袖がある。振袖新造は、留袖新造より格が一つ上で、行く末は花魁まで出世が見込める新造である。留袖新造は出世しても精々、座敷持である。よい客が付かなければ年季明けまで留袖新造ということも珍しくない。容姿や吉原へ来たときの年齢などでも格付けが異なってくる。

しのほにもそろそろ新造出しの話が出はじめていた。しのほは振袖新造にと噂されている。

しのほは朝早くに目がさめた。夜明け前である。どんよりとした痛みが下腹部にあり、べたつく不快な感触が股座《またぐら》に纏《まと》わりついていた。

もしやコロリかと怖くなり、相部屋の朋輩や姉女郎に気づかれないよう、そっと布団を出ると厠《かわや》へ向かった。

湯文字をはぐって股座を見て唖然とした。尻から太ももにかけてべったりと血糊がついていた。手に取ってみても確かに血である。身体の力がぬけて、意識を失いかけ、厠の壁に倒れ掛かった。どうしていいかわからず、取りあえず部屋へもどると、横で大口を開けて寝ている朱美を揺さぶった。

「朱美姉さん。わっちのボボがえらいことじゃ。血だらけなんじゃ。コロリじゃろうか」

朱美は眠そうな目をこするが「血だらけ？　お午様《うま》じゃろ。そんなことでいちいち起こすんじゃないよ。わっちは眠いんじゃ」と取り合ってくれない。

少し間をあけて、ぴくんと朱美は起き上がった。

「しのほどん、初午《はつうま》かえ？」初午とは初潮のこと。「初午じゃ。しのほどんに初午が来なさった」と言い、しのほの湯文字をはぐった。血だらけの股座を見、「確かに初午じゃ。間違いないわ」と声を張り上げて言いふらした。

すると同部屋の姉女郎が、まだ起きるに早い時刻であるにもかかわらず、朱美の声に反応するようにむくむくと起きだした。

「しのほどんにも来なさったかね。めでたかね。さっそくさっそく」

なにがめでたいのかわからぬまま、しのほが初午を迎えたという話はあっという間に扇屋中へと広まった。

様々なことが勝手に進んでいた。鏡の前に座らされたかと思うと髪を高島田に結われ、姉女郎の笄一つ、櫛一つ、簪が前と後ろに四本挿された。

「後でちゃんと返しておくんなまし」と念を押された。

どこから引っ張り出してきたのか黴《かび》臭い帯が巻かれ、前で俎板《まないた》が作られると瞬く間に小さな花魁が仕立てあげられた。さらに念入りに化粧を施されて大広間へ連れていかれると、そこにはいつもと違う朝餉の風景がはじまっていた。

「お相伴にあずかっておりんす」

あちらこちらから声がかかる。赤飯が炊かれて扇屋中の女郎、若い衆に振舞われていた。

宇右衛門が「しのほどん、このたびは初午を迎えられましたことをお喜び申し上げる」と今までに聞いたことのないような恭《うやうや》しい祝辞を述べると、しのほを座敷の真ん中に座らせた。

そして、宇右衛門はその前に立つと十八番《おはこ》の高砂《たかさご》を舞いはじめた。めでたい席での余興として扇屋の定番となっていたが、皆、辟易《へきえき》す。

隅の方では花魁衆も赤飯の相伴にあずかっていたが、ひとり顔色が冴えない者がそこにいて、確《しか》としのほを睨みつけ、煙草を吹かしながら忙《せわ》しなく赤飯を口へと運んでいた。

それに気づいたしのほは「翡翠姉さん、わっちのこと、怖い顔で睨んでおりんす。なんぜでありんしょう」と赤飯を頬張《ほおば》りながら朱美の横顔に問うた。

「あったりまえじゃね。この赤飯の代金は翡翠花魁の懐《ふところ》から出るんだからね」

しのほは耳を疑った。

「そうなんでありんすか。てっきり楼主様が出してくれると思っておりんした」

「あんた、馬鹿かね。あのケチな宇右衛門が出すわけなかろうに」

「やっぱりそうでありんすか。……でも、不思議でありんす。わっちがここへ来て、もう四年になりんすが、だれも初午を迎えておりんせんのか？　わっちはこんな騒ぎ、はじめてでありんす」

「みんな黙っておるんだよ。負担をかけないように、そっと姉さまに耳打ちするだけなんだよ」

　しのほは絶句した。

「あんた、わっちに言っちゃったからね。皆の手前、黙ってるわけにはいかないだろ。皆だって、赤飯食いたいからね。わっちだって食いたい。腹いっぱい赤飯食えるのはこのときくらいだからね。黙っていたらわっちが恨まれちまうよ。悪く思わないでおくんなんし。かれこれ六年ぶりかね」とお代わりを差し出す。

「恨むでありんす」

　どうりで翡翠花魁が怖い顔をして睨《にら》んでいるはずである。

「姉さまにこっそり言うとご祝儀をいただけるんだけどね。あんた、それももらい損ねたね」

「この次は気をつけるでありんす」

「初午は生涯で一度だけだよ。生まれ変わったときに気をつけるんだね」

「そうするでありんす」

平素は禿が初潮を迎えるころになると姉女郎が禿の耳元で囁くのである。「初午が来なさったら、わっちにこっそりお言い。そしたら一分《いちぶ》あげるからね。他のだれにも言うんじゃないよ」と。

「わっちとしたことが迂闊《うかつ》でありんした。しのほに口止めするのを忘れんした」

翡翠は苦々しくこぼした。

浮かれ騒ぎも昼見世までで、そのころになると、もうすっかり普段の扇屋にもどっていた。しのほの妙に浮いた化粧だけが翌日まで後を引いた。

出

しのほが廊下の雑巾掛けをしていると、内儀の勝田《かつた》と出会い頭にぶつかった。

「しのほどん、ちょうどよかった。探していたんだよ。奥座敷まで来ておくれ。楼主様がお呼びだ」

「わっちをでありんすか？」

しのほは怪訝《けげん》に思って首を傾げた。

禿を楼主が直々に奥座敷へ呼びつけることなど滅多にないこと。よからぬことであろうか、ひょっとすると下級妓楼への鞍替えではなかろうかと憶測が頭の中で渦巻いた。せっかくここの生活にも慣れたというのに……。あのいたずらがいけなかったのか、あの粗相が楼主様の気分を害したのか、様々な場面が脳裏を過《よぎ》った。

奥座敷で待っていた宇右衛門はにこやかだった。しかし、宇右衛門の笑顔は信用できぬと姉女郎は言う。

「しのほ、座ってくれ」

「あい」

促されるまま、畳に腰を下ろした。

この奥座敷に来たのは、女衒に連れて来られたときと、折檻のときだけである。よい記憶はなく、不安と惨めな気持ちばかりが蘇ってくる。そんなしのほの気持ちを蹴散らすように宇右衛門は話を切り出した。

「実はね、しのほを引込にしようと考えているんだ」

鼻の上に三本の皺を寄せて気味の悪い笑顔を見せた。

「わっちが引込でありんすか？」

宇右衛門はさらに気味の悪い笑顔を膨らませて頷いた。横に座した勝田も、古びたわらじのように顔をほころばせた。

「お前ももう十三じゃ。近々、新造に上がる。その前に基本となることだけは覚えてもらわんといかん」

「わっちに習い事でありんすか？」

「お前は、ここへ来て五年目じゃな。最初は猿の木乃伊《みいら》みてえな風体やったが、今はなかなかのもんじゃ。わしはそうなると睨《にら》んでおった。機転も早《はえ》えし、もの覚えもええ。気性もうってつけじゃ。この先、扇屋を守り立てていく女郎になれるはずじゃ。文句はいわせねえ、もう決めたことじゃ。明日から下品な女郎衆と離れてこの奥の部屋で生活するんじゃ。今日のうちに引っ越しをすませておいてくれ、ええな」

大広間にもどった途端に姉女郎や朋輩が集まってきて、たちまちしのほを取り囲んだ。楼主が直々に呼びつけることはそれほどの大事なのである。

「宇右衛門に呼ばれたんだって？　話はなんでありんした？」

「わっち、引込《ひっこみ》になりんした。今日中に引っ越しでありんす」

「引込？　……やっぱりね。そうだと思ったよ。しのほなら引込でもおかしくないわね。見ようによっては別嬪《べっぴん》だからね。しかも欲深くてキツい気性も引込には打ってつけじゃね」

祝っているのか貶《けな》しているのかわからないような言葉が次々とぶつけられた。

「じゃあ、次の新造出しはしのほどんってことかい？　扇屋の看板を懸《か》けた新造出《だ》しになるんだよ。しかも出しまでそんなに間もありんせんよ」

「だいじょうぶかね」と冷ややかな声も。

しのほにはどうすることもできない。断れるものなら断りたいのだけれど、楼主宇右衛門の沙汰《さた》であれば拒むことはできない。下級女郎の方が気楽なことは間違いないのだが。

　周囲の対応はあからさまに余所《よそ》余所《よそ》しくなった。同じ屋根の下の生活であっても引込は扱いが特別である。衣食住にかかる費用すべてを楼主が持ち、格別の扱いとなる。ただ、翡翠花魁の口は喜んでいた。

「取りあえず禿がひとり片付きんした。当分は新造になる予定の者はいないようだから、わっちは助かりんす」

　新造出しであれば姉女郎が費用を負担することが多いが、引込の新造出しはお職が費用を負担することが扇屋の通例であった。翡翠の出費は大幅に減ることになり、禿をふたりくらい抱えることも容易なこととなる。

束の間、翡翠の顔は曇った。翡翠も引込から出世しているからその内情をよく知っている。特別扱いを受けることにはそれだけの厳しさがあることを保証している。期待に応えられなかった場合にはそれ相応の懲罰がある。花魁の地位を維持していくことは並大抵のことではないことを知っている。

その日のうちにしのほの荷物は運び出された。といってもしのほの荷物などは些細なもの。駄賃を貯めて買った中古の重箱や用箪笥、足袋《たび》、湯文字、襦袢《じゅばん》、その他もろもろ。

「着物は返しておくれなんし。奥に行けばもっと上等な着物が用意してあるはずだから。簪と櫛は餞別《せんべつ》として持っていきなんし」

「翡翠花魁、春川姉さん、お世話になりりんした」

しのほは、かしこまって頭を下げた。

「ほー、そんな挨拶もできるようになったんじゃな。おまんま食わせた甲斐がありんした。あいあい、元気でな」と翡翠。

「また、ひとりになりりんした」と春川は目を潤ませる。

同じ屋根の下とはいえ、引込が店に出ることはなく、顔を合わせることもほとんどなくなる。

「ひとりの方がわっちは楽でありんす」と翡翠の本音。

引込になると奥の八畳の部屋で寝起きすることとなる。その部屋にしのほのための重ね箪笥と鏡台が用意されていて、引込新造の美津《みつ》と夕香《ゆうか》、引込禿の水貴《みずき》と共に、至れり尽くせりの生活をすることとなる。

今までに引込の三人と顔を合わせたのは二度か三度で、満足に話をしたことすらなかった。下品な言葉遣いが移るからという理由で双方共に「挨拶のみで話をしてはなりません」との内所からのキツい言いつけであった。

美津は十六、夕香は十五。共に引込禿から成り上がっている。水貴は十二であるからしのほの一つ下である。しかし、既に三年の内所暮らしですべての習いごとに熟達している。

「しのほは、引込の名が駒乃にもどるからね。今日からお前は駒乃だよ」

ようやくしのほという名が馴染んだと思ったころである。また名前が変わることに戸惑いもあったが、本来の名前にもどることができて嬉しくもあった。

「なにをニヤけておるんですか？　駒乃は引込としての習いごとをなにもしてこなかった分、他の者以上にしっかりとやってもらわないといけないよ。遊んでいる暇なんてないと思いなんせ」

内儀の勝田は皺《しわ》だらけの顔にいっそう深い皺を刻みながら叱咤《しった》する。

翌日から駒乃の生活は一変した。朝、起きて布団をたたみ、口をすすぐと、据え膳の朝餉が四つ用意されている。しかも、膳に並ぶのは、座敷で客様が箸をつけるようなちゃんとした料理で、残り物をくすねて並べたようなものではなかった。

「これ、久兵衛のだし巻き玉子でありんすね。二年前の正月に食べたことがありんす」

客様が珍しく箸をつけなかったものをちゃっかりくすねたことがあった。その味が今でも忘れられなかった。

「わっちは、もう飽きたでありんす。たまには他のものも食してみたいでありんすな」

美津がおっとりと言い、横目で駒乃を見た。

嫌味のつもりはなく、正直な気持ちであったのであろうが、なんと嫌な女かと駒乃は思った。大部屋では女郎や新造や禿がどんな生活をしながら、どんなものを口にしているか知らないにちがいない。カチンと来たので意地悪く訊いてやった。

「美津さんはもう水揚げはすませたんでありんすか？」

『水揚げ』とは新造がはじめて客と床入りすること。新造出しを終えると頃合を見計らって水揚げが行われることになっている。膳を囲んでいた者の箸の動きが止まり、場の空気が凍りついたようだった。美津は一瞬躊躇《ためら》いながらも平静を装った。

「まだでありんす」

「そうですか。でももうすぐでありんすね。怖いでありんすか。聞くところによるとひどく痛いそうでありんす」

突然、襖《ふすま》が荒々しく開くと勝田が眉間に皺を寄せて立っていた。

「黙って食べなんし」

朝餉がすむと掃除をすることもなく稽古ごとに向かう。新造のふたりは三味線の稽古のために揚屋町へ向かい、水貴と駒乃は座敷で書の師匠が来るのを待つ。駒乃は文机《ふづくえ》の前で正座し、なにごとがはじまるのかと不安の中で待っていた。

「あの針が巳の刻を指すころに師匠が来なさるわ」と水貴が不意に言った。

床柱には見慣れない一尺四方の木箱が掛けられていた。木箱には干支《えと》を刻んだ丸い板が設えられていて、その真ん中に針が一本ついている。箱の上には回転してはもどりを繰り返す天符《てんぷ》と呼ばれる棒が二つと椀《わん》を伏せたような鐘《かね》がついていて、箱の下には錘《おもり》のついた紐《ひも》が何本もぶら下がっていた。

駒乃がじっと見ていると、針が動いてキリキリと音がしたかと思うと、突然、木箱の上の鐘がチーンチーンと音を鳴らしはじめた。

駒乃は目を丸くした。

「これはからくりでありんすか？」

この音は、大広間でも聞こえていて、だれかが仏壇のお鈴《りん》をいたずらしているとばかり思っていた。

「それは柱時計でありんす。今、昼四ツでありんす。師匠さん、遅うござんすね。いつもならもういらっしゃるのですが」

駒乃は柱時計というものをまじと見た。不思議な生き物に見えた。引いてくれとばかりに垂れ下がった紐に手を伸ばしたとき、「触っては駄目です。三百両するでありんす。壊すと借金に上乗せされますから」と水貴に言われて慌てて手を引っ込めた。

「駒乃さんは、読み書きはできるんでありんすか？」

水貴が暇を持てあまして訊いた。

「ぜんぜんできんせん」

習いごとなどかつてしたことがない。その日その日、食べることのみに心血が注がれ、習いごとに時間を費やすことなど考えたこともなかった。

「いろはは、わかりんすか？」

「見たことはありんす。翡翠《かおとり》姉さんが教えてくれたことがありんしたが、いつの間にか寝ていんした。寝てるうちに顔に髭《ひげ》を書かれて皆に笑われんした」

水貴は手箱から巻紙を出して広げた。前回の稽古で書いたものであるとのこと。

「これ、読めなんしか？」

駒乃はそれを見て思わず笑った。

「こんな糸くずみたいなのは、いろはじゃありんせん。水貴ちゃんもちゃんと稽古しなんせ」

水貴は真顔で言った。

「これは草書《そうしょ》と言いんす。書には五体ありんす。篆書《てんしょ》、隷書《れいしょ》、草書、行書《ぎょうしょ》、楷書《かいしょ》でありんす。そのうち草書、行書、楷書の三つは必ず覚えないといけんせん」

「へぇ？」

文字の書き方に、それほど種類があるとは思いもしなかった。とんでもない所へ来てしまったと駒乃は今更ながら思った。

「書以外にも三味線、琴、将棋、俳句、和歌、生け花、香道、茶道とお稽古ごとはいっぱいでありんす」

　囲碁、百人一首、漢詩、剣術、砲術などを習うこともあった。

「眠くなってきたでありんす」

「駒乃さんは、すぐに眠くなるんでありんすな」

「わっち、どこでも寝られるのが取柄でありんす」

「寝られるのが取柄ではなくて、ずうずうしいのが取柄でありんすな。それも芸のひとつかもしれんせん」

　ようやく書の師匠がやってきて稽古がはじまった。墨のすり方、筆の持ち方から手ほどきを受け、いろはのをの字を書いたところで刻限となった。書の稽古が終わると、三味線の稽古に向かい、それが終わると座敷へもどって生け花の師匠を待つ。生け花の師匠の背中を見送ると茶道の師匠を待つ。連日この調子で続く。駒乃はすべてが初歩であるので、なんだかつまらなくて睡魔との格闘が続くが、水貴は先を行く余裕の顔で「わっちは生け花が一番好きでありんす」と言う。

　ひと月ほどたったころ、駒乃は勝田に涙ながらに「食い物も着物も粗末でいいですから、前の部屋にもどしておくんなまし」と懇願したが鼻であしらわれた。

　しかし、半年もすると、そんな生活に慣れたのか、板についたのか、それほど苦にならなくなったのは不思議である。今でも稽古の最中、眠くて舟を漕《こ》ぐたびに頬《ほお》を抓《つね》られたり、拳骨《げんこつ》を落とされたりもするが、それなりに上達した。

三味線においては上達著しく、夜見世のはじまりである見世清掻の代役を務めるほどとなった。ときに勘所《かんどころ》を外すこともあったが。

駒乃は十四になり、新造出しの時期を迎えた。

引込になったのが遅かったため、わずかにときをずらし、水貴と同じ機会に出されることとなった。宇右衛門はなんとしても玉屋夏帆の五百両を凌《しの》ぐ新造出しにしようと目論んでいたが、それは叶わなかった。しかし、駒乃と水貴合わせて八百両の出しとすることとなった。後ろ盾は、扇屋お職の艶粧花魁と、駒乃の抱えだった翡翠花魁であった。

駒乃は翡翠の苦痛に歪む表情を思い浮かべて胸が痛んだ。好き好んで新造出しをするわけではないので断ってくれてもいいのにとも思った。後ろ盾となる姉女郎は本来、だれでもよく、抱えとは関係ない。しかし、今の扇屋にはそれを受けるだけの花魁は他にはなく、いたし方のない後ろ盾であった。

新造出しがはじまると、段雷も嫌というほど撃ち鳴らされ、二階の窓からは新造名が染め抜かれた手ぬぐいと餅が、親の敵《かたき》を討つかのようにまかれた。通りを埋めた客の数は玉屋夏帆の出しよりも多かったと宇右衛門はご満悦であった。

駒乃は新造名を明春《あきはる》とし、水貴は松代《まつよ》と改名した。

仕込みによる「あきはる〜」「まつよ〜」とのかけ声を受けながら、ふたりを囲む道中は仲之町へと繰り出した。

火

新造出しを無事にすませて引込新造となっても生活は特段に変わることはなく、その後も稽古、習いごとに追われる日々が続いた。大部屋生活のころの不規則な生活の記憶は心の底へと沈み、中引けの拍子木の音と共に床へ入る規則正しい生活が習慣となっていた。

十一月、北風が戸を叩きはじめたころのこと、明春は人が廊下を駆け回る足音で目がさめた。外が騒がしい。刻限のころは定かでなかった。突然、半鐘が鳴りはじめた。横では松代が枕に吸いつくように眠っている。

「松代ちゃん、起きなんし。火事じゃ。起きなんし」

松代の頬をぴたぴたとはたいた。

「このサバの味噌煮はわっちのものじゃ。盗《と》る者は地獄に堕《お》ちや……」

松代は寝ぼけた様子でむっくりと身体《からだ》を擡《もた》げた。

きな臭《くさ》いにおいがどこからともなく風に乗って漂ってきた。窓を開けると東の方角が赤く染まり、火の粉が舞い上がっていた。どこかで半鐘が狂ったように打ち鳴らされている。

隣の部屋で寝ていた美津と夕香も起きてきて「近いようでありんすな」と言いつつも他人ごとのように落ち着いていた。

「塀の中じゃね。角町の方じゃや。早く逃げんといけんせん」

明春はおろおろするばかり。松代は正気になってその状況を飲み込んだ。

「今度はどこでありんしょうか？」

足音が聞こえ、その足音が大きくなり、襖の前で止まったかと思うと荒々しく開けられ、不寝番の竹造が息急き切って立っていた。

「皆、起きていたかい。これから外へ出るが……」

その口を塞ぐように美津が言った。

「わかっておりんす。逃げるなってことでありんしょう。よくわきまえておりんす。

明春ちゃんははじめてかぇ？」

「こんなことしょっちゅうは起こりんせん」

「そうでもありんせん。わっちは三度目でありんす」

「金目の物だけ手箱に入れて、とにかく俺について来い、離れるんじゃねえぞ」と竹造。

新造の持ちものなどたかがしれている。簪、笄、櫛、わずかな銭を手箱に素早く入れた。

「明春ちゃん、頬《ほ》っかむりまでしなくていいんよ。まるで盗人でありんすよ」

「なんとなくそんな気分になりんした」

提灯を手にした竹造は四人に縄を持たせると廊下へ出て先導した。大広間まで出ると、既に扇屋女郎の大半が集まっていた。若い衆が受け持ちの女達を引き連れている。

「これから外へ出る。わかってると思うが、逃げるんじゃねえぞ。逃げても必ず捕まる。捕まったらどんな折檻を受けるか、覚悟しておくんだな」と番頭の泰造の声。

「へーい」

からかうような返事があちらこちらから飛んだ。

「ここで焼け死んだ方が楽かもしれんせん」との声が「馬鹿野郎」と一喝された。

幸い扇屋は大門から目と鼻の先で、一町（一〇九メートル）も走れば大門の外に出る。火の手が上がってしまえばもはや打つ手はなく、逃げるしかない。屋根の上には天水桶も常備され、水桶も妓楼のそこかしこに置かれているものの小火《ぼや》程度にしか対処できない。町火消しは、ここ吉原には置かれていないのである。吉原は燃えても諒《りょう》とする悪所であるとともに下手に消火できない理由もあった。

江戸町一丁目の通りには悲鳴と怒号が飛び交っていた。

「どうした、なぜ騒いでおる」

見世番の丈太郎がだれにともなく訊いた。

外の様子を見た二階廻しの峰次が、

「まだ駄目だ。木戸が開いてねえ」

木戸番は外に住んでいて、合鍵は会所にしか置いてなかった。外からだれかが開けないと出られないのである。木戸が開く前に出れば押し寄せる人波にもまれ、圧死しかねない。迂闊に出るに出られない状況であった。

木の弾ける音が近づいてきて、煙が扇屋へも入り込んできた。十一月の乾いた風は火の回りをいっそう早めた。

「まだか？」

　イラつく声。

「開いたぞ」

　尻を叩かれたように扇屋の女衆は一斉に走り出した。縄を握っていた若い衆はあっという間に蹴散らされた。

「逃げるんじゃねえぞ。火が消えたら、大門に集まれ。逃げても生きていけねえぞ」

　もみくちゃになりながら丈太郎ががなり立てた。

　扇屋から雪崩れ出た女衆は、右へ走り、木戸を潜って仲之町へ出た。もうそこは火に包まれていた。顔を焦しそうなほどの炎である。扇屋へと類焼するのもそれほど時を要しないと思われた。その火を手で遮《さえぎ》りながら左に折れて女衆は大門を目指した。

　大門は開けられ、多くの女達が外へ出ていた。吉原の周囲に民家はほとんどなく、畑と葦の原、小さな茶屋があるだけである。そこから先に燃え広がる様子はなかった。明春らは山谷堀の土手から吉原炎上の様子を眺めた。

「わっちら寝るところがなくなりんした。寒空の下で野たれ死にするんでありんしょうか？」

　不安が入り混じる顔で明春は訊いた。

「案ずることはありんせんよ」

松代は素っ気なく言った。

夜明けごろまでに火は吉原を嘗《な》め尽くし、昼の九ツごろようやく鎮火した。全焼火事であった。

所々、焼けぼっくいは残るものの、これほどまで平らになるものかと思われるほど黒々とした土地が広がっていた。熱気は今も残り、風に煽《あお》られると顔が焼けるほどである。

町方によって火元付近の捜索がはじまっていた。焼き芋のような死骸が戸板に乗せられて次々と運び出された。

火元は角町堺屋《さかいや》と見られた。更なる調べで堺屋松五郎《まつごろう》抱え三国《みくに》の火付けであると判明し、三国はただちに召し取りとなった。荒縄で縛られて引っ立てられて行く三国は大それたことを仕出かしたにもかかわらず悪びれるわけでもなく、薄ら笑いを浮かべながら罵声の降る中、連れて行かれた。

「わっちはお先におさらばしますえ。ご縁あれば、あの世でお会いいたしんしょう。それまで、皆の衆、精々おきばりあそばせ」

死者は角町、京町一丁目、京町二丁目に多く出ていた。この辺《あた》りは火と煙の回りが早く、逃げ遅れたことが原因であると考えられた。運び出された死骸は九十四。ほとんどは身元がわからず、そのまま浄閑寺へと運ばれ、簡単な読経《どきょう》の後、無縁仏として葬《ほうむ》られることとなった。

火付けを行った女郎は流刑《るけい》と相場は決まっている。召し取られた三国も裁きを受けて流刑となるはずである。

一般に火付けは市中引き回しの上、磔《はりつけ》であるが、遊女の火付けに限っては情状酌量があった。吉原の劣悪な状況を鑑《かんが》みての酌量である。

「わっちらどうなるんでありんすか？　御祓《おはら》い箱でありんすか？」

大門の前で明春が松代に問うた。

「御祓い箱なら、こんなに嬉しいことはありんせんが、仮宅《かりたく》に移って同じことの繰り返しでありんす。姉さま衆はこれからしばらく大変でありんす」

吉原の再建まで約一年の間、浅草、本所《ほんじょ》、深川の長屋や料亭、茶屋を借りての仮宅営業となる。

外に出ていた宇右衛門もその場に駆けつけ、その焼け野原となった吉原を見回した。

「これまたきれいに燃えちまったな。回禄《かいろく》（火事）にも困ったもんだ。さてとどうしたものか」

と言いつつ、顔には笑みさえ湛えていた。仮宅営業は、まず仮宅の場所を決め、営業の期日を決めて町奉行所に願い出て許可を取ることとなっている。手筈を整えるまでは忙しくなるが、仮宅は儲かるとされており、売り上げの伸びない妓楼の楼主の中には火事になるとほくそ笑む者も多かった。もし一軒でも店が燃え残っていると仮宅営業は許可されないため、火事になれば全焼を望んだのであった。

「みんなそろっているだろうな。いなくなった者はいねえだろうな」

宇右衛門の声に、見世番の丈太郎は女達を並ばせると数を数えはじめた。

「鮎川《あゆかわ》花魁がおりんせん」

抱え禿のみづほがしゃくり上げた。

「雪代《ゆきよ》花魁もおりんせん」

抱え禿のためのも続いて泣きはじめた。

「若浦《わかうら》さんも見当たりませんぜ」

朋輩《ほうばい》の風花《かざはな》が笑いを堪えて言った。

宇右衛門の形相が一変した。

「確かに大門を出たんだな」

扇屋は出火元から離れていたこともあり、みな無事に逃げたはずである。

「出たでありんす。わっちはこの目で見たでありんす。火事に見とれているうちに、いつの間にかいなくなりんした」とひとりが言った。

「足抜か？　他にいるか？」

「他の連中はそろっているようでありんす」

「三人か。足抜は許さねえ。ただじゃおかねえ」

宇右衛門は怒りに震え、鬼のような形相で五十間道の先を睨んだ。しかし、回禄に乗じて足抜することはさほど珍しくない。驚くほどのことではなかった。他の店でもかなりの女郎が足抜したと思われ、あちらこちらで怒号が響いていた。

「滝助、源治は地廻《じまわ》り使って足抜の女郎を捜せ」地廻りとは、そこらを縄張りとするならず者である。人捜し、借金の取立て、嫌がらせを生活の糧としている。「必ず見つけ出してしょっ引《ぴ》いてこい。松吉と丈太郎、峰次は仮宅《かりたく》の手配だ。他の者は近くで女郎が寝泊まりする宿を探して移せ」

宇右衛門の指示が飛ぶと若い衆は既に手筈が整っていたかのように素早く四方へと散った。このころ、吉原は数年置きに全焼火事を起こし、古くからいる者たちにとっては慣れた手配であった。

三日もすると仮宅の場所が決まった。扇屋の女郎衆は二つに分けられた。一つは本所。部屋持以下の女郎衆の仮宅として長屋を一棟借り受け、遊女屋らしく少し手を加えて営業することとなった。もう一つは深川の料亭であった。花魁と座敷持までの女郎衆の仮宅である。

明春たち引込は習いごとに通うに都合がよいという理由から深川の料亭へ入ることになった。

足抜した女郎に関する知らせが五日目に入った。鮎川花魁が連れもどされたとのこと。

続いて、六日目には雪代花魁が連れもどされた。

ふたりは本所の長屋へ連れていかれ、見せしめにされた。ふたりとも窶《やつ》れ、髪はざんばらで、落ち窪《くぼ》んだ眼だけが異様に光っていた。逃げ疲れてのことか、これから行われる折檻の恐怖によるものか、かつて見た華麗で粋な花魁の面影はなかった。

引込新造の明春や松代も、深川から呼ばれ、その場に立ち会わされることとなった。

昼見世までの間、長屋前の木戸が閉められると皆の見ている前で折檻がはじまった。声が周囲へと洩れ聞こえないよう猿轡《さるぐつわ》を噛ませられると着物が剥ぎ取られ、後ろ手に縛り上げられた。

　寒風吹きすさぶ中、井戸水を頭から浴びせられると、三尺ほどに切った竹棒を持った番頭の泰造がふたりを交互に叩きはじめた。それは決められた作業のように黙々と続けられた。

　背中や尻、太ももは見る見る赤く腫れ上がり、やがて紫色に変わっても、止《や》む気配はなかった。しまいには肉が破れ血が噴き出し地べたを赤く染めた。割れた竹棒は素肌を容赦なく引っ掻いた。くぐもった悲鳴がやがて呻き声に変わり、次第にか細くなり、しまいに途切れた。

　取り巻いた女郎達の何人かは卒倒し、小便を漏らす禿、嘔吐する新造も、ひとりふたりではなかった。

「お前らもよく見ておくんだ。足抜は許されねえんだ。殺されても文句は言えねえんだ。お前らは、ここから出ても生きては行けねえ。結局このざまだ。よからぬ夢は見るもんじゃねえ。今、逃げている若浦も直に捕まる」

　泰造は女郎の顔をひとつひとつ凝視し、その頭に叩き込むように言った。最後に井戸水をぶっかけて仕舞いとした。

　鮎川も雪代も宇右衛門が雇った地廻りによって発見された。

この者達にかかれば足抜した女郎が、どこへ立ち回るか見当をつけるのは造作もないことであった。土地勘のない者が行く先は、まず質屋である。ふたりとも質屋から出てきたところを捕まった。逃げるときに持って出たわずかな金などすぐに使い切ってしまう。金がなくなれば笄、櫛、簪を金に換えるしかない。それを見越し、先回りして張っていさえすればよいという寸法である。

馴染み客のところ、とも考えられるが、客が匿《かくま》ったり、足抜の片棒を担《かつ》いだりすれば、袋叩きにあい、簀巻《すま》きにされて大川へ放り込まれることとなる。吉原へ通う者でこのことを知らぬ者はない。

「ねえ、生きてる？」

ひとりの女郎がおそるおそる近寄った。

「ふたりとも死んじゃいねえ。もう終わったんだ。早く手当てしてやんな」

泰造は痺れた腕をぶらぶらさせた。

「手当てしろって言うくらいなら、こんなになるまで叩かなくてもいいだろ」

「仕方ねえだろ。これが俺の仕事だ。好きでやってるわけじゃねえ」

鮎川も雪代もはじめての足抜であったためこの程度ですんだ。二度目であれば命はなかったかもしれない。

その日から五日後、若浦が見つかったとの知らせがあった。またしても壮絶な折檻がはじまるのかと皆、兢々《きょうきょう》としたが、その気配はなかった。若浦が仮宅へ連れてこられることはなかった。

「若浦はどうしたのさ？　見つかったんじゃなかったのかい？」

怪訝に思った女郎のひとりが泰造に訊いた。

「ああ、見つけたよ。だがな、若浦は死んだ。地廻りに追い詰められて、もう逃げ切れないと観念して、剃刀《かみそり》で喉《のど》を掻《か》き切ったとよ。哀れなもんだ。死骸は大川に放り込まれたと。余計なことをしなきゃ長生きできたものを。これで落着だ。そうならないよう、お前らもここで精々商売に励むことだ」

明春にとって深川での生活は六年振りとなる楼外の生活であった。目新しいものはたくさんあったが、すべてにおいて質素であることに驚いた。料亭とはいえ、妓楼扇屋の贅沢な造りや、上等な調度には到底及ばない。しかし、食事だけはさすが料亭といえる一流の料理が連日お膳を飾った。引込の食事も決して粗末なものではなかったが、料亭のそれとは比較にならない。吉原へもどったとき、味気ない料理に我慢できるか心配であった。

三味線や書の稽古に出るとき、常に若い衆がついて来ることには閉口した。「悪い虫がつくといけませんので」とは言うものの、足抜させないための見張りであることは承知していた。

上等な着物に身を包み、お供を従えて出歩くと、どこへ行っても人目を引くようで、皆の視線が気になって仕方がなかった。道を歩けば人は道をあけてくれる。人相の悪いやくざ風の男でさえも道の脇によって、ちょっと離れて新造ふたりを眺めた。高い商品に傷をつけると後々面倒なことになると思うのか、後ろの若い衆が怖いのか、もの珍しいだけなのか、本心はわからないが、見世物にされているようで気疲れしてならない。

半年も過ぎると、吉原での生活の方が気楽でよかったように思えてくる。狭く、自由がないながらも至れり尽くせりであった。どちらがいいのか考えてしまう。

仮宅での営業は盛況であった。傾きかけた妓楼の楼主が回禄を待ちわびるのも無理はない。形式ばらず堅苦しくない雰囲気の中での遊興はことのほか好評で、連日客が押しかけた。盛況とはいえ、毎日、楼内の倍ほどの客を相手にしなければならず、女郎たちは客回しに辟易する。

これほど儲かるのであれば吉原へもどらず、このままこの場所で営業を続けたいところであるが、町奉行所はそれを許さなかった。二町三町の板塀の中であるからこそ公許としての吉原が認められるのである。

しばらくして町奉行所から認められた三百日の仮宅営業が終わるとすべての女郎は吉原へともどされた。

吉原は、すべてが一新されていた。大門から面番所、四郎兵衛会所、仲之町に軒を並べる引手茶屋、江戸町一丁目に入る木戸に至るまですべてが真新しい。しかし、見慣れない妓楼名を書いた箱行灯も掛かっていた。回禄を機会に廃業し、その後、新たに開業した店であった。

店へもどり、どこが変わったかと見回してみる。以前と変わったところを探すのが難しいほど扇屋は変わっていない。ただ、造作に艶が出て、漆《うるし》の匂いがきつくなっただけである。欄間《らんま》や階段の手すりの細工は微妙に異なるものの間取りは同じ。調度品はなにもないが、新築の扇屋に楼主宇右衛門はご満悦であった。

姉女郎達は「やっぱりここしかないかね」と口々に安堵した顔で言った。逃げ出したい妓楼であったが、本心から落ち着くのはここしかない。

第四章　明春十六

揚

明春《あきはる》が十六になると宇右衛門《うえもん》と勝田《かつた》の間で水揚げの話が出た。

水揚げに限ってはさすがに楼主も気をつかい、慎重に相手を選ぶ。色に走る客は避け、マラは大きすぎず小さすぎず、女の扱いに慣れた四十歳前後の粋を好む客がよいとされる。このときひどい扱いを受けると後々客を取れなくなることもあるためである。

「吉田屋の若旦那はどうでしょうね。いつもご贔屓《ひいき》にしていただいておりますし、なかなかの男前ですし、わたしは打ってつけと思いますが」と勝田。

「男前は止めたほうがええ。最初に男前を相手にすると、後が辛《つら》くなるんじゃや。最初はブ男の方がええ。わしは三河《みかわ》屋の若旦那がええと思うがな」と宇右衛門が推す。

「あの方は駄目ですわ。若旦那と言ってももう五十過ぎですからね、ちょっと年が行き過ぎてますよ。もう役に立たんという噂もありますし」

「じゃあ、笹野《ささの》屋の大番頭の佐吉《さきち》さんはどうじゃ」

「しっかりしてくださいな。あの方は、去年、心の臓をやられてぽっくり逝かれましたがな。わたしは葬式に出ましたからよう覚えております」

「そうじゃったか。そう言われればそうだったような気もするが。……じゃあ、上総《かずさ》屋の若旦那はどうじゃ？　年もそこそこ、面《つら》もそこそこ」

「あの方は駄目ですわ。若い娘《こ》が好きで、しかも、妙な趣向がお好きで、すぐに慎《つつし》みをなくしなさるようで、弾琴《ひきごと》がえらい目に遭いました。覚えておらんですか」

「そうじゃった。背中に大傷つけられたんじゃったな。駄目か……じゃあ、だれがええんじゃ？」

「梅垣《うめがき》屋の若旦那はいかがですかね？」

「去年、笹扇《ささおうぎ》の水揚げしてもらったばかりじゃ。同じ客は駄目じゃよ」

「尾張《おわり》屋の善吉《ぜんきち》さんは？」

「あの人はもうぐずろ兵衛だって噂じゃよ」

ぐずろ兵衛とはぐずぐずしてなかなか使いものにならないという意味で、老人を指すことが多い。

「そうじゃ、望月《もちづき》屋の茂吉《もきち》さんはどうじゃ？」

「あの人は板舐《いたなめ》で、とても明春の相手は務まりませんよ」

板舐とは男根が床《ゆか》につくほど大きいという意味で、遊女たちからは敬遠された。

「じゃあだれがええんじゃ？　具合のええへのこ（男根）はおらんのか？」

ふたりで話し合っていても埒が明かないので翡翠花魁のお奨《すす》めを聞くことにした。明春の姉女郎でもあり、客のこともわきまえている。

「明春の水揚げねえ、わっちのお奨めでありんすか」

翡翠は煙草に火を点け、煙をひと吹きすると、火皿の灰をポンとはたいた。

「恵比寿《えびす》屋の大番頭の貞彦《さだひこ》さんなんてどうでありんしょう」

「恵比寿屋の貞彦？」

宇右衛門は意表を突かれて声を出した。

「あの痘痕面《あばたづら》ですか？」

勝田が首を傾げた。

宇右衛門はしばらく考えた。

「悪くない。新造や禿たちにも評判がええ。粗相《そそう》があっても嫌な顔ひとつしたことがない。度量の大きなお人で、しかも遊び慣れしている。お互いに知らない顔でもない。打ってつけじゃ」

「でもね、痘痕面ですよ。わたしはキライですね」

「お前の好みなんて聞いてねえ。痘痕面だからいいんじゃねえか。次の客も取りやすい。さすが翡翠だ。よい相手を見つけてくださった」

「楼主様がそうおっしゃるんでしたら一度お願いしてみますかね」と言いながらも勝田は浮かない顔であった。

恵比寿屋は中堅所の呉服屋で、最近では大店の呉服屋に迫ろうとするほどの勢いがある。そこの大番頭が貞彦であった。年のころは四十代の中ほどで、手代のころから大旦那のお供で吉原へ通い、そのまま常連となった客である。性根は真面目で気安く、登楼のたびに禿や新造に菓子を差し入れることから人気の客であった。しかし、顔に痘痕があるために少々損を被っていた。

五日ほどしたころ、貞彦が登楼し翡翠と座敷を共にした。翡翠の口から明春の水揚げの話が出て、貞彦は少々困惑した。水揚げを引き受けるには、それ相応の覚悟がいる。しかし、翡翠の達《たっ》ての頼みとあって渋々ながら引き受けることとなった。

相手が決まれば日時と段取り、その手筈を整えることとなる。

勝田とお豊によって明春に水揚げの所作が叩き込まれる。三つ指ついて「このたびは水揚げをお受けいただきまして、まことにありがたきことでありんす。不束《ふつつか》者でございますが、よろしゅうお頼申します」と挨拶することからはじまり、床に入る手順、仕草から足の開き方、尻の向き、腰の振り方、声の出し方など事細かに仕込まれる。時には男性器を模した張り型も使いながら仕込まれる。明春には憂鬱な日々が続いた。

「どうしよう、どうしよう。いっそ足抜でもしようか。それとも死のうか。首括《くく》ると首が長くなって嫌じゃから、いっそ井戸にでも飛び込もうか」などと考える毎日であった。

「ここへ来たからにはだれでも通る道じゃや。腹を括らんか」

翡翠は長煙管の雁首で明春のおでこをコツコツと突きながら諭《さと》した。

吉原へ連れて来られるとき、女衒の伊佐治から「腹を括れ」と言われたことを思い出した。あの言葉はこのときにつながっていたのだとようやく腑《ふ》に落ちた。随分先のことを回り諄《くど》く言ったものだと思った。

水揚げの際には空き部屋がひとつ割り当てられることになり、今後はそこが明春の部屋となる。独り立ちできるころには新造から部屋持へと昇格する。

ほどなくして布団も届けられ、明春の緊張はますます高まった。店先にこれ見よがしに陳列されてのお披露目である。布団は一ツであるが、敷布団の厚さは一尺（約三〇センチ）ほどあり、極上の中綿からなる緞子縮緬《どんすちりめん》。掛け布団は黒天鵝絨《くろビロウド》の幅広の襟付き、金糸で鶴と亀が刺繍《ししゅう》され、裏地は甲斐絹《かいき》からなる。締めて二十五両。水揚げをする恵比寿屋の貞彦がこれを受け持つ。ちなみに揚代は一朱である。頼まれた水揚げとは言え、かさむ出費であった。

風呂で「どうしよう。どうしよう」と、明春の頭の中にはその言葉があふれ、耳から零《こぼ》れ落ちそうであった。

隣で湯に浸かる朱美が茶化した。

「落ち着きなんし、しのほどん。引込になってもちっとも変わっとらんね。わっちは、お前さんより早く水揚げをすませたけど、もっと落ち着いておったよ」

すぐ後ろで湯に浸かっていた一紫《いちむらさき》が割り込んだ。

「朱美は、ここへ来たときから生娘《きむすめ》じゃなかったからね」

「なにを言っておるんじゃ。わっちはここへ来たときは、れっきとした生娘じゃった。殿方の手に触れただけで真っ赤になる生娘じゃった。……ただ、水揚げの前に、いい人にあげてしもうただけじゃ。あのとき、わっちは子猫のように泣いて、そんなわっちをあの人はやさしく抱きしめてくれたわ……ああ、あのころが懐かしい」

「明春ちゃんもだれかいい人にあげちゃえばよかったのに」

今更のことを平気で言う無神経な姉女郎を明春は恨めしく睨んだ。

「まだ、半日あるからその前に破瓜《はか》してもらったらええじゃないかね」と一紫。

「しのほどんにはそんな人おらんね。そんなに器用じゃったら、苦労はせんわね」

「ちがいねえ」

ふたりは喉の奥まで広げて笑った。

明春は、あの痘痕顔を目の前にして正気でいられるか自信がなかった。心の中のなにかが激しく抗う。確かに貞彦は人当たりもよくて気安かった。禿のころ、よく菓子を持って来てくれたから、来てくれることが待ち遠しくもあったが、今の心境は天と地ほどの開きがあった。

明春は、次第に気分が悪くなってきて、泡《あぶく》とともに湯船の底へと沈んだ。担《かつ》ぎ出された明春が気がついたのは四半刻（約三〇分）もしてのこと。素っ裸のまま脱衣所に寝かされて、その明春を姉女郎達が取り囲んで見下ろしていた。

「しっかりおし。こんなことで水揚げができなさるか」


水揚げは夜見世からとなる。

中身はどうあれ曲がりなりにも体裁は整った。着物、飾りは、翡翠の後ろ盾で誂《あつら》えられたもの。臙脂《えんじ》を基調とした正絹《しょうけん》仕立ての中着、金糸銀糸で扇の刺繍が施された組板帯、そこに藍鼠《あいねずみ》の仕掛けを羽織る。髪は奴島田、櫛一枚と花簪、前挿し四本、後挿し四本で飾る。

明春は、大広間の隅でお豊を横に従えて貞彦の登楼を待った。とはいえ待っているのは上辺だけで、心の底では来ないことを祈っていた。期日を間違えていればいいのにとか、体調を崩して延期してくれればいいのにとか、コロリに罹《かか》って今朝方《けさがた》ポックリと亡くなっていればいいのにとか、吉原がもう一度火事になればいいのにとか、いっそのこと自ら火付けして燃やしてやろうかとさえ思った。

夜見世が開き、『おふれ』とともに見世清掻が掻き鳴らされた。

明春は自分がはじめて扇屋へ来たときのことを思い出していた。痩せぎすの田舎娘が売られ、扇屋の暖簾を潜《くぐ》ったときからこうなることは決まっていたはずである。今日まで生きてこられたことは幸運であったけれど、身を売ることへの抵抗は未だ消えていない。ましてや初めての床入り。見世清掻に同調するように心臓の音が高鳴り、波となって全身へと広がり、吐き気を伴って返ってくる。今日まで何度も稽古はしたけれど、これほどまでに帯の結びが苦しく、着物を重く感じたことはなかった。

急遽、仰せつかった禿役のなつめが通りに出て様子を窺った。

茶屋の主人と幇間《ほうかん》と貞彦が江戸町一丁目の木戸を潜った様子を見定めると「来ん

した」と大広間へ駆け込んだ。

「落ち着きなっ」

お豊がなつめを叱った。

周囲の者が舞い上がると真ん中にいる明春まで舞い上がりかねない。すでに明春の目は空を見ている。花魁が座敷へ来るまでの名代とはわけがちがう。次第に目の前が暗くなるのを感じた。

「あやや……明春姉さんが倒れんした」となつめ。

「情けないね。こんなに根性なしだとは思わなかったよ。いいかい、このまま気がつかなかったら、そのまま部屋へ引きずっていって、ひん剥いて床へ入れておしまい。そのまま水揚げをすませてもらっても構わないからね」とお豊が言うと、

「あい、承知しんした」となつめ。

貞彦らは大広間での騒ぎを尻目に二階へと上がった。

「なにか騒ぎでもあったのかね？」と貞彦。

「なんでもねえでげすよ」と幇間の伝六。

明春は幸いすぐに気を取りもどしたものの相変わらず上の空。

部屋では振袖新造の如月《きさらぎ》が名代を務めていた。ちょっとした料理を肴に世間話を

したり、双六《すごろく》をしたり、ときに貞彦は居眠りなどをして暇をつぶし、ようやく引けとなった。

明春はお豊に尻を叩かれると如月と入れ替わりに部屋へ入った。

明春はまず三つ指をついて水揚げ役を受けてくれたことに礼を述べると、静々《しずしず》と上座へと落ち着いた。

散々気を高ぶらせていたおかげで気疲れし、塩梅《あんばい》よくその場を務めることができたが、そこから先が続かなかった。頭の中が真っ白になってしまってどんな話をすればいいのかわからない。

「いい天気でありんすな」と口が勝手に動いた。

「なに言ってるんだい？　もうとっぷりと暮れてやがる。引けだから、お前さんがやってきたんだろ」と痘痕顔。

「そうでありんした、わっちとしたことが……あっ、天井に蜘蛛《くも》が巣を張っておりんす」

「掃除くらいしておけよ。お前さんだいじょうぶかい？　いつもの明春じゃねえ。はじめてとは言え、しっかりしてくれよ」

「へえ……そうでありんすな。わっちもそう思うでありんす」

貞彦は慣れたもので、その場を和ませようと話を導いた。七代目市川團十郎の歌舞伎狂言組十八番がいかにすばらしいかとか、相撲の大関 剱山谷右衛門《つるぎざんたにえもん》がいかに強いかといった、他愛のない話であった。それからしばらくは酒を飲んだり、魚を突いたりした。しかし、料理はなかなか喉を通らなかった。酒で流し込むのが精一杯だった。酒が入ると妙に楽しくなった。なにを舞い上がっていたのか自分が馬鹿に思えてくる。

「そろそろ中引けだね。うまくやってるかね」

拍子木の音を聞き、お豊は部屋の方に視線を送った。床に入ってもいい刻限である。遣手部屋で猪口《ちょこ》を傾けながらも気が気でなかった。いくら飲んでも一向に酔いは回らない。

徳利《とっくり》が四本空いたとき、廊下に足音が響いた。千鳥足にも似た、たどたどしい足音であった。呻き声も混じっていた。なに事かがあったことを直感したお豊は自ら障子戸を開けた。貞彦がよろよろとやってきた。

「なに事かあったので?」

貞彦は口に手を当て、なにか言おうとしているがさっぱり要領を得ない。指の間から知らは血が滴っている。

「明春が、なにかやらかしましたかね」

貞彦は頷《うなず》き、やっとの思いで言った。

「歯……歯、折られた。二本だ」

お豊は、重い体を揺すりながら明春の部屋へ向かった。

部屋には新調した布団が敷かれ、その上に寝巻きに着替えた明春が危座《きざ》し、そ知らぬ顔を決め込んでいた。

「またやったのかい？　なん度、客様の歯を折れば気がすむんだい。客様の歯をなんだと思っているんだい？」

「歯なんて屁とも思っておりんせん。気がついたら痘痕顔が目の前に……それで、つい……」

「この馬鹿明春」

お豊は渾身の拳骨を振り下ろした。

後ろから貞彦が怪訝そうに聞いた。

「お豊さん、前にもこんなことがあったのかね？　そんな話、聞いてねえぞ。そんな凶状持ちを俺に水揚げさせようとしたのかい？」

「滅相もございません。禿のころに、ちょっと踵で客様の顎に蹴りを入れて前歯を四本ばかり折りましたが、そのときにちゃんと言い聞かせたつもりだったんですが……」

「三本じゃね。だけど今度は蹴っておりんせん」

明春はしゃあしゃあと言った。

「おおとも。確かに蹴られたんじゃねえ。いきなり頭をぶつけてきやがった。おかげで前歯がこのとおりだ」

貞彦は笑うようにして隙間の空いた歯を見せた。

「あらま。とんだことで。まことに申し訳ございません。とんだ水揚げになりまして」

「どうしてくれるんだい。これで銭を取られたんじゃ割が合わねえが」

しかし、お豊は真顔で言った。

「揚代はいただきます。吉原のしきたりでございます」

「俺はなにもしてねえんだぜ。床に入って押《お》っ立てて、腰を入れようとした途端に突き放されたかと思うとデコがぶつかってきたんだぜ。それでも揚代を取るのか？」

「そのとおりでございます。これも水揚げでございます。きっちりお支払いいただきますが、続きはいかがいたしましょう？」

「できるわけねえ。この歯の痛みじゃ立つものも立たねえ」

「そうですか、では、これで。わたしはちょっとこの娘に話がありますので失礼いたします。ではごゆるりと。おしげりなんし」

明春はお豊に襟首《えりくび》をつかまれると、そのまま奥座敷まで引きずっていかれた。

「なにがおしげりなんしだ。ひとりでどうやってしげるんだい」

貞彦は折れた二本の歯を握り締めたまま部屋で過ごすこととなり、たったひとりでの閨《ねや》の語らいとなった。これでも揚代は同じである。

「明春、お前という娘は、なん度、扇屋の看板に泥を塗れば気がすむんだい。水揚げはこちらからお願いしたんだよ。今度という今度は許さないよ。覚悟おし」

明春が鴨居へ吊るし上げられると、お豊の折檻《せっかん》がはじまった。

「疱痕顔を前にしたら、咄嗟に撥《は》ねのけてしまったんじゃ。しかたがないわね。目隠ししてたらよかったんじゃ」

「それで女郎が務まるのかい」

お豊は力まかせに竹棒で尻を叩いた。湿った音が奥座敷に響いた。話を聞きつけてやってきた内儀の勝田はその様子を襖《ふすま》の陰から見ていた。まだ早かったのか、仕込みが不味かったのか、相手がいけなかったのかと様々に思いを巡らした。

「務まらなくたっていいいんじゃね」

「今更なに言ってるんだい。お前さんはここで生きていくしかないんだよ。翡翠花魁に散々世話になっておきながら顔をつぶしたんだよ。恩を忘れたのかい？　これからはお前さんが返していく番なんだよ」

「痘痕顔がいけないんじゃ。イボガエルのような顔が目の前一尺まで来たら吐きそうになったんじゃ。子供のころ村で無理やり食わされたイボガエルを思い出したんじゃ。カエルは嫌いじゃ。ヘビかヤモリならよかったんじゃ」

「お前さんはいつも文句ばかり言うんだ。いいかい、目の前にいるのは銭をぶら下げたマラだ。それ以上でも、それ以下でもない。イボガエルだろうがトノサマガエルだろうがそんなこと気にしてどうするんだい。顔にマラがついているんじゃないんだ。マラに顔がついているんだ。顔なんてただのオマケだよ。オマケに文句言うと罰が当たるよ」

説教を伴う折檻は夜通し続いた。尻が黒く腫れ上がった。明春が意識を失ったとき、お豊も倒れた。折檻のたびに持病の腰痛が悪化するのである。

扇屋宇右衛門の方から貞彦に正式な詫び状が出され、取りあえず一件は収まった。

明春は三日ほど寝込んだ。三日目には立ち上がれるようにはなったが、尻はまだ黒く腫れていた。

「どんな形であろうと取りあえず水揚げはすんだ。いいか明春、お前は、もういつでも客を取れる部屋持女郎だ。尻の痣《あざ》が治ったら見世張りに出てもらう。そのつもりでいろ」

宇右衛門のきつい達しであった。

五日ほどたって尻の痣も癒《い》えたころ、明春は初めての見世張りをした。江戸っ子は噂が好きらしく、どこからどのように洩《も》れ広がったかわからないが、見世張りをする明春を目当てにやって来る客が多かった。

「明春というのはお前さんかい。水揚げのとき客の前歯を四本へし折ったんだって？　デコの一本線はそのときの傷かい？　噂だぜ。ってことは、まだ生娘かい？　……おもしれえ、上がってやらあ。ただし、俺はそう簡単には折られねえからな」

幸いにも素上がりの客が付いた。客は遊び人風の男であったが、それなりに節度をわきまえており、明春は放心したまま、事実上の水揚げとなった。

その後は三日に一度の見世張りをこなし、そのたびに客が付くようになった。

当初は「生き人《い》形を抱いてるみてえだ」とか「マグロじゃねえか」などと言われた

が、三月《みつき》もするころには床の技も身につけ、それなりのものとなっていった。

賭

水揚げをすませたからと言って一人前と呼べるものではなく、お墨付きを受けてはじめて遊女となる。一人前の遊女としてお披露目をすることを『突き出し』と言う。突き出しには見世張り突き出しと道中突き出しがあり、年齢を重ねてから売られてきた女や将来性のない新造は前者となり、引込や花魁候補の新造はこれまた姉女郎の後ろ盾により莫大な金を費やして道中突き出しが行われる。引込新造である明春はもちろん道中突き出しであるが、水揚げの一件で評判が悪くなり、後ろ盾となる姉女郎がなかなか決まらなかった。いっそのこと、金のかからない見世張り突き出しにしてしまおうかとも宇右衛門の口から出たが、それではあまりにも世間体が悪いと、翡翠の朋輩である黄鶲《きびたき》花魁が買って出てくれた。

「黄鶲さんの顔をつぶすようなことがあったら、覚悟しておきなんし」翡翠は耳元で囁いた。

「へえ、承知しんした」

明春は恐れながらの返事。

安上がりにすむ夏場ということもあり、三百両というやや抑えた突き出しとなったが、ことのほか盛況に終わり、これで明春は十七歳にして昼夜金一分、夜のみ金二朱の部屋持女郎となった。このときにはまだ、抱えの新造や禿はつかず、暇が空いている新造や禿に来てもらっては、その都度小遣いを渡して仕えてもらうことになっていた。

遊女になりたてのころは若さともの珍しさから、連日、客が付いたが、やはり手練手管が未熟なせいか、客の足は次第に遠退いていった。明春はすでに五日も客が付かず、見世の隅でひとり茶を挽くこととなった。

見世番の丈太郎が明春を客に薦めても、皆が首を横に振った。

「明春はやめておくよ。相当なじゃじゃ馬だって噂だぜ。客の歯をへし折って、その歯で簪こさえてるって話だ」

どこでどのように伝わったのか妙な噂が立っていた。貞彦の折れた歯は二本だけだったが、話にいつのまにか尾ひれがついて今では六本ということになっている。

「わっち干し柿の気持ちがわかるようになりんした」

「明春、あんたやる気あるのかい？　招き猫じゃないんだから、そんな眠そうな顔でぼーっと座ってるだけじゃ客様は付いてくれないんだよ。もっともの欲しそうな顔で、声をおかけよ」

見かねたお豊に呼ばれた。

「もの欲しそうな顔って、どんなんでありんすか？　わっちにはわかりんせん」

「こんなふうにするんだよ」

お豊は眼を細め、自らもの欲しそうな顔を作って見せた。お豊も元は花魁である。その仕草も堂に入ったものであるが……。

明春は腹を捩って笑った。

お豊に、渾身の力で頬《ほお》を抓《つね》られた。

「なにがおかしいんだい。あたしが一生懸命に教えてやっているのに、なに大口あけて笑ってるんだい、この娘は」

「タヌキがおしし漏らしたときの顔みたいでありんす」

「あんた、タヌキがおしし漏らしたときの顔を見たことあるのかい」

「へえ。丁度、そんな顔で……」

再びお豊の指先が明春の頬へ喰らいついた。

「あんたの新造出し、突き出しと姉さま達が借金を背負ってまで後ろ盾になってくれているんだ。真面目にやりな。直にあんたにも禿や新造がつく。こんなことでは養っていけないよ。養っていけなければ部屋はお取り上げだ。その次は鞍替えだ」

わかってはいるものの、どうしていいかわからない。

「煙管は持ってるかい？　なかったらすぐにお買い。その煙管で客様の着物を引っかけて足を止めさせるんだ」

「わっちは煙管にはいい思い出がありんせん。翡翠姉さんに嫌というほど小突かれんした。見るだけで気分が悪うなりんす」

「子供みたいなこと言ってるんじゃないよ。煙管は女郎の小道具だ。すぐに注文おし」

煙管を注文し、さっそく、格子の隙間からその雁首で、通りを行く客の袖を引っかけてみた。最初はなかなか上手く引っかからず、肩をトントンと叩いてみたり、頭を小突いてみた。釣りに似ていると思った。子供のころ、山向こうのイモリ池で釣りをしたときのことを思い出していると、「痛《い》てえ、なにしやがるんでえ？　いきなり頭を小突きやがって」と声がして我に返った。

「ちょいとお兄さん、上がっていきなんし。素上がりでかまいんせん」

男は年のころ二十五、六。着物は上等ではなかったが身仕舞いはきっちりしていた。

「お前さん、新顔かい？」

「へえ、先月突き出ししていただきました。明春といいんす」

「そんな青い女郎なんて、つまらねえ。扇屋の看板だけで客を取ろうとは姑息じゃねえか。女郎買うだけだったら岡場所でこと足りる」

その言葉は明春の意気張りの中の神経を一本爪弾いた。禿からはじまり、引込禿、引込新造とかれこれ八年がたとうとしている。確かに女郎としては青いが、岡場所女郎といっしょにされては聞き捨てならなかった。

「わっちが岡場所の女郎と同じといいんすか？」

「違うかい？」と男は薄ら笑いを湛えた。

「違うかどうか、あんたの肌で試してみたらどうじゃね」

「お前さん、俺に喧嘩《けんか》売っていやがるのか？」

「売ってきたのはそっちでありんしょう。ここは江戸町一丁目、大見世の扇屋でありんす。聞き捨てなりんせん」

「上等じゃねえか、買ってやら。つまらなかったら、江戸中に言いふらしてやるからな」男は見世番の丈太郎に「おい、あの威勢のいい女郎を揚げるぞ」と告げた。

「へい、ありがとうございやす。明春でございますな。お目が高い」

咄嗟に出た売り言葉に買い言葉で妙な具合になったが、取りあえず客が付いたことは明春には都合よかった。これが手練手管というものか。相手の気持ちを逆撫でしてこちらの領分に引き込む。成り行きながら明春は駆け引きの一端を見たような気がした。

男が登楼して酒と硯蓋《すずりぶた》で一息ついたところで明春は部屋へ入った。

「ようこそおいでくれんした」

「さっきとは手のひら返したみてえだ。そんなことではごまかされねえぞ。明春とか言ったな。部屋持ごときが大口叩いて恥を掻くんじゃねえぞ。さっそく、岡場所辺《あた》りの女郎とは格が違うところを見せてもらおうじゃねえか」

「どうしなんせえと？」

明春はすまし顔で訊いた。自信があったわけではないが、どうにでもなれとの開きなおりがそうさせた。

男は部屋の中をぐるり見回し、重ね箪笥の横に立て掛けられた三味線に目を留めた。凝った螺鈿《らでん》の装飾から、名人の作であると見た。

「あれは石村近江《おうみ》のように見えるが、ただの飾りか、それともお前さんの御道具か？」

「わっちの道具でありんす」

しめたと思った。三味線はもっとも得意とするもの。

「じゃあ、手はじめに三味の音でも聞かせてもらおうじゃねえか。俺の耳はちったあ肥えてるぜ」

ようござんすとばかりに明春は三味線を取ると、糸巻きを捻り、手早く音を調《ととの》えた。

「お好みの曲の申し出はありんすか？」

「お前さんの得意なものでいい」

明春は笑みを噛み殺しながら、ひとつ咳払いすると長唄の越後獅子《えちごじし》を弾きはじめた。艶美な視線と共に、心地よい唄と三味の音が流れた。

男は猪口を片手に、端然と聴き入った。

一曲終わると男は我に返った。

「おう……まあまあだ。だがな、そんなもんじゃ俺は満足しねえ。ちっと稽古すれば、それくらいにはなるわ。岡場所辺《あた》りでもそれくらいの女郎は掃いて捨てるほどいるわ」

「では琴などいかがでありんしょう？」

「それも稽古次第でなんとでもなる。その程度で吉原の大見世の女郎と粋《いき》がってほしくねえ。……どうやら、お前さん引込のようだな」

「さようでありんす」

「どうりでうまいはずだ。俺もついカッとなっちまったから見くびったが、それなりの面構えをしていなさる。稽古ごとも身についていやがる」男はそこでにやりと笑った。「せっかくだから俺と勝負してみねえか？」

「勝負と言いんすと？」

「将棋だ。俺は三度の飯より将棋が好きでな。巷でもちったぁ名が知れた将棋指しだ。ところで、お前さん、将棋はどうだい？」

「へえ、そこそこやりますが……」

習いごとの一つとして嗜《たしな》んでいた。自身でも強いのか弱いのかはわからなかったが、ここは引くに引けない事情もある。

「よし決まった。さっそく用意してもらおうか」

今度は男が笑みを噛み殺した。

「なつめ、将棋盤をお持ち」

屏風の陰に控えていたなつめに将棋盤と駒を用意させる。「あい」となつめが走った。

「だがな、ただ将棋を指すだけじゃつまらねえ、なにか賭《か》けねえか」

「賭けると言いんしても、わっちには賭けるものなどありんせん」

「もし俺が勝ったら、はだか寝をしてもらいてえ」

「吉原の女郎は、はだか寝はしんせん」

はだか寝とは遊女が素っ裸で床入りすることで、吉原の遊女はこれをしないことになっている。寝巻きと帯に映える肌が美しいからだとか、一線を越えない意気張りだとか言われている。

「だから、それをやってくれということだ」

「では、わっちが勝ったらどういたしんしょう？」

「それは、お前さんの方で考えてくれ」

「そうでありんすな」明春はちょっと考えて、「では、こうしましょう。もし、わっちが主様に勝ったら、主様の髷《まげ》を切らしてもらいんすが、いかがでありんしょう？」

と問うた。

これには男も驚いた。髷は江戸っ子の命とも言うべきもので、それを切られた日には江戸っ子をやめたに等しく、笑いものになることは必定。

「嫌でありんすか？　勝つ自信がおありであれば受けていただけるかと」と明春は煽った。

男はしばし躊躇《ためら》ったものの歯を食いしばって捻り出した。

「上等じゃねえか。ここで女郎ごときに引き下がっては末代までの恥。受けてやらぁ」

話はまとまった。

振り駒によって明春の先手となり、将棋の一本勝負がはじまった。

先手七六歩、後手三四歩……。

「さっきから、パチンパチンと小気味いい音が響いているんで、ちょいと覗いてみたら、明春とどこぞの男が将棋を指してるじゃねえか」

廊下を通りかかった客が障子の隙間から覗いていた。通りかかった別の客も足を止めた。

「ありゃ、金治《きんじ》じゃねえか」

「お前さんあの男を知ってなさるのかい？」

「賭け将棋で飯食ってるような奴だ。なかなかの腕だぜ」

「おもしれえ。明春といえば引込だ。将棋も手習いのうちだ」

「手習いくれえで勝てるかどうか……」

そう言うと障子を開け放って、ずかずかと部屋へ入り込んだ。

「なんだてめえら、勝手に人の部屋へ入り込みやがって。ここは今、俺が買い切ってるんだ」

「その様子だと、金治、お前の方が不利なのかい？　見られて困る勝負かい？」

「なに言ってやがる、はじまったばかりだ。黙って見物するんなら、隅《すみ》っこで飴《あめ》でも舐《な》めながら見ていやがれ。じゃまするなら出て行ってくんな」

しばらくの間は一進一退の攻防が続いたが、やがて明春が押しはじめた。横で見ていた客が呟いた。

「明春は素人臭いが、おもしれえ手を指しやがる。これじゃあさすがの金治もやりにくかろう。必死の穴熊囲《あなぐまがこ》いだ……」

半刻もしたころ金治の穴熊囲いが破られ、形勢は一気に明春へと傾いた。

百十三手目で明春が王手を打ち、そこで勝負がついた。

金治は崩れるように将棋盤へとうつ伏した。

「……なかなかやるじゃねえか、さすが扇屋の引込だ。さっきの言葉は取り消すぜ」

顔を上げた金治は遅まきながら愛想笑いを浮かべた。

「わっちが勝ちんした。なつめ、剃刀《かみそり》を持ってきなんし」

「……姉さま、本気でありんすか？」

「もちでありんす」と明春は真顔で頷《うなず》く。

「……待ってくれ、頼む、やめてくれ。これはただの遊びじゃねえか。髷《まげ》を切るなんて殺生《せっしょう》な。冗談だろ」

「冗談ではありんせん。なつめ、早くしなんし」

「……あい」

なつめは箪笥《たんす》の引き出しから剃刀を取り出すと明春に手渡した。

騒ぎを聞きつけたお豊が駆け込んできた。

「なにも本気でやらなくてもいいでしょうに。客様ですよ」

「そうだよ、俺は客様だよ」

そんな言葉を無視するように明春は金治に馬乗りになると「暴れると怪我します

よ。潔《いさぎよ》く往生しなんせ」と凄《すご》んだ。かと思うと躊躇《ためら》うことなく髷をつかみ、引っ張りあげ、ざっくりと切り取った。

金治の呻き声とも悲鳴ともつかぬ声が扇屋の廊下を駆け抜けた。

金治は手ぬぐいでほっかむりすると、床入りもしないで這《ほ》う這《ほ》うの体《てい》で扇屋を出て行った。

「そこまでしなくたっていいだろ」

お豊は容赦のない明春を責めた。

「約束は約束でありんす。言い出したのは客様の方でありんす」

切り取った髷《まげ》が将棋盤の上にちょこんと載っていた。まじまじと見ると妙なものである。普段は頭の上に乗っているから違和感はないのだが、それだけを見ると生き物のようにも見え、今にも這い回りそうである。

「姉さま、この髷、わっちにおくんなまし」

いいい、なつめが嬉しそうに摘《つま》むと鼻の下へ付けた。

「お好きにしなんし」と明春。

「はだか寝くらい皆してることだよ。あんた騙したんだよ」とお豊。

吉原の遊女ははだか寝をしないというのは表向きのことで、はだか寝など珍しいことではなかった。裸になるのは「主様だけにお見せする身体ですよ」という手管の一つである。それを知らなかった金治は、大事な髷を賭けてしまったのである。

「お豊さん、異なことを。客様を騙すのが女郎の手管と教えてくれたのはお豊さんじゃありんせんか。わっちは客様の立場を考え、心を鬼にして髷を切ってさしあげただけですよ。人様の前で、わっちが許せば、あの方は笑い者になりんす。女郎に許しを乞うたなどと広まればそれこそ気の毒でありんしょう。御髪《おぐし》なんていずれ伸びてきます」

お豊に返す言葉は見つからなかった。「やりすぎるんじゃないよ」と最後に釘を刺してその場はお開きとなった。

その話がどこからどのように広がったのかはわからないが、翌日から、さっそく、客が詰め掛けた。

「お前さんかい、明春というのは。金治をやり込めたんだってな。あいつは嫌な野郎でな。将棋の腕を鼻にかけてるような奴で、俺もなん度か金を巻き上げられてな、お前さんの話を聞いて清々したぜ」

「まぐれでありんす」

「謙遜しなくていいぜ。将棋というのはまぐれでそうそう勝てるもんじゃねえ。俺も手合わせ願いてえ。俺に勝ったら花代をはずむぜ。髷は賭けねえがな」

悪評が立つと思いきや、将棋の一件がきっかけで明春の名前が少しずつ売れはじめ、客の付きもよくなっていった。

昇

客と後朝《きぬぎぬ》の別れをした後、二度寝を決め込み、そろそろ夢心地が薄らいできたかと思ったころ、廊下を駆ける足音で虚ろながらも目がさめた。いつも禿たちの足音で目がさめる。躾が悪いのか、それとも嫌がらせなのか？

しばらく淡い現《うつつ》に浸っていると聞き覚えのある足音が障子戸の前で止まった。足音でその主がだれか聞き分けられるようになった。この足音はなつめである。障子戸が開くと果たして赤地に白抜きトンボの着物が現れた。

「静かに歩きなんし、まだ寝てる女郎衆がいなさる」

「あい。でも、えらいことでありんす」

なつめは一年ほど前に扇屋へ来た娘で、ひとりの姉女郎の抱えとはならず、客の付いた駆け出し女郎を掛け持つ八つの芥子《けし》禿である。前々から折に触れて明春に付き、気心が知れつつあった。けっして美形ではないが機転の利く素直な禿である。そのなつめが足音を響かせ興奮気味に入ってきた。

「なにかありんしたか？　だれぞ落籍《らくせき》でもされそうかえ？」

落籍とは身請《みう》けのこと。冗談を交えて訊いてみた。

「あや。……当たりでありんす。なんぜわかりんした？」

なつめは小さな目を丸くし、ぱちくりさせた。

「お前さんの鼻の穴の広がり具合で見当がつきんす」

女郎にとって落籍とは、吉原から出るための最善の方法で、次によいのは年季明け、その次は足抜、その次は死骸となって裏門から出ていくことである。吉原からの出方はこの四通りであった。

「だれじゃね、幸運の御仁《ごじん》は？」

「お職の翡翠《かおとり》花魁でありんす」

「姉さまが……本当かえ？」

薄呆《うすぼ》けていた頭がしゃんとした。このとき翡翠はお職を張っていた。先代お職、艶粧花魁はすでに年季明けで吉原を出ていて、次にお職を張ったのが翡翠であった。

「今、下の大広間では、その噂で持ちきりでありんす」

「相手はだれじゃね」

「材木問屋、遠州《えんしゅう》屋の大旦那様ということでありんす」

前々からそのような噂はあった。しかし、ただの噂で終わると思われていた。もし、お職である翡翠花魁を身請けするとなると身代金は七百両を下らないであろう。扇屋宇右衛門のこと、ひょっとすると千両と吹っかけるやもしれんと思った。

それでも、遠州屋ならそれだけの金子《きんす》を用意するのは雑作もないこと。扇屋を長く贔屓《ひいき》にしている大店で、翡翠花魁の後ろ盾にもなってきた。

遠州屋の大旦那はもう六十を過ぎている。正妻もあり、四人の息子と三人の娘がおり、孫が十二人いるとのこと。もちろん翡翠は本家に入ることはなく、妾《めかけ》として別宅に囲われるのであるが、女郎にとっては申し分ない話である。

「いつですか?」

「来月にも、との話でありんす」

翡翠花魁が身請けされることは、ただ単に花魁がひとり減るというだけではすまない。次にだれがお職となるのか、その下の役はどう入れ替わるのか、扇屋の中のそれぞれの地位が大きく変わることになろう。しかも、今、三番頭を張る黄鶲《きびたき》花魁は懐妊し、箕輪の寮へ移って出産の準備をしている。出産後はおそらく中見世か小見世への鞍替えとなるとの噂である。

近々、お職と三番頭の席が空くとなると、役職の変わりようは相当なものとなるはずである。

「明春姉さんは、今度、座敷持になりんすか？」なつめは嬉しそうに明春の顔を覗きこんだ。「姉さんは、きっと出世しんす。わっちの勘でありんす」

「まさか。まだ部屋持になったばかりですよ」

「座敷持になったら、わっちを抱えの禿にしてくんなまし。わっち一生懸命お仕えいたしんす」

「新米の座敷持ごときに禿なんて養えませんわ。干上がってしまいんす。だいいち、わっちが決めることじゃありんせんし、出世すればいいというものでもありんせん」

ひと月後、扇屋は惣仕舞《そうじまい》（店を買い切ること）となり、遊女、新造、禿を揚げての大騒ぎとなった。皆に赤飯と酒が振舞われ、三味線と琴が盛大に奏でられた。

馴染み客との別れをひととおり終えると、近隣の見世、茶屋、船宿へと挨拶回りをする。滞りなくそれらをすませると皆の別れを惜しむ声と妬《ねた》む声の中、町娘風の着物に着替えた翡翠が大門まで見送られる。大門を出たところには駕籠《かご》が用意されていて、それに乗って遠州屋の大旦那の元へと請け出されて行くのである。
聞くところによると、翡翠の身代金は八百両とのこと。強欲な宇右衛門にしてはかなり控えめな額で皆が驚くほどであった。翡翠はあと一年程で年季明けであるため、この機会を逃すと扇屋にとって損と算段した宇右衛門の知恵であったにちがいないと明春は思った。なに事にも損得勘定が先行するのが楼主亡八である。

　明春にとって翡翠は、吉原のしきたり、扇屋のしきたりを一から教えてくれた姉女郎であった。長煙管で小突かれ、頬を抓られ、尻を引っぱたかれもしたが楽しい思い出も数知れずあった。いや、あまりなかったかもしれないが……。

　地味な着物に身を包み、髪を島田に結い、櫛と簪が一つずつと質素ながらも誇らしげな姿は春の日差しの中を行く生娘のよう。晴れがましい門出であった。それを見ながら明春の頬に涙が伝った。手元には翡翠花魁愛用の長煙管が一本残った。

　黄鶲花魁はその六日後、男の子を出産したが、難産の末の死産であった。その後、黄鶲は扇屋にもどることなく鞍替えとなった。妊娠、出産を経験すると女郎としての格が下がり、格下の見世へ鞍替えとなることが多かった。鞍替え先は京町一丁目にある叶屋という中見世であるとのこと。

　短い間にふたりの花魁がいなくなったことで扇屋の女郎の役職が大きく変わること

はだれの目にも明らかである。

宇右衛門の頭の中にはすでにその構図ができ上がっていた。予想どおり、お職は、それまで二番頭であった八潮《やしお》花魁が受け持つこととなり、それに続いて、昼三であった春日野、夕凪、桂木《かつらぎ》が呼出昼三へと昇格。それまで附廻《つけまわし》であった花魁がそれぞれ昼三へと昇格し、座敷持であった三名が附廻へと昇格した。ほとんどが下から迫《せ》り上がる形となったが、一つ例外があった。

部屋持になって一年足らずの明春が附廻へと昇格した。座敷持を飛び越えての昇格で、しかも駆け出し女郎の明春が附廻である。

「わっちが附廻でありんすか？」

附廻は呼出、昼三の下であるが、揚代二分の、れっきとした花魁であった。

戸惑ったのは明春ばかりではなかった。扇屋の中には強い反発の声があり、「駆け出しの女郎が花魁なんて扇屋の恥でありんす」とか「こんな未熟者を花魁にするとは扇屋も行く先が見えたでありんす」とか「亡八は見る目もない亡九になった」など散々の言われようであったが宇右衛門は意に介さなかった。

中でも腹の虫が収まらなかったのは頭の上を飛び越えられた部屋持や座敷持の女郎たちである。いくら引込の出であろうと、いまだ満足に客あしらいもできない女郎が自分達を飛び越えて花魁になろうとは断じて納得できぬというのである。奥座敷に乗り込む女郎もいたが、それらを制したのは宇右衛門の一喝であった。

「わしが決めたことじゃ、文句は言わせねえ。これ以上言う奴はつりつりじゃ」

つりつりとは縄で縛って吊り上げる折檻のこと。

素質のある明春を早い時期に花魁の座に就け、花魁の期間を長くすることで揚代を稼ごうとの宇右衛門の魂胆であった。

明春は先先代お職の名を引き継ぎ、二代目艶粧《たおやぎ》と名を改めた。そして、禿なつめを正式に抱えることとなった。

「わっち、神様にお願いした甲斐がありまして艶粧花魁の抱えとなりんした。よろしゅうお頼申します」

なつめは三つ指をついて挨拶する。なんと行儀のよいことか。

「へいへい。こちらこそ。しかし、お前さんは堅苦しい禿でありんすな。肩が凝りますな」

好きで来た吉原でもなければ楽しい扇屋でもないこの場所で、これほどまでも自分の役目に心血注げるなつめが心底羨ましく、また、滑稽であった。

「艶粧姉さんにお願いがありんす」

なつめはあらたまって端座した。

「いきなりお願いでありんすか？　聞けるか聞けないかは聞いてからでありんす。なんでありんしょう？　箪笥の引き出しなら、一つ貸して遣《つか》わすが……」

「もし、姉さんが身請けされるときには、わっちもいっしょに連れて行ってほしいでありんす。艶粧姉さんなら絶対に大店の旦那様に身請けされるでありんす。そのときにはわっちもいっしょに……」

長煙管が、なつめのお頭《つむ》に振り下ろされた。芥子頭がコツンと乾いた音を立てた。

「そんな約束はできんせん。自分の落籍は自分で考えなんし。他人《ひと》を当てにしてはいけんせん」

なつめは涙目になりながら頭を掻いた。

花魁ともなれば抱えの新造も付く。振袖新造の風巻《しまき》が抱えとなった。年は十六で、前は黄鸝花魁の抱えであったが、花魁が鞍替えとなって艶粧のところへ廻ってきた。

「ところで風巻はなにしておりんす？」

「風巻姉さんは厠《かわや》で気張っておりんす。またフン詰まりのようでありんす。六日も出ないと嘆《なげ》いておりんした」

「相変わらずじゃね。ドクダミでも煎《せん》じて飲ませてやらんといかんね」

第五章

艶粧襲名

対

艶粧《たおやぎ》の座敷には一つの煙草盆が置かれていた。翡翠《かおとり》から煙管《きせる》とともに譲り受けたものので、漆塗《うるし》りに螺鈿《らでん》の細工が施された上等な品である。

艶粧は煙草盆を前にし、翡翠から譲り受けた煙管に煙草の葉を詰めて火をつけた。恐々《こわごわ》吸っては嘔吐《えず》き、激しく咳き込んだ。見る見る顔が青くなり、気分が悪くなって生唾が溢《あふ》れた。

翡翠や姉女郎たちは、なぜこのようなものを美味《うま》そうに吸うのか奇《き》っ怪《かい》に思えてならなかった。とても粋《いき》に使いこなせそうになかった。小道具として振り回すだけでは芝居がかっていて、なんとも様にならないので、見世張りのとき、姉女郎の煙管を一口含んでみたのである。途端に咳き込んだ。

「今度の花魁、煙草吸って咳き込んでやがる」と素見《ひやかし》にこっぴどく笑われ、それ以後、意地になって煙草ばかり吸っていた。

いくら吸っても一向に美味いと思えるようにならない。それどころか頭がくらくらし、目が回り、吐き気との格闘となった。

掃除にやってきたなつめが「すごい煙でありんす。火事かと思いんした。姉さまの顔も真っ青でありんす」と顔を覗き込んだ。

「うがい鉢と水を持ってきておくれ。吐きそうじゃ。はやく……」

なつめは立つと走った。

もどってきたなつめがあきれたように言った。

「急にたくさん煙草を吸っても美味《おい》しくならないそうでありんす。下で聞きんした。十日も続けて吸えば慣れるとか言っておりんした」

「……もう二十日も吸っておるわ」

艶粧はうがい鉢に黄色い液を吐き出した。

「艶粧姉さんは無理しすぎでありんす」

なつめは笑いを堪《こら》えながら艶粧の背中を擦《さす》った。

やはり時をかけるとそれなりに様になるようで、煙草の吸い方も板についてきた。翡翠の仕草を思い起こしてはそれを真似、粋に吸うことを心がけた。おかげで吸いながら流し目もできるようになった。しかし、それだけではなんともしがたく、相変わらず客の付きは悪かった。

「部屋持から一足飛びに花魁となった艶粧だよ。なんといっても禿出し引込だからね。三味線、琴、俳句はお手のもの。将棋は手足《てだ》れを負かすほどだ」というのが艶粧の売り口上である。部屋持のときの方が客の付きはよかった。花魁となると揚代が跳ね上がる。しかも、よほどの馴染みでない限り、引手茶屋を通さなければ登楼は叶わない。そこまでの魅力はまだ艶粧に備わってはいなかった。

客から相談を受ける見世番の丈太郎も艶粧を薦めるが、「いや、あの女郎は勘弁してくれ。俺は将棋はやらねえし、どうも気の強《つえ》え女郎は苦手でな。粗相《そそう》をして鼻の骨を折られちゃ堪らねえ」と断る客もあった。鼻の骨なんぞ折ったことはないが、そのような話に変わっていた。「見た目は気が強く見えますが、情が厚く、懐が深い女郎でして……」と薦めても指名はかからなかった。

このころになって宇右衛門は、早まったことをしたかと思いはじめていた。出世が早いことは気が強い女という印象を与え、しかも若さゆえ床あしらいも未熟と思われがちである。加えて、客の歯をへし折ったり、髷《まげ》を切り落としたりした話も武勇伝として広がり、あらぬ方向へと向かっていた。「下げるか？」との心の声も聞こえはじめたが、腹を括《くく》ってもう少し様子を見ることにした。

艶粧も半ば投げやりになり、見世張りのときは煙草を吸いながらぼんやりと外を眺めるだけとなった。気の抜けたそんな姿が客の目に留まったのか、四日目にようやく引手茶屋を通してお呼びがかかった。

朝から額に玉の汗を浮かべてお豊が部屋持の笹舟を探していた。大広間を見渡し、

「笹舟《ささふね》を知らないかい。禿をほったらかしてどこ行っちまったんだろうね。きよの、あんた風呂に行ってたのかい？　笹舟はいなかったかい」

「へえ、行っておりんしたが、笹舟姉さんはおりませなんだよ」

「本当に、どこ行っちまったんだろうね。まさか足抜じゃないだろうね。だれか聞いてないかい？」

「朝、起きたときにはおりんしたけどね。厠で気張ってなさるかもね。青い顔しなさってたからね」

「腹でも下したかね？　だれか厠を見ておいで」

しかし、厠にも笹舟の姿はなかった。お豊は若い衆を集めると、笹舟が立ち寄りそうな甘酒屋、小間物屋、質屋を回らせた。

息を切らしながらもどってきた丈太郎が「どこにもおりませんぜ。ひょっとすると

……」と不穏な空気を嗅ぎ取った。

「待ちなさいよ。朝にはいたんだから。足抜なら、夜が明ける前に動くはずじゃないか。もう一度、吉原の隅から隅まで当たっておくれ」

若い衆が一斉に散ってしばらくしたころ、五十がらみの女が皺に埋もれた目を吊り上げて店先に現れた。華やかな妓楼にはふさわしくない風体の女は逆に目立った。女は異様な形相で扇屋の奥を睨み、嗄《しゃが》れた声で無作法に叫んだ。

「宇右衛門殿はおいでかね」

なに事かとお豊が店先へとやってきた。

「楼主はおりますが、なにか御用でしょうか？　わたしは遣手の……」

「わたしは揚屋町で亀屋《かめや》という出会い茶屋を営んでおるカメと申す」

出会い茶屋と聞いて、お豊にはよからぬ予感が過《よぎ》った。出会い茶屋とは密会の場で、遊女と情夫、若い衆が隠れて床を共にするために利用されることが多かったからである。

「あんたのとこに笹舟《ささふね》という女郎はいるかい？」

「へえ、うちの女郎ですが、笹舟がなにかしでかしましたか？」

「やっぱり扇屋さんだったかね。簪《かんざし》に扇《おうぎ》の飾りがあったんで、目星つけて来てみたんだが、……しでかしたもなにもないよ。どうしてくれるんだい。あんたのとこの笹舟が、うちで相対死《あいたいじ》にしなさったよ」

カメは怒りのあまり震え、今にも倒れそうであった。相対死にとは男女が申し合わせて死ぬことで、俗に言う心中である。

「笹舟がですか？　まさか笹舟が……で、相手はどこのだれですかね？」

お豊は、驚いてはいたが、どことなく上の空で、宇右衛門の剣幕が脳裏を過るばかりでそちらのほうが憂鬱であった。

「そんなこと知らないよ。どこかのヤクザ者でしょ。そうだ、書き置きがあったね。それには空治《そらじ》とか書いてあったよ」と言いながらカメは首を掻いた。

「……空治？」

その名を聞くとお豊は絶句して立ちすくんだ。そして、弾かれたように店を飛び出した。

笹舟と空治の相対死にの一件はすぐに扇屋中に知れ渡った。宇右衛門の耳にも入り、怒鳴り声が奥座敷に響いた。

「面倒なことしやがって。どう始末してくれようか」

大広間のあちらこちらでもひそひそ話が聞かれた。

「お豊が飛び出して行くのは当然だよ。若い者は知らないかもしれないけど、古い者はみんな知ってるよ。空治はお豊の子だからね」

番頭新造の桂乃《かつらの》が言った。

朝餉を食っていた皆の箸が止まって桂乃の顔に視線が集まった。そして、だれかが疑問を投げた。

「父親《てておや》はだれだね？」

「あんさんは馬鹿ですかい？　女郎の腹の子の父親がだれかなんてわかるわけないだろ」

「野暮なことを聞きんした」と大笑い。しかしすぐに静まった。そしてひとりがぼそりと呟いた。

「でもひとりずつ死んでいくでありんすな。次はだれでありんしょうか？」

次が自分の番でないことを祈るばかりである。

笹舟と空治の仲については、朋輩は薄々感づいていたことであった。朝、客が帰った後、二度寝するまでのちょっとした間にふたりは情を重ねていた。その様子は朋輩に気づかれるところであった。もっとも、妓楼の男が内の女郎に手を出すことは厳禁で、知れれば袋叩きの上、放逐《ほうちく》となる。女郎もただではすまなかった。

お豊は十九の部屋持のときに妊娠し、宇右衛門の計らいで箕輪の寮で男の子を出産した。それが空治であった。その後しばらくは里子に出されたが、十六になって扇屋へ奉公に入り、若い衆として掛廻《かけまわし》（集金係）を務めてきた。

普段は親子の関係を他人には見せなかったが、人気《ひとけ》のないところではやはり親子らしい会話をし、空治がお豊に小遣いをせびる場面に出会《でくわ》すこともあった。

亀屋は揚屋町の細い路地を入った裏側にひっそりとあった。出会い茶屋は別名「裏茶屋」とも呼ばれ、揚屋町のほかに角町と京町にもあった。

お豊が駆け付けたときには野次馬が路地に溢れていて、中へ入ることができなかった。大きな体を無理やり押し込み、ようやく亀屋へとたどり着いたときは数人の役人が死骸を検視している最中であった。

「役人を呼んだのかい？」

「当たり前だよ。相対死《あいたいじ》にはご法度だ。黙っていたら、こっちがお縄になっちまうよ」

息を切らしながら追いかけてきたカメが途切れ途切れに言った。

当時、相対死には固く禁じられ、自治が認められている吉原であっても番屋への届出が義務付けられていた。

笹舟と空治の死骸が戸板に乗せられ運び出されようとしていた。蒼白な顔と血染めの着物の対照があまりにも鮮烈であった。しかし、そのふたつの顔は思いを成し遂げていかにも満足そうであった。

「あんたのとこの女郎に間違いないんだな」

役人が口書《くちがき》を取りながら訊いた。

お豊は男の方も扇屋の奉公人であることと、実の息子であることを話した。

「気の毒ではあるが相対死にはご法度。死骸は取り捨てである」と役人は無情に突き放した。『取り捨て』とは死骸の埋葬を許さず、野原、山谷に放置して鳥や犬に食わせる刑罰である。もし一方が死に切れず生き残った場合は相手を殺した下手人として処罰された。ふたりとも死に切れなかった場合には日本橋の袂《たもと》に三日間晒《さら》し、その後、非人の身分へと落とした。

ふたりは一つの布団の上で折り重なって死を遂げた。お互いに短刀を手にし、お互いの首筋をひと思いに掻き切ったと思われる。両首とも首の三分の一ほどがざっくりと切られ深い傷を広げていた。白い布団はふたりの血で赤々と染まり、あたかも緞子の上物布団のようであった。壁や天井にも夥《おびただ》しい血飛沫《ちしぶき》が飛び、死の情景を影絵のごとく映していた。

お豊は「ご内密に。後ほど二両をお届けしますので、何卒《なにとぞ》」と囁《ささや》いて役人の袖《そで》に一両を滑り込ませた。

鼻薬が効いたのか、相対死にの一件は公になることはなく、内々に処理することができ、空治の死骸はお豊の元にもどった。その後、浄閑寺において丁重に弔われた。笹舟の死骸は番所の手により法令の通り取り捨てとなった。

しかし、ことはそれだけではすまなかった。亀屋は扇屋に対して損害の支払いを求めてきた。血で汚れた壁の塗りなおし費用、天井の張り替え費用、畳の入れ替え費用、調度品と布団の入れ替え費用、さらに、近所への口止め費用。それに加えて、営業できない日数分の利益を支払うように求めてきたのである。締めて十八両と二分。扇屋にも損害があった。笹舟が残した借金四十三両である。これらはだれが背負うか？

宇右衛門はお豊を呼びつけた。女達を監視する遣手という立場、空治の母親という立場から、お豊が借金を肩代わりするのは当然と宇右衛門は考えた。

お豊に文句など言えようはずもなかった。

お豊の手元には笹舟の手紙が残された。『あの世で空治と夫婦《めおと》になりんす。笹舟』とあるだけの短い書き置きであった。

ここ吉原にいるうちは人を好きになることは許されず、誤って恋すれば地獄を見ることにもなりかねない。好きでもない客に抱かれるより、好いた相手と添い遂げられぬ方が苦しいことを身をもって知ることとなる。そのときから死のみが唯一の出口と思うようになる。

艶粧はなつめに向けながらも、自分に言い聞かせるように呟いた。

「ここでは右へ転んでも左へ転んでもろくな死に方はありんせん。うまく渡りきることが肝心《かんじん》じゃ。よく覚えておきなんし」

なつめはわかっているのかいないのか、それでも素直に頷《うなず》いた。

棗

なつめは七歳で奉公に出た。本名を千江《ちえ》といい、豆州《ずしゅう》（伊豆）の生まれである。実家は米農家で十反ほどの田圃を所有し、小作人を使うほど羽振りのよいときもあった。家族は父と母、祖母、二人の姉と三人の弟があった。

三年前の秋、米の収穫がすみ、年貢納めの準備に取りかかろうとする時期、夜、寝静まったのを見計らうように数人の賊《ぞく》がなつめの家を襲った。なつめは騒ぎに気づき、素早く床下《ゆか》に身を隠して難を逃れたが、父親と弟と一つ上の姉、祖母がその場で斬り殺された。

さらには収穫し、俵に仕立てたばかりの米を根こそぎ持っていかれ、母親と一番上の姉も連れていかれた。毎年、この時期になるとこのような事件が頻発し、村では警戒していたものの、この年、運悪くなつめの家が襲撃されたのであった。近隣の山を根城にする山賊の仕業であろうと目星がつけられ、役人によって山狩りがされたが、結局、賊を捕まえることはできなかった。

母親と姉は七日後に山の中で死骸となって発見された。生き残ったのはなつめひとり。

たったひとりとなり、生きる術を知らないなつめが途方に暮れているところへ人相の悪い男が来て、「江戸へ連れて行ってやろうな。江戸に行けば極楽のようなところで幸せに暮らせるんじゃ」と言い、有無を言わさずなつめを連れて行った。質《たち》の悪い女衒であった。女衒にも人を買い取って奉公先へ口入れする者もいれば、ひとりでいる娘、子供を勾引《かどわか》して売り飛ばす者もいる。なつめの手を引いたのは後者であった。

なつめは知らぬ間に、数人の少女とともに江戸へ向かっていた。いくつかの口入れ屋を経て、吉原扇屋へと入ったのである。

「艶粧姉さんのお父様やお母様は生きておりなさるか？」

なつめは思い出したように訊いた。

「はあ、わっちの両親かね？　……そんなお方が確かにおりんした。おりんしたが……わっちが村を出る少し前に親父《おやじ》様は死にましたわね。弟を抱いて川に飛び込むのを見た人がおりんした。お袋様には黙っておりましたが。川の底に沈んでおりんすか、海まで流れなさったかわかりんせん。お袋様はわっちを女衒に売った後、どうなったかわかりんせん。村を出たのか、そこで餓死しなさったか、もうなんの音沙汰もありんせん。今じゃ家へ帰る道も忘れんした」

「艶粧姉さんも、わっちといっしょでひとりぼっちでありんすか？」

艶粧は風にそよぐように首を振った。

「いいえ、わっちはひとりぼっちではありんせん」

「姉さまには他にも家族がおりんすか？」

「ええ、おりんす」

するとなつめは途端に悲しげに目を伏せた。

「そうでありんすか。ひとりぼっちはわっちだけでありんすね」

「いいえ、なつめもひとりじゃありんせん。わっちの家族はなつめでありんす」

なつめはしばし艶粧を見、そして飛びついた。

「わっちはひとりじゃありんせん。今じゃ女衒に感謝しておりんす。こうやって姉さまにめぐり合わせていただけたんですから」

「そうじゃ。そうとわかったところで、さっさと座敷の掃除をしなんし。手を抜くんじゃありんせんよ、ハタキをかけて障子の桟《さん》も雑巾掛けしなんし。金魚鉢の水も替えてな、替えたら餌《えさ》をやってな。餌が少なかったら買っておきなんし」

「あい、あい」

なつめは嬉しそうにハタキをかけはじめた。

「お前は、素直でいい子じゃ。わっちの禿のころとは大ちがいじゃ」

艶粧は自身の懶惰《らんだ》な性格を恥じるばかりであった。

「なんでも一生懸命に真面目にやれば、必ずいいことがあると親父様が教えてくれんした」

「いい親父様じゃ。わっちの親父様はそうは教えてくれなんだ。こすいことばかり教えてくれたもんじゃ。じゃからわっちはひねくれてしもうたんじゃな」

艶粧は天井を仰いで自虐的に笑った。

「艶粧姉さんは、お豊さんからも随分と折檻されたと聞きんした。そんなに悪さしたんでありんすか？」

「手を抜くことばかり考えておりんしたが……お豊さんがそんなことを言いなんしたか。お豊さんは死んだ後、きっと地獄に堕ちますな。生まれ変わったら豚か猪じゃな」

なつめはお腹を抱えて笑った。

「豚か猪なら今とあまり変わらんでありんす」

「ほんまじゃやね」

艶粧も身を捩《よじ》って笑った。

「わっちは、いつかここを出て幸せになりたいんでありんす。きっと八百万《やおよろず》の神様が見ていてくださって、わっちを幸せに導いてくださると信じてるでありんす」

「八百万の神様が本当に見ていてくれればいいのだけれど。じゃがな、神様の中には貧乏神様とか厄病神様もいなさるから厄介じゃ」

大見世、中見世、小見世辺《あた》りでは、遊女は二十七、八になると見世に出られなくなる。事実上の引退とされる。これが年季明けである。しかし、そのころに借金が完済できるとは限らない。年季が明けても借金が残る場合もあるが、ほとんどの場合は年季明けとともに借金は帳消しとなった。死ぬまで借金漬けとなって働かされるというのは面白おかしく吹聴《ふいちょう》された噂にすぎなかった。

吉原へ来る女の中には、年齢を重ねてから借金のために売られてくる者もおり、これらの女は年季が明ければ元の生活にもどることもできるが、中には子供のころから禿として吉原という閉鎖された世界で育ち、吉原しか知らない女もいる。

家族があれば年季が明けて家族の元に帰ることもできるが、家族が離散していると帰るところもなく、遣手や番頭新造、針子、その他雑用係として妓楼へ残る女もいた。しかし、これは上級女郎を経験した者に限られる。教育も受けず習い事もしていない下級女郎は使い道がなく、そのような女は、たとえ年季が明けても身を売る以外に生きてゆく術を知らない。

結局、河岸見世辺りに場所を変え、そこで遊女として、または、自分で店を持ち、楼主として生活しながら生涯を終える女も多くいた。さらには、吉原を出て宿場女郎となる女もいたが、そこで警動を受けて再び吉原へと舞いもどる女も多かった。

情

二年が過ぎるころには艶粧の名も少しずつ広まっていった。位も一つ昇格し、今では入山形一ツ星、昼夜一両の名実相伴う昼三である。それまで抱えていた風巻が部屋持になって手を離れたが、その後、艶粧が後ろ盾となって三百両を用立てて新造出しをした振袖の初穂《はつほ》が抱えとなった。新造出しの後ろ盾となったことで借金が増え、その返済に加え、初穂となつめの抱え二人の養育にはことのほか出費が嵩《かさ》み、艶粧の苦労は並大抵でなかった。

「艶粧さん、今のままでは苦しかろうに。あんたも情夫《まぶ》の三人や四人、拵《こしら》えなんし。ちょっとは楽になりんす」

お職の八潮から助言された。

「情夫を三、四人でありんすか？　情夫はひとりと決まっていんせんか？」

「そんなことだれが決めたんです？　昔はそうだったかもしれんせんがね、今はそんなこと言ってるご時世ではありんせん。惚《ほ》れていなくとも情夫と思わせるのが手練手管。そこをうまくやるのが花魁です。なんなら小指を一本飛ばして、他に三本ばかり仕入れて文を添えて贈ればいいんですよ。付け指も頼んであげましょうか」

「……いいえ、結構でありんす。指は飛ばしとうはありんせん。お心添えはありがたく頂戴いたしんすが……」

「さようでありんすか。艶粧さんにも気張ってもらいませんと。わっちだけで扇屋を守り立てていくのはしんどうござんす。その気になったらいつでも言ってくんなまし。ご指南しますので」

八潮の言葉もどこまでが本気かわからないところがあるので返事に困る。楼主宇右衛門にしろ八潮にしろ、長く吉原に浸かると裏と表の使い分けがうまくなるらしい。人の心を動かす手練手管に関しては、この者たちは艶粧より一枚も二枚もうわてのようであった。そうでなければ人の上には立てぬということらしいと艶粧は思った。

その言葉に押されて発奮したわけではないが、艶粧はひとりの男と情を深めるようになった。日本橋通の西国屋《さいごく》という履物屋の跡取り息子の栄助《えいすけ》であった。

父親である大旦那の仕込が厳しいせいか、その鬱積した気持ちを晴らそうとするかのように登楼が頻繁となり、居続《いつづ》けも多くなった。『居続け』とは、朝になっても帰ろうとしない客のこと。支払う金のない客が居続けをし、そのまま居残りとなることもあったが、栄助はその類《たぐい》ではなかった。

「ちゃんと金はあるぜ」

小判をチャラチャラと懐で鳴らしながら、二日、三日と居続ける。妓楼にとっては非常にありがたい客であるが、あまりにそれが続くと実家の方が黙っておらず、切れ文を叩きつけられることもある。絶縁をされれば金蔓《かねづる》を一本失うことになり、大きなであった。

損失となる。そうならないように頃合を見計らって帰宅させるのも花魁の手練の一つ
「前回のご登楼の際には三日目にお遣《つか》いの丁稚《でっち》どんが来なさった。今回もそろそろ来なさるころでありんす。毎度毎度、使いが来なさるまで居続けると、体裁が悪かろうと思いんすが」

「艶粧は、俺を帰してぇのか。他に好きな男でもできたか？」

栄助は子供が駄々《だだ》を捏《こ》ねるように言った。

「そうじゃありんせん。大旦那様に切れ文でも書かされたら、もう二度と会えんせん。そうなったら、寂しいことこの上ありんせん」

「確かに、あの親父、そろそろ堪忍袋の緒《お》が切れるころかもしれねぇ。だがな、お前のことを思うと、仕事も手につかねえんだ。親父にはガミガミ言われる。使用人からは細々した用を頼まれる。上からと下からで、もう頭の中がひっくり返りそうになるんだ。そのうち、もうこんな店どうでもいいって思うようになる。そんなとき、艶粧の顔が浮かんでくるんだ。ここにいるときが俺にとって一番幸せなんだ。お前も、俺ひとりだって言ってくれたじゃねえか。ありゃ嘘だったのか？」

「嘘じゃありんせん。わっちも別れるのがどんなに寂しいことか。でも、これっきり

になったら生きていけんせん」

「確かにそうだな。あの親父なら切れ文くらい書かせるかもしれねえな。そんなものはどうでもいいが、金を用立てることができなくなるかもしれねえ」と栄助はしばらく腕組みをしながら考える。「……わかった、今日はひとまず帰るとする。寂しいだろうが今度来るときまで待っていてくれ。首を長くして待っているうちにろくろ首にならねえでくれよ」

くだらない冗談にもとりあえず笑って見せる。

互いに見つめると、ひしと抱き合い、ようやくの後朝の別れとなった。

まもなく昼見世というころ、栄助は扇屋を出て三日目にして茶屋へともどって行った。引手茶屋から登楼した客は、また引手茶屋へもどることになっていて、そこで揚代、茶屋代、その他諸々《もろもろ》をまとめて請求されることとなる。三日の居続けで、栄助は茶屋へ三十二両三分二朱を支払うこととなった。

「ご苦労様でござんした」

お豊から労《ねぎら》いの言葉をもらい、ようやく一息つくことができた。

確かにこのような客が何人か付けば、売り上げを見込むことはできようが、これをうまく廻していくには熟練の技が必要となる。今の艶粧には、それができるか自信はなかった。

「あの主様、艶粧姉さんにぞっこんでありんすな。名残惜しそうに帰って行きんした」

なつめが栄助の後ろ姿を見送ると艶粧の座敷へと駆け込んできた。

「やれやれ、やっと帰ってくれんした。これ以上引き止めて、支払いが滞ってもらっても困りんす。丁度の頃合でありんした。なつめ、ちょっと腰を揉《も》んでくんなまし」

艶粧は帯を解いて着物を脱ぐと横になった。

なつめは腰に跨《またが》ると両手に拳骨を作って押した。

「姉さん、随分と凝っておりんす。カチコチでありんすな」

返事はなかった。艶粧は腰を揉んでもらいながらいつの間にか寝息を立てていた。

遊女は、たとえ床に入って客が熟睡しても寝入ることはなかった。おかげで居続けの客が帰った後には疲れが一気に押し寄せる。

寝入る刹那、こんな客が三人も四人もいたら身が持ちませんわと艶粧は思った。

侍

吉原には武士客の登楼も多い。特に多いのが、参勤交代の折、江戸吉原で羽を伸ばそうとする武士である。俗に浅葱裏《あさぎうら》と呼ばれる。田舎武士を嘲《あざけ》った呼び名で、羽織の裏の生地が浅葱《あさぎ》木綿であったことからこのように呼ばれるようになった。しかし、田舎侍の俸禄《ほうろく》では下級女郎を揚げるのが精一杯である。

この日、艶粧を揚げたのは高木新三郎という武士であった。新三郎は座敷へ上がると新造初穂の酌で酒に口をつけ、耳を欹《そばだ》てながら艶粧が来るのを待っていた。

艶粧は、はて、高木新三郎とはどのような侍であったかと記憶を浚《さら》いながら座敷へと向かったが、とんと思い出せないでいた。大抵の客の顔、素性、仕草は、記憶のどこかに張り付いているはずであったが、ことのほか印象の薄い客であったらしい。

初穂と入れ替わって座敷へ入ると、確かにいつか見た顔であると艶粧は思った。幸い、ふっと記憶が蘇った。どう見ても男前とは言いようのないうだつの上がらなそうな顔。顎《あご》が張っていてダンゴ鼻、背は低く……。

「新三郎様、おなつかしゅうございます。かれこれ三年ぶりでありんすか？」

「わしを覚えていてくれたか、さすが花魁ともなるとちがうのお。前に登楼したのは、やはり出府のときであった」

新三郎は会津藩の御納戸役《おなんどやく》。御納戸役とは殿様の手許にある貴重品、調度、衣類の出納、献上品、また殿様から下賜《かし》される金銀衣類の出庫を管理する役である。

「よう覚えておりんす。一度登楼していただいた主様の顔は生涯忘れることはありんせん。特に新三郎様とのことはわっちの心に深く刻み込まれておりんす」

心にもない言葉が口をついて出るようになったことに、自分でもいささか驚いていた。

「会いたかったぞ。こっちへ参れ」

新三郎は艶粧の手を取るとじっと顔を見つめた。

「ますますいい女になった」

「艶粧《たおやぎ》と申しんす。前に登《あが》っていただいたときには明春でありんした」

「お前は、どんどん出世をしていくが、わしは相変わらずのしがない御納戸役じゃ」

新三郎は自嘲した。

「主様の役というものは、なんら気に掛けることはありんせん。会いに来ていただけるだけで本望でありんす」

艶粧は新三郎に徳利《とっくり》を差し出した。新三郎は艶粧の酌で美味そうに酒を口へと運ぶが、すぐに浮かない顔に変貌する。艶粧は内心の曇りを読み取った。

「どうなされました？」

新三郎は酒のせいで赤くした顔ではあるが重そうに口を開いた。

「出府が待ちどおしくてならなんだ。わしはお前が好きじゃ。世間には身請けなどという話もあるようだが、わしのような十八石三人扶持《ぶち》の田舎侍ではどうにもならん。だが、忘れようと思っても、忘れられん。国へ帰ってもお前のことばかりが頭に蘇ってくる。お前が部屋持だったころなら、江戸にいるうちは、毎日のようにここへ通うことができたが、花魁となった今では、そうもいかない。もう二度とここへは来れんかもしれん。そう考えると寂しくてならん」

「それほどに思われて艶粧は幸せでありんす。わっちはいつでも待っておりんす。新三郎さまのことを忘れることはありんせん」

艶粧は酒を注ぐ。しんみりした空気を一掃しようと艶粧は申し出た。

「では、新三郎様がお好きでありんした琴を弾きとうありんすが、いかがでありんしょう?」

「頼む。お前の琴の音は心に染みるでな」

床の間に立てかけてあった琴を下ろし、箏曲《そうきょく》の乱《みだれ》を奏でると、新三郎はそれに耳を傾けながら気持ちよさそうに酒を呷《あお》った。

大引けのころ、床《とこ》に入ると、新三郎は最後の力を振り絞るように艶粧を抱いた。しかし、それは艶粧との最後の床の意味ではなく、なにかを吹っ切った、また、なにかを決意したことの表れのように感じられた。

新三郎は大門が開くころ、茶屋の迎えと共に帰っていった。

三日ほどして、三人の武士が扇屋の店先に立った。うちのひとりが険しい顔つきで楼主を呼ぶように命じた。

扇屋の大広間に緊張が走った。このようなことはそうあることではなく、一見して客としての登楼でないことはわかる。

楼主といえども武士に横柄な態度で接するわけにはいかず、腰を低くし、揉み手をしながら店先に出ると、危座《きざ》して恭《うやうや》しく頭を下げた。

「わたしが扇屋宇右衛門でございますが、どのようなご用件でございましょうか」

「拙者、会津藩家臣、太田源之丞《おおたげんのじょう》と申す者。先日、……三日ほど前になるが高木新三郎という者がここ扇屋へ登楼したはずだが」

真ん中の武士が見下すような口調で言ったが、田舎侍ほど馬鹿にされまいと虚勢を張るものであることを宇右衛門は心得ていた。

「高木新三郎様でございますか？」

楼主といえども客の登楼を全て把握しているわけではなく、返答に困った。「少々お待ちくださいと、その場を離れ、見世番の丈太郎に確認したところ、確かに登楼したとのこと。店先へ戻った宇右衛門は武士にその通りに返答した。

「そのとき相手をした女郎はだれか？」

「花魁の艶粧であったと見世番が申しております。それがなにか？」

「その艶粧とかいう花魁に会わせてもらえぬか？」

「へえ、それはよろしいのでございますが、今、まだ、床の中でございまして。すぐにお会わせすることはかないませぬが」

「このような刻まで寝ていると申すか？」

「遊女の生活は夜が本番でございます。ですからこのような刻でも……」

「叩き起こせ」無情に言った。「どこにおるのじゃ？」

武士たちは妓楼へ上がり込もうとした。

「お待ちください」

宇右衛門が立ちはだかった。

三人の武士は顔色を変えると身構えた。不服に対する敵意が漲《みなぎ》った。それを感じながらも宇右衛門は言った。

「ここは吉原でございます。吉原には吉原のしきたりがございます。将軍様が登楼されたときもそのしきたりには従っていただきました。ですからお侍様方にも、従っていただきとうございます」

気位の高い武士達も、将軍が従ったとあれば差し置くわけにはいかないらしく、敵意がたちまち消散するのがわかった。

「どのようなしきたりじゃ？」

右の武士が苛立ちを抑えて訊いた。

「まず、お腰のものをお預かりいたします。ここでは大小を問わず刃物を持って登《あが》ることはできません」

侍達は顔を見合わせたが「よかろう。それだけか？」と取りあえず飲んだ。

「引付座敷でお茶でも上がっていただきましょう」

「そのような暇はない」

ひとりが業を煮やして怒鳴った。宇右衛門はその口を制するように続けた。

「その間に、艶粧を起こして支度をさせます。花魁は身支度を整えなければ人前に出ることはありません。その間だけご辛抱をお願いしたいのですが」

しきたりに従わなければ却って嘲笑の的となると思ったらしく、武士達は不服の情を表しながらも了承した。三人の武士が草履《ぞうり》を脱ぐ姿を見ると、宇右衛門は艶粧の部屋へ丈太郎を走らせた。店先の緊張はほんのわずか安堵に変わった。

三人の武士は、大見世へ登ったのははじめてらしく、職務も一時《いっとき》忘れ、絢爛《けんらん》たる装飾の隅々まで目を凝らした。見たこともないような大広間や大階段、凝った造りの手すりや欄間に見入り、感嘆しきりに声を上げた。しかも、そこらを行きかうのは着飾った女たちばかりである。見世がはじまる前とはいえ、その華やかさは俗世とはかけ離れたものである。禿がおり、新造がおり、女郎がいる。三人の武士は、竜宮城へと迷い込んだかのように目を奪われていた。

三人は引付座敷で茶をすすりながら、しばし刻《とき》を待った。

しばらくすると丈太郎が呼びに来た。

「艶粧花魁の準備が整いました」

その声に反応するがごとく三人の武士は立ち上がった。

仕掛けを羽織った艶粧が片膝《かたひざ》を立て、斜に構えるように座していた。その美しさに三人が瞠目し、たじろぐ様は圧巻であった。三人ともが同時に息を呑み、全ての神経が艶粧へと向けられ、動きが一瞬静止し、時が流れ、三人はようやく我に返って座敷へと入った。

艶粧は見据えながらも軽く会釈をするのみであった。三人は敢《あ》えて無作法を演じるかのようにどっかりと座した。

「お前が艶粧と申すか？」

右の武士が訊いた。

目で頷くと、艶粧は緩やかな手つきで煙管を取り、葉を詰め、火をつけ、「一服しなんし」と、右の武士に差し出した。

武士は断り、本題へと入った。

「三日前、高木新三郎がお前のところに来たはずだが、それに相違ないか？」

艶粧はふーっと煙を細く吐き出すと、わずかに間をおいて応えた。

「へえ、それに相違はござんせんが……高木新三郎様がどうなされたのでござんしょうか？　よければお聞かせいただきとうございますが」

「惚《とぼ》けおって」

左の武士が吐き捨てるように言った。

艶粧は黙殺した。

太田が大きく溜息をつくと言った。

「藩の金に手を付けて姿を暗ましおった」

「なんと？」

艶粧もそれには驚いた。

店や藩の金に手を付けて登楼を果たす客は今までにも数知れずあったが、新三郎がそのようなことをしたとはあまりにも意外。真面目一徹を絵に描いたような男であった。

「新三郎様が……それは間違いありんせんのか？」

「間違いはない。朝、夜が明ける前に江戸屋敷を出ておる。参勤交代の折の滞在費の一部、三百両が消えておる。これを結びつけぬことはできん。そのことでお前に訊きたいことがある」

「訊きたいことと申されましても……」

艶粧は間を取るように火皿の灰をトンと盆へ落とした。

「そのとき、新三郎はなにか言っていなかったか？　お前となにか約束はしなかったか？」太田が厳しい眼光で艶粧を見据えた。

「約束というものはなにもしておりんせん……またの登楼をお願いしたくらいで」

「いつ登楼すると申した？」

「いつとは申しておられませんでしたが……」

「お前を身請けするとの約束でもしたのではないのか？　お前がそれを頼んだのではないのか？」

艶粧は下座《しもざ》で様子を窺う宇右衛門に向かって嫌味を含めて訊いた。

「御楼主様、わっちは三百両で身請けが叶うものでありんしょうか？」

宇右衛門は唇を噛み、顔を崩しながら首を妙な具合に傾げながら応えた。

「いえ……今の艶粧は江戸でも評判の花魁でございます。三百両ではとても……、せめて千両、いや、千二百両はいただきませんと落籍は無理かと……」

武士たちの口からはひと言の言葉も出ず、ただ目がかっと見開かれたのみであった。

右の武士が一呼吸を置くと訊いた。

「どのような話をしたか？」

「お侍様方は、なんと野暮なことをお訊きでありんしょうか。ここは男と女の色事の場、そのようなことは他人様《ひと》にお話しするようなことではござんせん。どれほど他愛のない話であろうとも」

「我らを愚弄《ぐろう》する気か？」と左の武士。

「そのような気持ちは毛頭ありんせん。女郎の意気張りでございます。たとえ女郎であってもできぬことはできぬと申すまで。女郎など意気張りがなければ犬畜生同然。それがあればこそ、どうにか人として生きておられます」

「その意気張りというものが、どの程度のものか試してやろうぞ」

左の武士が懐へ手を入れると短刀を抜き放ち、素早く艶粧に飛び掛かった。そして襟首をつかんで力まかせに押し倒し、鈍色《にびいろ》の刃を喉元へと押し当てた。

艶粧は渾身で目を見開き武士を睨んだ。冷たい感触が首筋から全身へと走った。

「ここへの刃物の持ち込みは掟破り。お侍ともあろう方が、そのような卑劣なことをなさるとは……」

「妓楼ごときのしきたりなぞ従うに値《あたい》せん。女郎、応えろ。なにを話した。一言一句間違いなく話せ。さもなくばお前の細首、斬り落としてくれる。短刀といえども備前《びぜん》長船兼光《おさふねかねみつ》。お前の細首など二掻きで落とせるわ」

宇右衛門はおろおろするばかり。修羅場を潜り抜けて来た見世番の丈太郎も見ているしかなかった。割って入ろうものならさらにことを大きくしかねない。ここが我慢の為所《しどころ》であろうと自らに言い聞かせた。もっとも、割って入ったところでどうなるものでもないが。

艶粧は武士を見据えたまま応えた。

「どのように脅されようとも、なにもお応えできんせん。気に入らなければ、さっさとこの首、掻き落としてくださいまし。ただし、花魁の血は煮えたぎっておりんす。返り血を浴びて火傷なさいませんようお気をつけくんなまし。……それともただの脅しでありんしょうか？」と挑発するように薄ら笑いを浮かべた。

「どこまで愚弄いたすか女郎の分際で」

あきれたように太田が制した。

「もうよい。その女郎は殺されようともなにも話すまい。胆の据わり方が常人とはちがうようじゃ。そもそも話を聞いたところで、新三郎の行方がわかるとも思えん。奴とて、我らがここへ来ることくらい予測しておろう」

艶粧を押さえていた武士は手を離すと短刀を鞘《さや》へと納めた。

艶粧は起き上がると襟の乱れを正し、三人の武士を見据え、毅然とした声で一喝した。

「お帰りなんし。無粋《ぶすい》なお人は好かんでありんす」

ようやく収まろうとしているものに、また火をつけようとするかのような艶粧を、宇右衛門は屹度《きっと》睨みつけた。

太田が言った。

「新三郎が惚れるのも無理はない。艶粧が男であれば、わが殿の家臣に取り立てたいくらいじゃ。俸禄はわずかじゃが」

口角を緩めて立ち上がると座敷を出て行った。両脇の武士も不服そうな顔で立ち上がった。

出る間際、短刀を抜いた武士が振り返った。

「わしがお前の首を斬らんという確証はあったか？」

艶粧はその武士を睥睨《へいげい》し、言った。

「備前長船兼光のような名刀を、あなた様が携えているとは思えません。殿様であれば話は別でありんすが。しかも、あなた様は人など斬ったこともないお方」

「斬ったことがなくとも人は斬れるぞ」

「刃先が震えておりんした。虚勢などすぐに剥がれるもの。血を見て卒倒するのはあなた様ではありんせんか？」

その武士はチッと舌打ちすると出て行った。廊下の先で呵呵大笑《かかたいしょう》する二人の武士。

「傾城町とはよく言ったものだ」と太田。

武士達のいなくなるのを見計らったようになつめが駆け込んだ。

「姉さんすごい。さすがわっちの姉さんでありんす。三人のお侍を追い払ったでありんす」

艶粧は一つ大きな吐息を漏らすと、生きていることを実感するようになつめを抱き寄せた。

「なつめは真似してはいけんせん。一か八《ばち》かの賭《か》けでありんした。本当はもう駄目かと思いんした。命を簡単に賭けるものではありんせん」艶粧は立ち上がった。「着替えます。なつめ、湯文字を用意しや」

「……あい？　湯文字を替えなさるのですか？」

「おしし、漏らしました。びしょびしょでありんす」

「あちゃ～」

三人の武士が辞去する際、宇右衛門は、「もし新三郎殿が登楼なさったときには必ずお知らせいたしますので」と武士達の職務の一端を担うことを約束し、ようやく一件を収めるに至った。

その後、艶粧は宇右衛門から太い釘を一本刺された。

「意気張りもいいが、ほどほどにしてくれ。あのようなときには客様のことを話してもだれも咎《とが》めはせん。寿命も糠袋も縮んだわい」

「わっちが殺されそうなときでも宇右衛門殿は見ているだけ。見損なったでありんす。わっちは悔しいわ情けないわで、身の上を恨めしく思うばかりでありんす」

「堪忍してくれ、わしだってまだ死にたくはない」

宇右衛門は身の置きどころなく、すごすごと艶粧の部屋を出て行った。

それから十日ほどした早朝のこと、丈太郎が店の前の掃除をしているとそこへ会津藩邸から使いが来た。新三郎が見つかったとの知らせを携えていた。

詳細を聞いたところ、新三郎は艶粧との関係をあきらめることができず、脱藩して江戸でひっそり暮らそうと考えた。そのためにはまとまった金が必要で、思わず藩の金に手をつけてしまったとのことであった。

新三郎は詮議《せんぎ》後まもなく切腹を申しつけられ、その日のうちに命を断ったとのこと。

それを聞いた艶粧は密かに念仏を唱えた。

抜

西国屋の跡取り息子栄助が二十日ぶりに登楼した。前回の登楼で三日の居続けをし、実家へもどるや否や大旦那から大目玉をくらい、奉公人からは白い目で見られ、しばらくの間は外出すら儘ならない始末であったという。

ほとぼりも冷めたころ、父親の目を盗んでの登楼となり、ようやく艶粧の顔を拝むことができたという次第であった。

「会いたかった。一日が百日にも感じられたわ」

顔を見るなり思わず栄助の口から洩れた。

「わっちもでありんす」

だれにでも言う言葉を、さも主様だけにであるかのように言い、艶粧は艶美《えんび》に品《しな》を作る。

酒も台の物も飛び越えて栄助は艶粧に抱きつき、そして、股座《またぐら》に顔を埋めた。

「お前が他の男と床を共にしていると思っただけで気が狂いそうになるんだよ。お前を俺だけのものにできやしないものか？」

「身請けしていただければ、主様のものとなりんすが……」

言いつつも今の栄助にそれだけの甲斐性《かいしょう》があるとは思ってはいない。我ながら噴き出しそうになった。

「確かにそうだ。身請けできれば俺のものだ。しかし、それにはどれほどの金子《きんす》が必要となるのか、想像もできん」

「先日、楼主宇右衛門様が言っておられましたが、千二百両ほどであるとのこと。なんとかなりんせんか？」

笑いを堪えて真顔で訊いてみた。

「千二百……とてもそんな金は用意できねえ。俺が親父の目を盗んで用意できる金は精々二百五十両がいいところだ。だが俺の気持ちはそんなものじゃねえ。俺はお前のためなら西国屋の身代《しんだい》をあきらめてもいい。履物屋の身代なんて高々知れている。いや、この命、抛《なげう》ってもいいとさえ思っている。艶粧、俺といっしょに逃げてくれ」

「そのお気持ち、まことでありんすか？」

「当たりめえだ。この目を見てくれ」

栄助は眼《まなこ》を確《しっか》と開くと艶粧を刮目《かつもく》した。そこには確かに真剣な眼があった。しかし、逃げるといっても簡単なことではない。逃げるということがどのようなことなのか栄助はわかっているのだろうかと艶粧の心は暗雲に包まれた。

「わっちをここから足抜させようとお思いなのでありんすか？」

真意を確かめるように訊くと、栄助は声を潜《ひそ》め、「そうだ」と艶粧を見つめて頷いた。

艶粧は言葉の真意を測りかねた。栄助の手練手管か？

足抜をすれば追っ手がかかり、その追っ手から逃げながら生きていかなければならない。身代を失った者がどのように生きていくのか、栄助は皆目わかっていない。

栄助は艶粧に目が眩《くら》み、見境がつかなくなっていた。艶粧はそれを見切っていた。

そんな気持ちを押し返すように栄助は、「お前は知らないかもしれねえが、裏の稼業ってものがあるんだ」と耳元で囁くように言い、笑みを零《こぼ》した。

「裏の稼業でありんすか？　はて、どのような」

「足抜屋っていうそうだ。吉原や岡場所の女郎を金で請け負って足抜させる稼業だ」

「初耳でありんす。そのような稼業があったとは」

「そうだろう、さすがの花魁でさえまだ知っちゃいねえな。俺もつい先日、知ったばかりだ。人形町の居酒屋で飲んでいてな、ひょんな拍子で知り合った男と意気投合した。そのとき、吉原の話が出た。お前のことを話したんだ。そしたら、その男の知り合いに足抜屋とつながりのある男がいるっていうもんだから、これまた驚いた。安くはねえが、ちょっと金を積めば女郎をうまく足抜させてくれるっていうわけだ。連中は裏の道の手足《てだ》れだ、きっとうまく行く」

「その話は信用できるんでありんしょうか？　金子だけ盗られやしないか心配でありんすが」

「俺だってそこまで馬鹿じゃねえ。そんなことは用心するさ。だいじょうぶだ。つまりこういう筋書きだ。どこの妓楼のどんな女郎をいつまでに足抜させてくれたら金を払うという依頼を出すわけだ。連中は、お前につなぎを付けて手筈《てはず》を整える。そして、手筈通りにお前を連れ出す。どのような方法を使うかは、俺は知らねえ。その道のやり方があるんだろうな。で、お前を足抜させた後、俺がお前の顔を確かめて、引き換えに金を払うという寸法だ。だから間違いはねえってことだ。そうでなければ一文だって払わねえ。鼻クソだってくれてやらねえ」

艶粧はそう言う栄助の顔を神妙な眼差しで見ていた。

「吉原で足抜がどれほどの重罪かはよくわかっているつもりだ。失敗に終わったときには俺もお前もただじゃすまねえってこともよくわかっている。だがな、失敗したときのことを考えるより、外でお前のことを考える方がよっぽど苦しいんだ。心配するな。俺にまかしておけ。俺はお前をここからどうしても救い出してやりてえんだ。そしてお前を嫁にもらいてえ」

「わっちを嫁にですか？　嬉《うれ》しゅうございんすが……」

栄助の口からは嬉しい言葉が次々と飛び出すが、どことなく現実味に欠ける気がした。

「起請文《きしょうもん》を書けと野暮なことはいわねえが約束してくれ。ここから無事に出ることができたら、俺と所帯を持つと」

「へえ、お約束して、ようございんすが……」

このような言葉をもうなん度聞いたことか。一度として叶ったことはなかった。だから今もここにいる。

「心配するな。足抜に二百五十両使い果たすわけじゃねえ。その後のことも考えてる。娑婆《しゃば》へ出た後のことは俺が面倒を見る。残った金を元手に商売をはじめて、お前を食わしていくつもりだ。俺だって商売人の倅《せがれ》だ。なんとかなる」

無事に吉原から出られれば、どれほど嬉しいことか。わずかな望みにでも縋りたい気持ちは吉原に育った者であればだれしもが持つもの。一日も早く、一刻も早くここから抜け出したいという思いは吉原に来たときからはじまっている。一縷《いちる》の望みを栄助に託してみたい気持ちもあったが、上手く行くとは思えなかった。

疑念もあった。栄助はこれを本気で言っているのか、自分の気持ちをつなぎとめようと芝居を打っているのか。色々な客を相手にすると、その言葉が本心かどうか、下心はないかなどと考えるようになる。うっかりそれを信じて命を落とした遊女は一人二人ではない。

「今日明日ということじゃねえ、足抜屋と打ち合わせをして、お前さんにつなぎを付ける。その腹づもりだけしておいてくれということだ」

話を合わせるように艶粧は穏やかに頷いた。

栄助は、腹の中のものを出し切ったかのように清々した顔となって、酒を飲みはじめた。

中引けごろには床入りし、栄助はそのまま寝入った。大門が開く時刻になると、後朝の別れとなり、最後に「昨日の話、忘れるんじゃねえぞ。必ずつなぎを付ける。いつでも出られるように準備をしておいてくれ」と言い残し、扇屋を後にした。

「姉さん、足抜なさるんで？」屏風の陰で聞いていたなつめが声を潜めた。「でしたらわっちもいっしょに……」

艶粧の拳骨が落ちた。なつめは目に涙を潤ませながら頭を掻いた。

「聞いていんしたか。あんな話を真《ま》に受けるんじゃありんせん。他人に聞かれたら何を言われるか……」

半信半疑というものでなく、一厘を残し、九分九厘の疑いがあった。そんな程度であったからか、半月も過ぎると話はすっかり忘れてしまった。

さらにそれから数日して、大広間へ下りたとき、『足抜屋』との言葉が耳を掠《かす》めた。噂をしていたのは座敷持の錦乃。耳を傾けているうちに、ようやく栄助のことを思い出した。

そういえばそんな話をしていた栄助はどうなりんしたか？　その後、なんのつなぎもなければ登楼もないが……。やはり手練手管であったか？

若い衆やお豊に聞かれるとあらぬ疑いをかけられぬとも限らない。大きな声で言えるような話ではないので、錦乃は車座を作ってひそひそと話をしていた。

「錦乃さん、ちょっとその話、わっちにも聞かせておくれ」

「艶粧姉さんも興味がおありで？」

「いえねえ、わっちもちょっと小耳に挟んだことがありんしてな」と車座へ割り込んだ。

錦乃の話は、「足抜屋と称する裏稼業の輩《やから》がいるとのこと」からはじまった。

しかし、これは嘘の商売で、吉原の女郎に惚れ、金を出しそうな者を探し出し、言葉巧みに足抜を誘うとのこと。数日してその者に「約束どおり、目当ての女郎を足抜させた。どこそこまで金を持って来い」とつなぎを付ける。依頼主は大枚を持って、浮かれてやってくる。足抜屋と称する連中は、金を持ってのこのこやってくる男を待ち構え、襲って懐の金を根こそぎふんだくる……。

話を聞き終えた艶粧はやるせ無さを搾り出すように、深い溜息を吐《つ》いた。

「やれやれ、そんなことでありんしたか。というより、思ったとおりでありんした。悪い予感というのは当たりますな」

部屋へもどった艶粧は中郎の源治を呼びつけると西国屋へ向かわせ、栄助の様子を探らせた。

半日ほどしてもどってきた源治は、複雑な顔で艶粧の前に危座《きざ》すると話しはじめた。

「へえ、それが大変なことになっておりやした。なんでも、西国屋の若旦那の栄助さんは、半月ほど前に寛永寺の裏で追い剥ぎにあわれたそうでございます。しかも半殺しの目にあいまして、今でも身動きできんそうで、寝床でうんうん唸っているそうでございます。そのとき懐に持っていた相当な大金をも奪われたらしいとのことです。栄助さんも詳しいことを話したがらないのでそれ以上のことはわからないようですが……どうやら、店の金を持ち出して女と駆け落ちしようとしたらしいですが、相手の女がその追い剥ぎの一味だったらしくて、すっかり騙されたようでございます。気の毒というか哀れというか……しかし、世の中には悪い女というのもいなさるようで……」

源治の話は、噂や推測を交えて長々と続いたが、艶粧の耳にはもう入らなかった。

「はい、ご苦労さん」

二朱の駄賃を渡すと聞くのを打ち切った。

期待していなかったといえば嘘になるが、自分の浅はかさと栄助の軽率さにあきれた。命が助かっただけでも運がよかったと思う外ない。それ以上に噂で、自分が追い剥ぎの一味にされていることがいかにも腹立たしかった。

拝

初めて床を共にする客、造り酒屋三浦屋の息子、松吾郎に身をまかせた後、そろそろ大引けだろうかと思いながら艶粧はお祭りの余韻に身を委《ゆだ》ねていた。初めての登楼で床入りとなった松吾郎はことのほか上機嫌で、今、満足気に寝息を立てている。よほど遊びなれているのか、床上手で、危うく艶粧が仕落《しお》ちするところであった。鼻を三回ばかりすすって、すんでの所で踏みとどまった。

『仕落ち』とは快楽のあまり絶頂に達することで、これを『取っぱずす』と言い、女郎の恥とされた。これを避けるため鼻を三度すすって気を紛らわせる方法を姉女郎から伝授されていた。

床に入ると、やはりうとうとするが、そのたびに目をさます。夢と現《うつつ》を行ったり来たりする様は、波間を漂う木の葉のようでもあり、鹿威《ししおど》しの竹筒のようでもあった。

ふと、はっきりと目がさめた。なにかの気配を感じ取った。以前にも感じたことのある気配であった。きな臭《くさ》いにおい。頭の中に「火事」という二文字が過《よぎ》った。飛び起きる前に、半鐘が打ち鳴らされた。

「主様、起きなんし」

松吾郎は夢の中にいた。酒のせいもあって眠りは深かった。艶粧は枕元においてあった金魚鉢の水を手ですくうと、寝顔に浴びせた。顔の上で金魚が飛び跳ねた。

わっと声を上げて飛び起きると、松吾郎は火男《ひょっとこ》のような顔で艶粧を見つめた。

「主様、火事でありんす。お逃げなんし」

「なんてことだ、こんなときに火事だなんて……」

松吾郎は慌てて身支度を整えはじめた。

艶粧はその様子を見ながら言った。

「玄関を出れば、若い衆が大門まで連れて行ってくれます。またの登楼をお待ちしておりんす。お気をつけてどうぞ」

「艶粧、お前は逃げねぇのか？」

松吾郎はきょとんとした目で艶粧を見た。

「わっちらは勝手に逃げることはできんせん。迎えが来るまでここで待っていんす」

と艶粧は布団の上に座り込んだ。

「なに言ってるんだ。いいからいっしょに来い」

松吾郎はそう言うと艶粧の手を引いた。

窓を開けると風とともに熱気と煙が吹き込んだ。下の階では悲鳴や怒号が飛び交っている。火元は近かった。玉屋の方から蛇の舌のような火が噴き出していた。

「浄念河岸の方に行って揚屋町へ回っておくんなまし。まだ木戸は開いておりんせんが、すぐに開きます」

「そんなの待ってられねえ。近いぞ。窓から逃げるしかねえ」

松吾郎は障子《しょうじ》窓を開け、格子を蹴破るとそこから屋根へ飛び移った。「こっちへ来い」と言い、そして太く力強い腕で艶粧を引き寄せ抱き上げると屋根へと下ろした。

「揚屋町へ回っても大門から出るのは無理だな。じゃあこっちだ」

松吾郎は艶粧の手を引いて柿葺の屋根の上を走った。

三軒の妓楼の屋根を駆け抜けると、松吾郎は浄念河岸に並ぶ安妓楼の屋根から飛び降りた。艶粧は躊躇《ためら》った。とても屋根から飛び降りる勇気はなかった。

「おい、艶粧、早く飛べっ」

「無理でありんす」

「馬鹿野郎。俺が下で受け止めてやるから、早く飛べ。俺を信じろ。腕っ節には自信があるんだ。お前の一人や二人受け止めるなんぞ造作もねえ」

確かに松吾郎の腕はたくましかった。床の中ではその力強い腕に抱かれている。しかし、信じろと言われて信じ、そのとおりになったことなど一度もなかった。裏切られつづけてきた艶粧にとって、信じろという言葉ほど信じられないものはなかった。

「早くしろっ」

松吾郎が叫んだ。

風向きが変わったのか煙が屋根の上の艶粧を包んだ。

「早くっ」

「それじゃあ、よろしゅうに」

艶粧は着物の裾《すそ》を捲《まく》り上げると死ぬ覚悟で飛び降りた。

宙を泳いだかと思った瞬間、ふわりと松吾郎の太い腕に受け止められた。

「やればできるじゃねえか」

「へえ、そうでありんすな」

言いつつ艶粧は震えていた。

「花魁が俺の腕の中で震えていやがる。震える花魁はなんとかわいいことか」

松吾郎は強く抱きしめようとしたがはっと我に返った。

「こんなことしてる場合じゃねえんだ。出られる所はねえのか?」

「河岸の木戸は開きません。跳《は》ね橋も下りません。こちら側から外へ出ることは叶いません」

しかし、見るとぱっかりと口を開けたところがあった。

「そうとも言えねえぜ」

松吾郎はにやりと笑い、艶粧の手を引くと走った。

番屋の横の木戸が一箇所開けられていて、跳ね橋が下りていた。番屋の陰になっていて、しかも暗がりであったために気づく者は少なかったかもしれない。火事に気づいた役人が我先に逃げようとしたのだろうか。番屋はもぬけの殻《から》であった。

「なんと都合がいいことか」

松吾郎は艶粧の手を引いて外へ出た。

喧騒《けんそう》が消えた。

気づくと呆気なく吉原の外へと出ていた。

吉原の中では火の粉が上がっていたが、火の広がりは大きくなかった。

田圃のあぜ道で、しばらく見ていると火の勢いは徐々に弱まっていった。

「やれやれ、小火《ぼや》ってところか。ちょっと騒ぎすぎたか？」松吾郎は照れたように艶粧を見た。「どうするんだ？　せっかく外に出られたんだ。このまま足抜してもいいし、もどってもいい。ただ、足抜を手伝ったと思われちゃ堪ったものじゃねえ。簀巻《すま》きにされて大川へドボンというのが相場らしいが、俺は御免《ごめん》こうむるぜ」

火事は玉屋の二階とその隣の妓楼の一部を焼いて消し止められた。

大門は開けられることはなかったが、この火事に乗じて姿を消した女郎が五人ほどいたとのこと。やはり番屋の横の木戸から逃げたと思われた。扇屋の女郎が二人と他の妓楼の女郎が三人であった。

松吾郎は長命寺《ちょうめいじ》裏の粗末な棟割《むねわり》長屋にひとりで住んでいた。細い路地を挟んで右側に七軒、左側に七軒、一間ずつの貸間が並んでいた。路地の突き当たりに井戸があり、その横に共同便所がしつらえられている。右側の奥から三軒目が松吾郎の居所《きょしょ》であった。

「見つかったら俺はただじゃすまねえな」

「そうでありんすな」と言いながら板の間に腰を下ろすと、艶粧は天井のない部屋を見回した。

「主様は素上がりでありんしたね」

部屋の隅に衝立《ついたて》があり、その向こうに布団がたたんで寄せてあった。竈《へっつい》、行灯、流し、水桶……六畳一間である。

「引手茶屋を通していれば今ごろここへ追っ手が来ているころだろうが、素上がりならその心配は当分はねえ。しかし、まさかこんなことになるとは思ってもいなかった。今、江戸で評判の艶粧花魁を家に連れてくるとはな。話のネタには都合がいいが、生きた心地がしねえぜ」

「わっちの部屋より狭いでありんすな。主様は三浦屋さんの若旦那ではありんせんでしたのか？」

「あのな、そりゃ真っ赤な嘘だ。俺はただの町人だ。瓦葺きの職人だ。お前さんみてえな上等な人間じゃねえ。お前さんを半日囲うのに、俺達は一年間生活費をけずって、貯めたその金を懐へ突っ込んで、さも来慣れた顔して登楼するんだ。造り酒屋の息子って名乗ってな。お互い様だろ」

松吾郎は鼻の下を擦って笑った。

「へえ、ありがたきことにありんす。それは一向にかまいんせんが……」

「お前みてえに一日に十両二十両と稼げる身分じゃねえ。普通の衆はこんなところに住んでいるのが当たり前なんだ。お前さん、もう常人の生活は忘れちまったかい。お前さんだって、生まれたときから吉原にいるわけじゃなかろう」

「いえ、もう忘れんした。もう十年以上、常人の生活を見ておりんせん。忘れませんと生きていけんせん」

「哀れというか、なんと言うか。やっぱり哀れだな」

「わっちもそう思いんす。別に鼻にかけているわけではありんせんし、わっちは一日一両の昼三で、廻しても一日に五両が精々《せいぜい》で……」

「よーしわかった、お前に常人の生活というものを思い出させてやろうじゃねえか。もう簀巻きにされても構わねえ」

「それではわっちが困りんす。わっちのことで主様が簀巻《すま》きにされたとなると後味が悪うござんす」

「でも、もう少し居ろよな。せっかくだ、まだ、お前を放したくねえ。まず、その頭をなおしな。町娘はそんな髪は結ってねえ。その間に、お前の着物を用意してやる。そんな派手な鹿子《かのこ》の胴抜《どうぬ》きじゃすぐに見つかっちまう。後で着物を買ってやるからそれに着換えろ」

外の様子を覗き見、頃合を見計らうと松吾郎は古着屋へと走り、町娘が着るような着物と帯を見繕って素早くもどった。途中、目つきの悪い連中が町をうろついているのを見た。艶粧を捜しているのか、無関係なのか判断しかねたが。

しかし、吉原から艶粧が姿を消したとなるとその騒ぎは尋常《じんじょう》ではないはずである。妓楼の若い衆が町へと散り、地廻りが雇われての捜索がはじまっているはずである。

そのことを告げると、「やはりそうでありんすか、では早くもどりんせんと主様に迷惑がかかりんす」と艶粧は顔色を硬くする。

松吾郎は哀れむような目で艶粧を見た。
「お前、あんなところへ本当にもどりてえのか？」
「もどりたいわけがありんせん。どうして地獄へもどりたいなどと思いんすか？」
「じゃあ、ここにいろ。俺が面倒を見てやる」
「それはできんせん。いつかは見つかりんす。見つかれば主様はただではすみませ
ん」
「そんなことは気にするな。このままお前を吉原に返せば、俺は一生後悔することに
なる。……それにしても、なんだその髪型は。おむすびみてえだな」
「髪は自分で結ったことがありんせんので結い方がようわかりんせん」
髪を何度か結いなおすとなんとか様になり、松吾郎が用意した着物に着替えるとそ
れなりの町娘ができあがった。
「鏡はありんせんか？　化粧をなおしたいでありんす」
「化粧道具も鏡もありんせん。わっちには必要ありんせんので。それより、その喋り
方はなんとかなりんせんのか？　ここは吉原ではありんせんよ」
「そう言われんしても、かれこれ十年以上も吉原で暮らしておりんす。簡単にはなお
りんせん」

「吉原の女は、そう簡単には逃げられねぇようになっているんだな。外で暮らすには不都合ばかりだ」

「そうかもしれんせん」

隔絶された世界を形成することで、そこ独自のしきたり、習慣を身につけさせ、外の世界に馴染めないようにしているのかと艶粧は思った。もともとありんす言葉は、訛《なまり》を消すことで故郷《くに》を思い出させないようにするためであるとされているが。

外に人の気配がしたかと思うと「松吾郎はいるかい」と無愛想な声と共に戸が開けられた。肩に木箱を担《かつ》いだ小男がずかずかと入ってきた。小男は艶粧と松吾郎の姿を見て凍りついたように固まった。

「だれだい？」

松吾郎は、その小男を押し返すようにして外へ連れ出すと、ひそひそと話をはじめた。しばらく揉み合うような気配があって、小男がひと言、ふた言吐き捨てるようにして立ち去った。

「どなたでありんす？」

「あいつは大工の元太《げんた》という奴で、俺の幼馴染だ。今日は風邪をひいたので仕事を休むって伝えてくれって頼んだんだ。あの野郎、お前を見て岡場所の女を引き抜いたかって言いやがった。とんでもねえ奴だな。岡場所にこんな上等な女はいねえよな」

岡場所の女郎も吉原の女郎も気位はちがえどもすることは同じ。同じ心で同じことを夢見ながら生きている。気位や意気張りなど、苦界を耐えるためのごまかしにすぎないと思っている。

艶粧は松吾郎に向いた。

「わっちはここにいて、なにをすればいいのでありんしょう？」

「そうだな……お前、飯は炊けるか？」

「炊いたことありんせん。妓楼には料理番がおりんす」

「なんと言っても扇屋の花魁だもんな。大工で言えば棟梁みてえなもんだ」

「そこまでえらくはありんせんが。掃除、洗濯くらいならできんす。禿のころはよくやらされましたので」

「駄目だ。井戸は外だ。今、外に出ちゃ危ねえ」

「では、琴、三味線、生け花、将棋、囲碁、カルタ……」

「琴や三味線はここにはねえし、昼間っから遊んでもつまらねえ。困ったもんだな。外に出られりゃ、浅草見物にでも連れて行ってやるんだが」

「それでありんす。浅草へ連れて行っていただきとうありんす」

「浅草か……」松吾郎は腕組みをするとしばらく考え込んだ。「お前、自分の立場がわかっているか？」

「へえ、とりあえずは」

松吾郎はそこでまた考えたが、生まれてこの方、考えて妙案が浮かんだ例《ためし》がないことを思い出した。

「よし、連れて行ってやろうじゃねえか。どうなっても知らねえぞ」

松吾郎は自棄《やけ》を起こしたかのように力を込めた。

浅草は目と鼻の先であるが、人目が気になる。着物や髪型を変えているとはいえ、容姿、身のこなしはどう見ても素人とは思えない。しかも十一月という、もう肌寒い季節であるにもかかわらず艶粧は足袋も履いていない。

「足袋も買いそろえてやったじゃねえか。なぜ履かねえんだ」

「吉原の女郎は足袋を履きんせん」

「そんなことはわかってるんだけどよ。それじゃあ吉原の女郎でありんすと宣伝して歩いているようなものじゃねえか」

「いずれ見つかるでありんす。じたばたしても仕方ありんせん」

「潔《いさぎよ》いことでありんすな」

松吾郎はあきれ顔を作った。

「主様が若い衆や地廻りに見つかると面倒なので、わっちの前を歩いてくんなまし。わっちは少し離れてついていきんす」

外を一人で闊歩《かっぽ》する日がくるなど昨日まで露《つゆ》とも思っていなかった。風を受け、草木の香りを嗅ぎながら歩くこと、なんと心晴れやかなことか。風は風であっても四方をドブに囲まれる吉原の風とは別格である。

半刻《はんとき》も歩かないうちに浅草に着いた。人の賑《にぎ》わいは、吉原のそれとはまた異質である。男も女も、老人も子供も入り交じっての賑わいは艶粧の目に新鮮であった。

朱塗りの山門を見上げた。門の中に『しん橋』と書かれた大きな提灯が掛けられている。噂には聞いていたがその大きさに圧倒された。それを挟んで立つ右側の風神像、左側の雷神像。堂々たる様は壮観で、「これが噂の……」と艶粧は口をポカンと開けて見上げた。

山門を潜り、仲見世へと入った。参道の両脇には団子屋、饅頭屋、小間物屋、扇子屋、提灯屋など小さな店が並んでいて、店先を埋め尽くすほどの品揃えに胸が躍《おど》る。一日見ていても見飽きることはないことだろうと思った。

浮世絵も売られていた。『扇屋宇右衛門抱え花魁艶粧』と名入りの浮世絵である。

二番人気であるとのこと。

「これが、わっちでありんすか？　あんまり似てないでありんすな」

「こんなもんだろ」と松吾郎はからかい混じりに笑った。

ふたりは茶店に入ると、少し離れて座り別々に今川焼を注文した。二人は時をかけ、噛みしめるように味わいながら腹ごしらえをすると、さらに参道を散策し、浅草寺の境内へと入った。

献香所で香煙を頭につけると、艶粧は人目を憚《はばか》りながら股座へもそっとつけた。

本堂へ来ると、賽銭《さいせん》を投げ入れ、手を合わせた。早く本当に吉原から出られますようにと心から祈る。ついでになつめの分も祈った。これで大きな目的を果たした気持ちになった。

「もう十分でありんす。帰りんしょう」

松吾郎は少し離れたところで小さく頷いた。

人ごみの中を歩いていると、道の先から目つきの悪い男たちが近づいてきた。そろって腹掛股引《はらがけももひき》、広袖《ひろそで》（袖口の下を縫わない着物）姿の地廻りである。中には知った顔もあった。吉原雀といわれる者で、吉原のことなら知らぬことはないと自負する義三《よしぞう》という男。地廻りには艶粧の顔を知らぬ者も多いため、こうした者を雇うのである。

「主様、わっちは見つかりんした。離れておくんなんし。楽しゅうござんした。またの登楼をお待ちしておりんす」

松吾郎はちょっと振り返ると小さく手を振り、そのまま人ごみへと消えた。

艶粧を見咎めた義三は地廻りに合図をすると素早く取り囲んだ。

「艶粧花魁ですね。捜しましたよ。皆、心配しております、もどりましょう」

仲見世を行く者たちはなにごとかと奇異な視線を投げかけながらも、係わり合いにならぬよう通り過ぎてゆく。

「見つかりんしたか。残念」

「だれかといっしょでしたか？　話をしていたように見えましたがね」

「いいえ、わっちひとりです。さっさと連れて帰っておくんなさい」

艶粧は男達に囲まれると、しょっ引《ぴ》かれるように吉原まで連れて行かれた。

艶粧は奥座敷で縛られて転がされ、それをお豊が憐《あわれ》みを交えて見下ろしていた。

「なんだい、その安っぽい着物は？　変装のつもりかね？　町娘にでもなったつもりかね？　扇屋の花魁が花見団子みたいな頭しやがって、みっともないったらありゃしない」

「成り行きでこうなっただけでありんす」

「まさか、お前が足抜を目論《もくろ》むとは思ってもおらなんだよ。この大馬鹿者めが。だれのおかげで今日まで生きてこられたと思っているんだい。覚悟はいいだろうね。今度の折檻は並じゃないよ。楼主様も手加減するなと仰《おお》せだ。場合によっては死んでも構わないとね」

「わっちは、ちょっと散歩してきただけでありんす。逃げようなんて気持ちは毛頭ありんせん」

「だれか手引きした者がおったはずじゃ」

「そんな御仁はおりんせん。火事から逃れるために外に出ただけでありんす。すぐにもどるつもりでありんした。ただ、ちょっと浅草の観音様にお参りがしたかっただけでありんす」

「そんな下手な言い訳が通用すると思うのかい？　だれが手引きしたか、お前の身体に聞いてやるわ。その男もただではすまないからね。今、地廻りにも探してもらっているから直に見つかるだろうけどね。地廻りの探索を舐《な》めるんじゃないよ」

「わっちはひとりで出ただけでありんす。二度としませんので地廻り衆には手を引いてもらってください」

「気に入らないね。艶粧花魁らしくもない言葉だね。だれかを庇《かば》ってるんだね。情夫《まぶ》かい？」

「そんな御仁はおりんせん」

「上がっていた客はだれだね。造り酒屋の若旦那だって聞いたがね。どこの酒屋だい？」

「初めての客様でありんす。名前は聞いておりんせん。火事と聞いて先に逃げたでありんす」

「そのときにはまだ玄関は開いておらなんだはずじゃ」

「屋根伝いに逃げんした」

「そんなことありえないね。その男を庇ってるんだね。だから素上がりで入ったんだ。売り上げのためとはいえ、簡単に素上がりなんて許すんじゃないね」

「火事が起こるなんて知るはずもありんせん。……なにを言っても信じないんでありんしょう、勝手にすればいいわね。お豊さん、あんたはただ痛めつけたいだけなんじゃろ」

お豊は竹棒を手に取ると、艶粧の尻へと振り下ろした。肉を打つ音が響いた。艶粧の口から呻き声が洩れた。繰り返し同じところを叩き、血が滲《にじ》むと別のところが叩かれた。

「さっさと吐いちまいな。だれなんだい？」

「だから、そんな御仁はいないと……」

「まだ言うかい」

お豊の折檻《せっかん》は引けの刻まで続いた。

艶粧は虚ろな目でお豊を見上げた。

「お豊さん、なんぜ手加減しなさるか。ちっとも効きんせん。もっと強く打っておくんなまし。でないと死ねません。それとも、心優しいお豊さんのこと、わっちのことを思って手加減してくれているんでありんしょうか？」

「よくも減らず口を……」

尻、太もも、背中、肩、胸、腹など隈《くま》なく叩かれた。竹棒は何本も割れ、艶粧の体のいたるところから噴き出した血は畳を真っ赤に染めた。お豊の顔も着物も返り血を浴びて真っ赤となっていた。

中引けのころには艶粧の意識はなく、肉の塊のように転がるだけとなっていた。それでもお豊の竹棒は振り下ろされた。

「お豊さん、もういいだろ。本当に死んじまうぜ」

心配した番頭の泰造が様子を見に来た。しかし、お豊の折檻が止む気配はなかった。

常軌を逸した折檻を見るに見かねて止めに入った若い衆に羽交い締めにされ、ようやく我に返ったお豊は竹棒を投げ捨てると、そのまま糸が切れたように崩れ落ちた。

翌朝、大門が開くのと同時に医師の源庵が呼ばれた。

「よくここまで痛めつけたもんじゃ。艶粧も、よくこれで生きておられるもんじゃな。人間とはつくづく不思議よのう」

源庵はあきれながら感心した。

艶粧は三日間、死の淵を彷徨《さまよ》った。見る夢と言えば地獄の針の山を裸で転がされる夢ばかりであった。

どれほどたったか、ふと見ると見慣れた天井が薄ぼんやりと映った。そこへなつめの顔が割り込んだ。

「あや。姉さんが目を開けなさった」

なつめが弾けるような声を上げた。

「お前さんは地獄の小鬼さんかね？」と、艶粧はか細い声で訊いた。

「いつもの艶粧姉さんじゃ。狂っておらんようでありんす」

「わっちは生きているようでありんすな。ひどい目に遭いんした。あのお豊ババア、わっちを本当に殺そうとしたでありんすな。いっそのこと殺してくれてもよかったんですが、痛いだけでありんした」

「わっちを置いて足抜しようとした罰《ばち》でありんす。今度、足抜するときは、わっちも連れて行っておくんなまし。きっとうまくいくはずでありんす」

「自分のことは自分で考えなんし。わっちはわっちのことで精一杯でありんす」

まだ起き上がることもできず、痛みのため時折意識が揺らめく。

「なつめどんが診ていてくれんしたか？」

「あい。わっちが源庵先生からいただいた塗り薬を塗ってあげんした」

「あの先生の塗り薬を塗ったでありんすか。あの藪先生の薬を塗るとよけいにひどくなるという噂です。やめておくれなんし」

「そうでありんすか。でも自業自得というものでありんす」

なつめは目を細め頬を膨らませた。

「なつめどんはわっちに恨みでもありんすか？」

艶粧の意識がもどったという知らせはすぐに広がった。女郎がひとり、またひとりと見舞いに来て、艶粧の部屋は惣仕舞いのような騒ぎとなった。

「もうこれっきりで艶粧姉さんの笑顔が見られなくなるかと思うと悲しゅうて悲しゅうて泣き暮らしておりんした……」と、目頭を押さえて笑い転げる女郎衆。

起き上がれるようになるまでに三日かかり、立って歩けるまでにさらに十日ほどかかった。

治れば治ったでまた客を取らねばならなくなる。かといって、このまま休んでいるわけにもいかない。一日休めばその日の売り上げが借金として己の肩に伸《の》しかかる。

そろそろ仕事にもどれると思ったころ、宇右衛門がお豊を従えて艶粧の部屋へやってきた。

「今度のようなことが二度とあっちゃならねえ。いいか、今回はこれで勘弁してやるが、この次は、命はないと思いなさいよ」

「肝《きも》に銘じておきんす」

そう言って艶粧は頭を下げた。お豊は黙ったまま艶粧を見た。

「お豊さん、腰の方はだいじょうぶでありんすか？」

「大きなお世話だね」

ふたりが引き上げるとき、お豊が背中越しに言った。

「さっき知らせが来てね、手引きした男は始末したそうだ。全て終わったよ。今ごろは江戸湾の藻屑《もくず》になってるころだよ。艶粧花魁が殺したようなもんだね」

「冗談でありんしょう」

艶粧は鬼のような目でお豊の背中を突き刺した。

「冗談なものかね」

「いつもの手でありんしょう。見つかった、簀巻《すま》きにして大川に放り込んだ、というのは、ただの脅しだったんですね。そんな簡単に見つかるわけないでしょうから。江戸は広いんですよ」

「そう思いたければ、そう思っていればいいさ」

「じゃあ、どこのだれか言ってごらんなさいよ」

宇右衛門が踵《きびす》を返して割り込んだ。

「もうよさねえか、終わったんだ」

言うとふたりは部屋を出て行った。しかし、険悪な空気だけは残ったままであった。

松吾郎が死んだ？

そんな簡単に殺されてたまるものか。艶粧はそれを信じていいものやら、いけないものやら途方に暮れた。いや、このままで終わらせていいはずはない。艶粧は癒《い》えきらない身体を起こし、床から這い出ると、おぼつかない足取りでお豊を追いかけ、袂《たもと》にしがみ付いた。

「待ってください。本当のことを教えてください。簀巻きにしたなんて嘘でありんしょう」

「なんで嘘なんて言うんだね。だから言ってるだろ。扇屋は掟を守ったとね」

「じゃあ、言ってごらんなさいよ、どこのだれですかね？」

宇右衛門は腕組みをしながら教えてやれと顎で促した。

「じゃあ教えてやるよ。長命寺裏に住む、瓦葺き職人の松吾郎だね。ちがうかい？」

その名を聞いた瞬間、艶粧は意識が遠のくのを感じ、足元が揺らいだ。体中の痛みという痛みが一瞬にして何倍にも膨らんだ。

「どうだい、間違いないだろ。あんたその男の家で髪を結いなおし、着物を着替えたんだ。古着屋で女物の着物を買った男を捜したら、呆気なく見つかったね」

松吾郎はなにも悪くない。ただ艶粧を火事から救い出しただけで、艶粧が勝手についていっただけであった。

「あんたらは人でなしかね。鬼かね。地獄へ堕ちるよ」

「今更言わなくても覚悟してるよ」

「許さないからね」

「許してもらおうなんてさらさら思ってないね」

お豊は艶粧の手を振り払うと背中を向けた。

艶粧は口惜《くちお》しさと腹立たしさで、その日一日を泣き通した。情夫でもない、恋心があったわけでもない、ただ一度きり床を共にした客であっただけである。その客が自分のせいで命を落とすことになった。自分の軽率な行いが全ての原因であったことは事実である。今更ながら吉原の恐ろしさと非情さが身に染みた。

そのころ松吾郎は、

「ちきしょう、本当に簀巻きにして放り込みやがった。死ぬかと思ったぜ」と大川のほとりで……。

再

開いた木戸から逃げたのは艶粧だけではなかった。部屋持の高井《たかい》が逃げていた。

高井は二十歳《はたち》を過ぎて吉原に来た女で、それまでは商家の嫁として奥を切り盛りしてきた。順風と思われたがひょんなことから悪い業者に騙され、夫は莫大な借金を背負ったまま首を括った。その借金の形として売られたのが高井であった。それまで堅気の暮らしをしてきた高井にとって扇屋での日々は地獄そのものであった。ときにはかつての手代として雇っていた男が買いにくることもあり、その屈辱のほどは尋常ではなかった。

数日後、高井の身柄は扇屋へと連れもどされた。足抜をしてちょうど二十日が過ぎていた。艶粧とはちがい、二十歳過ぎまで外で暮らしていたことで江戸の地理に精通し、知り合いも多かった。それが故、捜索は難航したが、夫の友人、知人を虱潰《しらみつぶ》しに当たったところ、元番頭の家に身を潜めていたところを見つけ出したのであった。

元番頭は、高井が吉原の女郎であったことも足抜したことも知らなかったため、簀巻きは免《まぬが》れたが、高井はただではすまなかった。お豊の折檻は深夜まで続いた。

しかし、つい先日の艶粧の折檻《せっかん》のこともあり、今回は手心が加えられた感があった。打ち傷が治るまでには日にちがかかり、客が取れるまでの間、妓楼にとっては損害となるからである。

「もういい。だけど、このまま明日まで放っておきな」

折檻は高井の意識があるうちに終わり、高井は奥座敷に転がされた。

お豊は店へともどり遣手として仕事をこなしたが、大引け後、お豊が様子を見に行くと、そこに高井の姿はなかった。

またやられたと思った。自分の甘さを恥じた。縄目が緩んでいたのか、高井を縛った縄がそこに投げ出されていた。お豊は周辺を捜したが、その姿はなかった。

「若い衆を呼びな。高井がまた足抜しやがった」

丑三《うしみ》つ時ではあったが楼内はもちろんのこと、吉原中を隈なく捜し回った。大門は既に閉められており、出入りは横に設けられた木戸からのみとなる。しかも、そこには寝ずの番がいて、出入りする者を全て見張っている。特に女の出入りは昼夜を問わず厳しく監視される。番人は、夜になってからの女の出入りはただのひとりもなかったと眉を吊り上げてまくしたてた。

いまだ吉原内にいるか、それとも別の出口から外へ出たかは判断できなかった。

翌朝になると、朝餉のおかずには打ってつけらしく、女郎たちはその噂で持ちきりとなった。

「また高井がずらかったってよ。若い衆が朝から外を走り回ってるそうだ」

「懲《こ》りないいね。今度捕まったら殺されるよ。まあ、覚悟してのことだろうけどね。でもどうやって逃げたのかね」

「だけど二度も続けて逃げられるとは、お豊も焼きが回ったかね」

階段の陰でそんな噂話を、歯を食いしばって聞いているお豊がいた。

それから三日たった朝、大広間で朝餉を取る女たちに、お豊の口から伝えられた。

「高井が足抜したことは皆も知っていると思うが、今朝方、高井の死骸が大川のほとりで見つかった。逃げ切れないと思ったらしく、その日のうちに身を投げたらしいとのことだ。顔はカラスや野犬に食い荒らされていたが御楼主様が高井であることを確認して、そのまま大川に流した。足抜する者の末路はこんなものさ。皆もよく覚えておくんだね」

お豊は勝ち誇ったように息巻いた。

女郎の半分は高井に同情し、半分は当然との顔をした。機会があれば足抜を目論む者は高井に同情し、それに反し、勇気がなく、扇屋の仕打ちに甘んじて生きる者は、高井の失敗をほくそ笑むのである。しかし、中には、「本当に高井は死んだのかね？」と疑う者もいた。本当はまんまと逃げられ、これ以上の捜索は時間と金の無駄と宇右衛門が判断し、死んだことにしたのではないかと勘ぐる者もいたが、口に出してそれを問う者はなかった。捜索に出払っていた若い衆が呼びもどされると、表向きはいつもの扇屋にもどった。

「わっちは花魁にはなれないでありんすね」

なつめがぼそりと呟いた。なつめは花魁が羨《うらや》ましくてしかたがない。

「花魁になってもいいことなんてありんせん。借金と気苦労ばかりが増えますからな。座敷持くらいがちょうどいいんじゃよ」

艶粧は本音を言った。妓楼での地位が上がってもちやほやされるくらいで、他によいことなどなにもないことをこの二年で学んだ。

「そうでありんすか？　では、わっちはその座敷持になれますかね」

「さあ、どうでありんしょう？」

なつめの顔をまじまじと見た。きれいとは程遠い器量である。つぶらであるけれどちょっと離れている目、ちんまりした鼻はかわいいが、色気とは別もの。場合によっては大部屋の留袖新造で終わるかもしれないと思った。

そんなことを考えているときにふと大事なことを思い出した。

「なつめ。あんた、初午《はつうま》を迎えなさったら、そっとわっちに言うんだよ。間違っても大部屋の食い意地の張った姉女郎には言ってはいけんせん」

「わかっておりんす。艶粧姉さんは耳元でこっそり言えば、祝儀を一分《ぶ》くれるんでありんしょう。艶粧姉さんは大姉さまにこっぴどく叱られたそうで、その話は聞きんした」

「そんな話をだれがしなさった？」

「それは口止めされておりんす。口が裂けても言えんせん」

「なつめどんはしっかりしてなさる。わっちより花魁に相応《ふさわ》しいわね……」

寝起きのしばらくの間、他愛のない話をしながらとろとろとまどろんでいた。気がつくと、なにやら大広間が騒がしい。大広間だけではなく勝手場の方からも若い衆の声が飛んでいた。

艶粧は、なに事かとなつめに下の様子を見に行かせた。

もどってきたなつめは首を傾げた。

「女郎衆が厠でゲロゲロ吐いているでありんすが。理由《わけ》はようわからんです」

「悪いものでも食って中《あた》ったかね？　季節がら気をつけなんし。なつめどんは腹の具合はだいじょうぶかね」

「生まれつき丈夫なようでなんともないでありんす」

「それならよいが」

艶粧は立ち上がり、仕掛けを羽織ると上草履をつっ掛けて様子を見に下りた。

大広間には見たこともない光景があった。青い顔をして蹲《うずくま》る者もあれば、笑い転げる者、食べたものを膳の上にぶちまける者もいた。

「なにごとかね」

艶粧はそこで茫然とする三芳《みよし》に聞いた。

「ああ、艶粧姉さん。えらいことです」

三芳は青い顔をしながら事情を話した。

異変に気づいたのは料理番の滝助であった。朝、起きて勝手場に来ると、なにか、妙な臭いが漂っていることに気づいた。饐《す》えたような臭いである。仕事柄、臭いには人一倍気を配っている。十一月とはいえ油断はできぬと神経を尖らせた。

経験から隅っこでなにかが腐っていやがるかと思い、釜の間や竈《かまど》の裏側、酒樽の隙間まで見て回った。気をつけていても知らないうちに魚や卵が落ちて腐ることがあるので、その程度のことと思ったが、特にそれらしきものは見つからなかった。まあ、そのうち見つかるだろうと思って、探すを切上げて飯炊きの準備に取りかかった。

水を汲もうと井戸に近づいたとき、その臭いが井戸の底から上がって来ることに気づいた。まさかと思ったが、なん度か水を汲み上げるうちに理由がわかった。桶に無数の髪の毛が絡みついていた。

「だれかが飛び込みやがったか？」

腐臭があることから、数日経過していることが経験から窺える。心当たりとして挙げられるのは高井である。高井が折檻の後、井戸に身を投げたのではあるまいか。

このことはすぐに宇右衛門に知らされ、そして井戸浚《さら》いがはじまったのである。

とすれば、高井が飛び込んでからの数日間はその井戸の水で飯が炊かれ、料理が煮炊きされ、風呂に入っていたことになる。騒ぎはそれであった。

「わっちが食った芋の煮付けやおまんまも、その水で煮炊きされたものでありんすかね？　どうりでしょっぱいと思いんした」

三芳が歪《ゆが》んだ顔で頷《うなず》いた。

艶粧は、それほど不快感がないことが不思議であった。

「艶粧姉さんはだいじょうぶでありんすか？　わっちは今朝食ったモノ、全部吐いちまったでありんすが」

「わっちは、平気でありんす。飢饉の村から来たせいかもしれんせん。わっちの村には、あっちにもこっちにも死骸が転がっておりんしたから……」

詳しくは語らなかったが飢饉のときには人の死肉さえ食った。死骸が浸《つ》かった水くらいのことで動揺はなかった。

「みんな育ちがよいから、こんなことで騒ぐんじゃな」と艶粧はひとり。

若い衆は提灯で照らして覗き込むが、五尋《ひろ》（約九メートル）以上も深さのある井戸の底を覗き見ることはできなかった。

「暗くてなにも見えねえ。だれか下へ降りねえとやっぱり駄目だ」

「だれが降りるんだい？」

皆、顔を見合わせて首を振る。しかし、だれかが降りなければ死骸を引き上げることはできない。となると見世を開けることもできない。宇右衛門の剣幕が目に浮かんだ。

「だれか降りなっ。それでも男かい？」

お豊が若い衆に向かって怒鳴った。

「お豊さん、あんたが逃がしたんだ。あんたが尻を拭うのが筋ってもんじゃねえのか？」

途端にお豊の顔色が変わった。

「あたしにそんなことできるわけないだろ。冗談じゃないよ」

しかし、皆は納得するわけもなかった。

「なんだい、よってたかって……。じゃあ、いいよ。だれか降りてくれたら一両出すよ。だったら文句ないね。男気のある者はいないかね？」

それでも、降りると言い出す者はなかった。下にあるのは四日間水に浸かった高井の死骸であろうことは間違いない。水を含んで相撲取りのように膨らみ、途中の石垣で顔でも傷つけていようものなら、いくら修羅場を潜《くぐ》った強者《つわもの》でもおいそれと正視できるものではない。

「わかった、じゃあ三両出すよ。だからだれか降りてくれよ」

お豊は震える声で懇願した。三両といえば決して安い金ではない。

若い衆の心は動いたが、なかなか「自分が」と前へ出る者はなかった。

「縄梯子《なわばしご》で降りて、下の死骸に縄をかけるだけだよ。だれかやってくれないかい？　みんな、死骸なんて見慣れてるだろ」

しばらくして、「じゃあ、オラが」と手を挙げたのは中郎の源治であった。しかし、乗り気でないことは顔を見ればわかる。三両という金に目が眩んだだけである。

「源治、やってくれるかい？」

「お豊さん、本当に三両払ってくれるんだろうな」

「当たり前だ。払ってやるよ。こんなところで嘘なんか言わないよ。だから早く、縄をかけてきておくれ」

お豊は今にも泣き出しそうな顔で懇願した。一日見世が開けられなければ、それを自分が負わされることは必定である。

井戸の上に三本の丸太で櫓が組まれると滑車が下げられた。死骸にかけた縄を滑車にかけて引き上げるのであるが、たっぷり水を含んだ死骸は、そう簡単には上がってこない。若い衆が三人がかりで引き上げなければならない。

縄梯子が下ろされると、源治が提灯を持って井戸の中へと降りていった。

提灯の明かりが小さくなり、井戸水が明かりを映すまでになった。一呼吸したかと思うと、源治の悲鳴とも雄叫びともつかぬ声が井戸の底から響き上がった。上では皆が息を呑んだ。

「……縄を下ろすぞ。死骸に結わえろ。おい、聞こえてるか?」

丈太郎が叫んだ。しかし、反応はなかった。しばらくして……。

「……下ろしてくれ。頭が下になってるから足に結わえるが文句はねえな。上でも心しておいてくれ」

縄が下ろされると、源治は屍骸の両足に結わえた。

ほどなくして源治が縄梯子を上がってきた。

「よし、引き上げろ。ただし、腰抜かすんじゃねえぞ。えれえもんが釣れていやがる」

三人の男が息を合わせて縄を引いた。

井戸を覗き込んでいたものが後ずさると、徐々に死骸が見えはじめた。最初は真っ白な足であった。

やがて、はだけた裾から覗く太ももが露《あらわ》となった。そこには折檻の傷がぱっくりと口を開けており、あたかも笑っているかのように見えた。もうひと引きするとはち切れんばかりに膨らんだ胴体が、更に、もうひと引きしたところで白く膨れた顔が現れた。憎しみと恨みと苦しみを吸って膨らんだ顔。しかも、落ちるとき、どこかへ打ち付けたらしく、顔の半分の肉が削《そ》げてぶら下がっていた。

怖いもの見たさで見物していた女たちの悲鳴が響きわたると、縄を引いていたひとりの若い衆が腰を抜かし、つかんでいた手を思わず離した。ふたりの力では押さえきれず、再び死骸は井戸の中へと落ちていった。

「馬鹿野郎。手を離す奴があるか」と丈太郎の怒号。

「すまねえ、あんな顔見たのは初めてだ。ナンマンダブ、ナンマンダブ……」

再びの引き上げ作業となった。

死骸は引き上げられ、すぐに筵《むしろ》がかけられた。

女郎のひとりが嫌味交じりに訊いた。

「お豊さん、この仏さんはどなたでありんしょうか?」

お豊は応えず、無言のまま奥座敷へと消えた。

女郎達の間に、過去にも足抜をして逃げ切った女郎が大勢いるのではないかとの疑念が広まった。よくよく考えてみれば、江戸八百八町に逃げ込めば、そう簡単には見つからないのではあるまいか。髪型や着物を変え、化粧も変えてしまえば女は別人となる。見つかることが稀《まれ》で、地廻りたちに見つかり、追い詰められて大川へ身投げをしたとか、剃刀で喉を掻き切って自害したといった知らせは嘘だったのではないか。

皆、そう思い始めていた。

井戸浚《いどざら》いが行われ、その後、なに事もなかったかのように昼見世の運びとなった。

死骸はその日のうちに裏口から浄閑寺へと運ばれた。

すべてが終わったと思われたその後、妙な噂が扇屋の中で広まった。

丑三つ時になると井戸の底から女のすすり泣く声が聞こえるとか、高井が白い着物を血に染めて井戸の上に立っていたとか、廊下を彷徨っていたとか、お豊の寝顔を恨めしそうな顔で覗き込んでいたとか……女が三人寄れば噂された。

二十日ほどして、猪がゴボウになったと揶揄《やゆ》されるお豊の姿があった。高井の怨霊に恐れ慄《おのの》き、食い物も喉を通らなくなり、別人のように痩せ細ったお豊であった。地獄に堕ちることなど覚悟しているなどと強がっているものの内心は怖くてしかたないのである。

妙な噂が立っては店の番付に響くと懸念した宇右衛門は、外に噂が広まる前になんとかせねばと、密かに浄閑寺の住職を呼び、供養を執り行った。

その効能か、それ以来、妙な噂は静まっていった。

振

艶粧は憂鬱な日々を過ごしていた。

ひと月ほど前、小栗正親《おぐりまさちか》という武士が初会を迎えた。その三日後、裏を返して床入りとなったが、上級武士であることを鼻にかけ、威張り散らすその傲慢《ごうまん》な態度に艶粧は辟易《へきえき》した。

小栗正親は上野国に領地を持つ二千五百石の直参旗本、小栗正義《おぐりまさよし》の嫡男《ちゃくなん》であった。父、正義は羽田奉行も務めた名士であり、その名は江戸中に轟いていた。

初会早々から身請け話を持ち出すなど、艶粧の気を引こうとする魂胆が見え見えであった。しかし、売り上げを伸ばさなければならない艶粧にはそう邪険にすることもできず、二回目の「裏」で床入りを許すことになったのだが、その床入りも、なんとも雑で、力まかせの行為にうんざり至極であった。女郎としての手練手管を使ったことで、却って自らの技と勘違いさせたのかもしれなかった。ほどほどにしておけばよかったと艶粧は悔いるばかりであった。

後朝の別れの際、小栗は自分の未熟さを棚に上げて「扇屋の花魁といえどもこの程度のものか。まあよい、せっかく懇意になったのだから、また来てやろう」と言い残した。塩をぶちまけたい心を静め艶粧は「またのお越しを」と笑顔で見送った。

その後、小栗正親は三度の登楼を果たしたが、三度とも艶粧は振った。

お豊からは「いい加減におし。三度も登楼していただいているんだ。三度も振るのはやりすぎだよ」と叱責されるが、「あのお方は嫌でありんす。無粋でありんす」と拒み続けた。

当然のように小栗正親の心中も穏やかでなくなり、四回目には、硯蓋を運ぶなつめや酒の相手をする新造の初穂に対しても辛く当たるようになった。なつめも初穂も、小栗の座敷へ顔を出すことを怖がるようになった。

「まさか、また登楼されるとは思っておりんせんでした。普通なら三回目で気づきそうなものでありんすが。無粋なお人ほど鈍いで困りんす」

艶粧は廻し部屋から小栗正親の様子を窺った。

「わっち、行くの嫌でありんす。目つきが山犬のようで、今にも食いつかれそうでありんすから」

「放っておきなんし。朝になったら帰るでありんしょう」

ひとり寝で過ごした小栗正親は、朝になると穏やかならざる形相で帰っていった。見送った見世番の丈太郎も「刀を渡したとき、斬られるかと思ったぜ。艶粧花魁も思い切ったことをしなさる。刀を渡すこっちの身にもなってもらいてえもんだ」と冷や汗を拭った。

第六章
御禁制の誘い

貢

八朔《はっさく》（陰暦八月一日）が無事に終わった。八朔は吉原でも最も重要な紋日《もんび》（遊女は必ず客をとり、客は揚代をはずむ日）で、徳川家康が天正十八年（一五九〇年）のこの日に江戸城入りしたことを祝ったことが起こりとされ、この日は各店のお職花魁が白無垢《しろむく》を着て仲之町を練《ね》り歩くこととなっている。この時代にはしきたりは廃《すた》れ、紋日のみの催しとなっていた花魁道中であったが、しかし、各店のお職により時折行われる道中の、その華やかさには目を瞠《みは》るものがあり、店の宣伝の絶好の機会となっていた。

扇屋、お職花魁八潮の白無垢にお下げ髪は、艶粧が見ても陶然《とうぜん》とする美しさが漲《みなぎ》っていた。流れるような外八文字も堂に入ったもので、夏の日差しに照らされて眩く光る姿は、あたかも天女が舞い降りたかのごとくであった。扇屋宇右衛門の、「玉屋に負けておらぬ」とのしたり顔も印象深かった。

八朔が終われば、しばらくは盛大な紋日はなく、一つの節目であった。

何日か過ぎたころ、日本橋で小間物問屋を営む藤七郎《とうしちろう》という客が登楼した。艶粧とは既に馴染みとなり、気心が知れた仲である。なつめや初穂にも菓子やにおい袋を持ってきてくれて、ことのほか評判がよかった。しかし、艶粧が床《とこ》を許しても決して同衾《どうきん》することはなかった。床へ入っても、閨《ねや》の語らいのみで眠りにつくのが常であった。「変わった主様もいなさること。こんな主様ばかりなら楽でありんすが……」と思いながら艶粧は一時、安らいだ気持ちになった。話す話題も一風変わっていて、空に瞬《またた》く星の伝説とか、異国の昔話とか、この世とあの世の世界の話とか、艶粧には初めてのことばかりで聞き入るばかりであった。

「艶粧、お前にこれをやるよ。もらってくれねえか」

何度目かの登楼の際、渡されたものがあった。

「へえ、ありがたく頂戴《ちょうだい》いたしんす……が、これはなんでありんしょうか？　とてもきれいでありんす」

「ウチの店で売り出そうと作らせたものだ。メダイというもんだ」

「メダイでありんすか？　首飾りでありんしょうか？」

それは細い革で編まれた紐にぶら下がっていた。寛永通宝《かんえいつうほう》ほどの大きさであるが、文字の代わりに、四つの花の模様の浮き彫りが施されていて、それを半透明のものが覆い中央は赤く透き通っていた。日に照らすと赤い光が透けて、なんとも不思議な心地を醸し出す。

「きれいでありんす。ビードロ細工でありんすか?」

「周囲は七宝焼だ。彫金した台座の上に釉薬《ゆうやく》を流し込み焼いた後で、真中に赤いビードロをはめこんでみた。出入りの職人に作らせた。まず艶粧にあげようと思ってな。お前が気に入ってくれたら売り出そうかと考えているんだが」

「これはどのように使うものでありんすか?」

「首にかける飾りだが、好きにすればいい。お前によく似合うはずだ」

藤七郎は艶粧の後ろへ回ると首に紐をかけて結んだ。

「こんなに美しい首飾りは初めてでありんす。わっちは嬉しゅうありんすが……」

少々戸惑った。売り出す前の責任ある役を仰せつかったような気分であった。

「深く考えないでくれ。なにも艶粧に責任を負わせるつもりはないんだ。気に入ってくれればそれでいい。どうだい?」

笄《こうがい》、簪《かんざし》、櫛《くし》を貢ぐ客は多かれど、このように洒落た物を貢ぐ客は藤七郎が初めてであった。

「へえ、とても気に入りんした」

「そうか、よかった」

藤七郎は満足そうに艶粧の胸元で光るメダイを見た。

その夜も、やはり藤七郎は同衾するを望まなかった。

翌朝、藤七郎を送り出した後、いち早く駆け寄ってきたのはなつめ。

「なつめ、その紅《べに》はどうしなんした？　禿の分際で一人前に笹色紅《ささいろ》ですか？」

重ね塗りすると玉虫色に発色する紅を笹色紅と言った。上質の紅は高価であり、庶民には到底できない化粧である。なつめは笑った。

「姉さん知らないでありんすか？　北里《きたざと》姉さんに教えてもらいんした。最初に墨を塗ってその上に紅を塗ります。すると玉虫色に見えるでありんすよ」

「そうでありんしたか。わっちももっと早く知っていれば、銭を節約できたのに。紅の厚塗りは高くついてしかたないわ」

「それより、わっちにも見せてくださいな」

仔犬が餌《えさ》をねだるような勢いでなつめは艶粧に飛びついた。

「なんのことでありんしょう？」

「メダイでありんす」

「しっかり聞いていんしたか」

予想はしていたものの、これほど目敏《めざと》いとは思っていなかった。

「わっちの耳は地獄耳でありんす。目は蚤取眼《のみとりまなこ》でありんす。隠しごとはできんせんよ」となつめはしたり顔を作った。

艶粧は懐からするりとメダイを取り出すとなつめの目の前にぶら下げて見せた。手渡すより早くなつめの手が伸びた。なつめは首飾りを手に取ると、「きれいでありんす。こんなにきれいなものを見たのは生まれて初めてでありんす。メダイって言いなんしか」

目の中へ入れようとするくらい大きく目を見開き、しきりと光に翳《かざ》した。ビードロを通した光に照らされたなつめの顔がほんのりと赤くなった。きれいじゃきれいじゃと繰り返す。

「極楽にいるようじゃな。きっと極楽とはこんなところなんじゃろうな」

「さあ、行って帰ってきた者がおらんからわからんがの」

「でも、地獄のことはようわかっておるようでありんすよ。地獄絵図を何度も見たことがありんす。行って帰ってきた者がおられるんでありんすか？」

艶粧は言葉に詰まって首を傾げた。

そんな様子には目もくれず、なつめはメダイを見つめてうっとりと笑った。艶粧は察していち早く言った。

「あげませんよ」

「まだ、なにも言っておりんせん。……けど、なんでわかりんした？」

「なつめどんの顔に『欲しい』と書いてありんす。もう長い付き合いです。なつめどんが今なにを考えているかくらいわかりんす。なんでもかんでもわっちの物を欲しい欲しいというのはお行儀が悪うございます。欲しいものは自身で手に入れなんし」

なつめの頭にコツンと拳骨が落ちた。なつめは気まずそうに俯き、「やっぱり花魁はいいでありんすね。わっちも花魁になりたい」と羨《うらや》ましそうになおもメダイを見つめた。

禁

飯島林太郎《いいじまりんたろう》という男が登楼した。世間の不満を一身に背負ったような、いつも不貞腐《ふてくされ》た態度の男であったが、艶粧には心惹《ひ》かれるものがあった。二十五、六の男で、知性と教養を持ち合わせているものの、それを生かす心が未熟な男であった。身の丈に合わぬ刀を振り回す子供のようと艶粧は思った。身元も堅く、医師の家の出で、父と兄が日暮里で医院春成館《しゅんせいかん》を開いているとのこと。林太郎も医師を志したものの、医療の限界に嫌気が差し、やりどころのない憂さ晴らしの登楼であるらしい。艶粧は初会から床入りを許した。林太郎は不満を艶粧の身体にぶちまけるような勢いで艶粧を抱き、それでわずかに心癒されたようであった。

「この国の医術は神頼みに近いものがある。診立て料が安い分、医師より神主《かんぬし》の方が役にたつかもしれん」

酒に酔うと呪文のように呟きつつも「お前の観音様は俺にとっては薬みてえなもんだ。これほどよく効く薬はそうあるものではねえ。ありがたや、ありがたや」。唱えながら手を合わせる。どこまでが本気で、どこからが冗談か測りかねる。

この日も相対死に間近のような鬱々《うつうつ》とした顔で登楼した。艶粧が部屋へ来るまでの間、初穂《はつほ》が名代を務めるが、酌《しゃく》を受けながら悶々《もんもん》と酒を呷《あお》るばかりであった。

「主様、今日もご機嫌斜《きげんなな》めでありんすな」と初穂が問いかけると、

「そうだ。俺はいつもご機嫌斜めだ」と舌なめずりしながら初穂を見る。「いつか、お前を食ってやるからな。お前はうまそうだ。特に尻の辺《あた》りが美味のようだ」

「林太郎様が悪ぶっても、ぜんぜん様になっておりんせん。下手な芝居でありんす。

でも林太郎様になら食べられても本望でありんす。骨の髄《ずい》までしゃぶっておくんなまし」

「ちぇっ、つまらん」林太郎はそっぽを向いて盃《さかずき》を突き出す。「本当のところはな、お前のような小便臭い娘に興味はねえんだ。ただ言ってみただけだ」

初穂はむっとした顔を見せ、「わっちだって突き出しの話が出ておりんす。小便臭いというのは聞き捨てなりんせん。謝りなんし〜」と、林太郎に身を寄せると伸《の》しかかった。

「お前なんて相手にできんわ。早く艶粧を呼べ。艶粧はまだか」

他愛ないじゃれ合いであったが心は一時和《なご》んだ。

「だが、お前も、よく見ればかわいい顔していやがる。俺がもう少し出世して銭が貯まったら、初穂を身請けしてやろうな」

「本当でありんすか。約束でありんす」

初穂は林太郎の首に手を回すと抱き寄せ、首筋に接吻した。

「やれやれお熱いことで。わっちの出番はありんせんか？」

いつの間にか艶粧が座敷に入っていた。林太郎は臆することなく言った。

「お前が、あんまり遅《お》せえもんだから、こっちで間に合わせてやろうかと思ったんだがな」

初穂が身請けの約束をしてもらったことを告げると「あまり調子に乗るんじゃありんせん」と釘を刺されて追い出された。

艶粧は林太郎の隣に崩れるように腰を下ろすと、甘えるように撓垂《しなだ》れかかった。

「遅いじゃねえか」

「遅いほうがよかったんじゃありんせんか？　随分楽しそうに見えんしたが」

「艶粧に焼もち焼かせるとは、俺も大したもんだな」

林太郎はまんざらでもない顔をした。そして、艶粧の肩を抱き寄せると細く白い首筋を吸った。吸っているうち磑《はた》と気づいて、林太郎はその首に巻かれた革紐を手繰《たぐ》り寄せた。

「これはなんだい？　妙に洒落たもんじゃねえか」

「客様にいただいたものでありんす。わっちとしたことがうっかりしておりんした」

客からの貢物《みつぎもの》は他の客の前では身に着けないのが慣《なら》わしである。艶粧はそれをそそくさと外そうとした。

「いや、いい。俺はそんなことで臍《へそ》を曲げるようなチンケな男じゃねえ。お前が、他の客の相手をしていることなど百も承知だ。ちょっとよく見せてくれねえか。気になることがあるんだ」

「新しく売り出す七宝焼だとのことでありんす。メダイとか言いなんした」

「メダイ？　そりゃ和の国の呼び名じゃねえ」

林太郎はメダイを手に取り、裏にしたり表にしたり、光に透かしたりして見た。元々斜に構えたような林太郎の顔が、ますます鬱の色を濃くした。

「どうしなんした？」

「ええものをもらったもんだな」

「これがなにか？」

「これはだれからもらったものだ？」

「それは言えんせん。客様のことは口が裂けても……」

「そうだろうな。だがな、これは御禁制の品だ。こんなものを持ってることをお上に知られたらとんでもねえことになるぞ」

大抵のことではおどろかない艶粧だが、御禁制の品と聞いて耳を疑った。

「七宝焼が御禁制とは初耳」

「七宝焼がいけないんじゃねえ。真ん中にはめ込んであるビードロのところだ。よく見ると十の文字があるのがわかるか？」

艶粧の目の前にメダイを差し出して指差した。艶粧はじっと目を凝らして、ビードロの奥を見た。

「へえ、ありんすが……十の文字というとまさかデウスと密通するためのもの？」

艶粧にも林太郎の言わんとすることはわかった。

「さすが艶粧花魁だ。その教養には頭が下がるぜ。察するとおり、この首飾りはカクレキリシタンが神と対話するときに使うものだ」

天正十五年（一五八七年）、豊臣秀吉によって宣教師が追放され、慶長十七年（一六一二年）、江戸幕府によって禁教令が発布され、キリスト教は事実上禁止となった。以後、キリスト教を信仰する者には処刑を含む重い刑罰が科せられるようになった。

「そうでありんしたか」

艶粧は零すように笑った。

「これをくれた客は、お前と同衾《どうきん》したかい？」

「しておりんせん。寂しい思いで添い寝させていただいただけでありんした」

「やっぱりそうかい。キリシタンは伴侶《はんりょ》以外とは同衾しねえんだ。教えで禁じられている。間違いねえ。お前はいっぱい食わされたんだ。お前を嵌《は》めようとしたのか、仲間に引きずり込もうとしたんだ。嵌めようとしたのなら、いずれ強請《ゆす》る者が現れるだろうし、仲間にしようと企んだのなら、そいつがとっ捕まればいずれここにも手が回る。同じキリシタンとして引っ括られることになる」

「わっちはそうは思いんせん。信仰は人を救うためのものでありんしょう。わっちの身の上や行く末を慮《おもんぱか》ってお守りをくれたのでありんしょう」

「お前は、人がよすぎるぜ。こんなものは捨てちまいな。下手すりゃあ獄門台行きだぜ。明日、帰り際に俺が大川へ捨ててやるわ」

林太郎はそう言うとメダイをつかんで懐へ入れようとした。

「おやめなんし」

艶粧は力ずくでメダイを取り返した。

その抗《あらが》いように驚いたのは林太郎であった。

「そんなもの、どうするんだ？　持っていてもろくなことにはならねえぞ」

「いいえ。客様からいただいた大事な品でありんす。渡すわけにはいきんせん」

「花魁の意気張りもいい加減にしたほうがいいぞ。命を粗末にすることになりかねねえ」

「もう十分生きんした。わっちの命はデウスと共にありんす」

「簡単に言うが、それを持っただけでキリシタンになれるわけじゃねえんだ。そのための儀式が必要なはずだ」

「知っておりんす」

「改宗でもするっていうのかい？」

「そんなつもりは今のところありんせん。ただ、客様の心を大事にしたいだけでありんす」

「強情だな。客の気まぐれに命を懸けるなんて強情すぎるぜ。だが、その強情な花魁が俺はなんとも好きだぜ」

林太郎は艶粧を押し倒した。

「やめておくんなまし。まだ支度ができておりんせん」

「支度など、どうだっていい」

林太郎は艶粧の中着の裾《すそ》を開くと足を割って入った。


翌朝、林太郎との後朝の別れの後、なつめが興味津々の顔でやってきて、キリシタンとはなにかとか、デウスとはなにかと艶粧は訊かれることとなった。

「ちゃっかり屏風の陰で聞いておりんしたか？」

「わっちはいつも艶粧姉さんと共におりんす」となつめは上目遣いで艶粧を見た。

「おらずともよいよい」

「いいえ、おりんす。で、なんでありんすか？」

「だれにも言ってはいけんせんよ」

「わっち、これでも口は堅いんです」

「本当でありんしょうか」

たよりない口を艶粧は笑い、なつめの顔を覗き込んだ。

「約束でありんす」

なつめは口をへの字にして艶粧を睨んだ。

「わかりんした。それでは教えてあげましょう」と、少し勿体をつけるように艶粧は語り始めた。「……デウスというのはキリシタンという異教徒が崇拝する神のことです。キリシタンのことをカクレとも申します」

「カクレとは御禁制のことでありんすか？」

艶粧は如何《いか》にもと頷《うなず》いた。なつめの顔は見る見る青くなった。

「このメダイの真ん中にある十の文字がキリシタンの印だそうです。十の文字を示すものを身に着けていれば神様のご加護を受けられるそうです」

「おやめなんし」なつめは涙を浮かべて抗《あらが》った。「艶粧姉さんがお縄になったら、わっちは生きていけんせん」

「なつめどんが黙っていてくれればだれにも知られることはありんせん。キリシタンは二百年以上も信頼で守られてきんした。それは神が守っていてくださったという証拠でありんしょう」

「罰を受けた人もたくさんいなさるんでしょ？」

艶粧はその言葉に戸惑った。

「そうでありんすが……。きっと神様が、たまたまよそ見でもしてなさったんでありんしょう。信仰によって救われた人もたくさんいるはずです。そうでなければだれも命を懸《か》けてキリシタンになりはしないでしょう」

なつめは納得したようなしないような、複雑な顔を見せたが、一転、「じゃあ、わっちもカクレになりんす」とにんまりして見せた。


二十日ほどたって再び藤七郎が登楼した。艶粧は気になっていたメダイのことを聞いた。忘れた振りをしてもよかったが、一抹《いちまつ》の不安がそれをさせなかった。

「わかっちまったか。その顔だと随分悩ましてしまったようだな。確かにそうだ。あれはカクレキリシタンのメダイだ。知らなきゃただの首飾りだが、知った途端に御禁制となる」

「なぜ、わっちにくれなんした？」

艶粧を見つめ、ゆっくりした口調で藤七郎は言った。

「ここ吉原は地獄と聞く。その苦痛を少しでも癒してもらいてえと思ってな。お守りのつもりだったんだ。悪気はねえ」

「やっぱりそうでありんしたか」

「捨てられると困る。粗末にしちゃいけねえもんだ。気に入らなければ返してもらうが」

「いいえ、ありがたく頂戴いたしんす。それが御禁制のものであろうとも。それが主様のお心であれば」

「そうかい。嬉しいぜ、さすが艶粧だ。しかし、よくそれがわかったもんだ。わからぬよう作ってあるんだが」

「ここにはいろいろな客様がおいでになります。一目見てそれとわかった御仁がおりんした」

「その客は信用できるかい？　番所へ駆け込まれちゃことだが」

「だいじょうぶでありんす。あの方はそのようなことをする御仁ではありんせん」

「なるほど、艶粧のその顔を見れば、その客が情夫《まぶ》ということで間違いないらしい。その男が羨ましい限りだ」

艶粧は心の中の図星を突かれたらしく、自分でも意外なほどに顔が火照《ほて》るのを感じた。

「だがな、細工してあるとはいえ、無闇に人に見せねえ方がいい」と藤七郎は戒めた。

「キリシタンについてもっと知りたいでありんす。主様さえよければ」

「知りたいだと？　本当は詳しく知らない方がいいんだが」

「知りたいのは、わっちだけではありんせん」と屏風の向こうに目配せした。

「禿かい。確か、なつめとか言ったな。お前ら、どうなっても知らねえぞ。面白がって深入りするとろくなことにはならねえ」

「姉さんといっしょなら怖いものなどありんせん」

言いながらなつめが屏風の陰からひょっこり顔を出すと、もそもそと這い出てきて艶粧の横に寄り添った。

藤七郎はあきれ顔をするとともに戸惑いを見せた。

「なにから話していいやら……」しばらく考えると、「神は、初めに天と地をお創りになられた」と話しはじめた。

「神さまとは貧乏神さまとか厄病神さまの親戚でありんすか？」

なつめが出し抜けに口を挟んだ。

「お前らの知っていなさる神様とは縁《えん》もゆかりもねえ神様だ。全能の神と呼ばれるお方だ。デウス様だ」

「へえー、それがデウスさまでありんすか。神さまにもいろいろいなさるんでありんすな」となつめ。

「この神様は天と地をお創りになられると、その後は昼と夜をお創りになられた。さらに、大空を創り、大空の下にある水と、大空の上にある水とを区別された。神は、その大空を天と名づけられ、太陽に昼を司らせ、月に夜を司らせて天に据えたんだ」

「ほ～」

なつめは目を丸くして聞き入った。

「神は、かわいた所を地と名づけなさった、そして水の集まった所を海と名づけなさった。それを見て、神は祝福して言った。『産めよ、増えよ、満ちよ』とな」

「へえ……」

「いちいち合いの手を入れなくてもいいぞ」

「あい……」

藤七郎は目でなつめを抑えて続けた。

「草花、生き物を創り、そして自身と同じ形に人をお創りになった。まずは男。最初の男をアダムと名づけた。そして、そのあばら骨から女を創った。最初の女をイブと名づけた」

「アダムどんとイブどんでありんすか。わっちみたいな禿でありんすかね。あばら骨というのはここの骨でありんすか」なつめは脇腹を指差して艶粧と顔を見合わせた。

「こんなとこの骨からわっちらはできていんすか。ちっとも知りんせんでした」

「やめるか？」

藤七郎は不機嫌を露わにした。

「続けてくんなまし」

なつめは姿勢を正して真顔を作った。

神は天と地とそのすべての万象を六日の間に完成させた。七日目に、なさっていたすべての仕事を休まれた。神はその七日目を祝福され、この日を聖であるとされ安息の日とした。

「これが天と地、人が創造された経緯《いきさつ》だ」

話はさらに続いた。

キリシタンが信仰するのはデウスであり、デウスの子としてキリストが生まれた……母はマリアと言う。キリストは、マリアとデウスの間にできた子供であり、神の子と呼ばれる。

マリアは処女で身籠《みごも》り、キリストを馬小屋で出産した。キリストは、デウスがこの世に遣わした救世主であり、特別な力を持って生まれ、様々な奇跡を起こした。嵐を鎮め、水をぶどう酒に変え、人に憑《つ》いた悪霊を祓《はら》い、病気を治した。そして人々の罪を一身に背負って磔《はりつけ》となった。

その三日後、生き返り、人々の前に姿を現した……。

「艶粧にあげたメダイには十の文字が刻まれている。それをクルスと呼ぶ。だが、なにもメダイでなくともいい。十の文字を形作るもの、箸《はし》を組み合わせて十字を作ればそれでもいい。十の文字を紙に書いたものでもいい。それを手に持つか、身につけ、オラショを唱える。オラショとはお祈りのことだ。『天におられるデウスマリア様、御名《みな》が崇《あが》められますように。御国《みくに》が来ますように願い奉《たてまつ》りまする。御心《みこころ》が行われますように願い奉りまする。我らに負い目のある人々を我らが赦《ゆる》すように、我らの負い目をお赦しくださいませ。我らを試みに遭わせず苦行より救い出してくださいませ。国と力と栄えとは限りなくあなたのものです。デウスマリアの御名《みな》において、アーメン』と唱え、最後に十字を切るんだ」

藤七郎は胸の前で十字を切って見せた。

「一度では覚えられませんし、意味もよくわかりんせん」

なつめは不服そうな顔を見せた。

「意味か？　意味は俺もよくわからねえ。なんせ、もう二百年以上も前から伝わっているものだ。バテレン追放令によって宣教師様がいなくなっちまった。その後、信仰だけが口伝えで継承されてきた。覚えられなかったら、『デウスマリア様、我を救い給え、アーメン』とこれだけでもいい。飯を食う前には『デウスマリア様、おいしいおまんまをありがとうございます。アーメン』とこれでもいい。深く考えることはねえ。大事なのはデウスマリアを信じることだ。今、無事でいられることはデウスマリア様のおかげだとな」

「それならわっちにもできます。アーメン」

なつめは笑みを零した。

「神は信仰を貫いた者をパライゾへと導いてくださる」

「ぱらいぞ？」

艶粧となつめが口を合わせて問い返した。

「キリシタンの言う極楽のことだ」

「極楽なんて本当にありんすか？」

なつめが疑いの眼差しを向けた。

「あるとも。地獄があれば極楽もある」

なつめの顔が、にわかに華やいだ。心中深くまで日が差したかのようにさらに明るくなった。

「わっち、パライゾに行きたいでありんす。この国の神さまは厄病神さまと貧乏神さまばかりでちっとも当てにならんです。わっちはデウスマリアさまを心から信じます。わっちも今日からカクレでありんす」

「それはいいんだが。いいか、キリシタンがご法度であることを忘れるんじゃねえぞ。五年前には浦上《うらがみ》二番崩《くず》れで六十人がしょっ引かれている」『崩れ』とはキリシタンの検挙、摘発のこと。「獄門になった者もひとりやふたりじゃねえ。お上に見つかったらきついお咎《とが》めがあるってことだ。……だが、お前らは、お授《さず》け（洗礼）を受けたわけでもねえから、まだ本当のキリシタンではねえ。嫌ならいつでもやめることはできるが、クルスを粗末にすることはしないでくれ。我らにとって命より大事なものだ。もし、踏み絵を踏まされるようなことがあったら、そのときは踏んでも構わねえ。ただ、踏んだときに履いていた草履《ぞうり》は懐へ入れて大事に持って帰ることだ」

「デウスマリアさまを信じます。わっちもクルスが欲しいでありんす」

なつめは覚えたばかりの手練を使って強請《ねだ》るが、「残念ながらもうねえんだ。悪く思わねえでくれ」とあっさりと突き返された。

なつめは口を突き出してこれ以上できないというほど不服そうな顔をして見せた。

「そんな顔をするんじゃありんせん。お行儀が悪い」と艶粧は窘《たしな》める。

「そして、もう一つ大事なことがある。神との十の約束だ。十戒《じっかい》というものだ。一つ、汝《なんじ》は……汝とは『お前さん』という意味だ。『一つ、汝はデウスマリア以外を神としてはならぬ。一つ、汝は己のために偶像を造ってはならぬ。一つ、汝は神の御名をむやみに唱えてはならぬ。一つ、安息の日を覚えてこれを聖なる日とすべし。一つ、汝の父と母とを敬《うやま》うなり。一つ、汝は殺めてはならぬ。一つ、汝は姦淫《かんいん》してはならぬ。一つ、汝は盗んではならぬ。一つ、汝の隣人について偽りを申してはならぬ。一つ、汝の隣人の物を欲しがってはならぬ』。これで十だ。守れるか？」

艶粧はがっかりして肩を落とした。

「わっちはキリシタンにはなれそうもないですね。姦淫は職でありんす。毎日、神に背いておりんす。嘘もつきんす」

「姉さまは嘘をつくのが仕事のようなものでありんすからね。じゃあ、わっちだけでも」となつめはにんまりした。

「いいや、なつめも駄目です。いつもわっちの物を欲しがるので駄目です。神様に嘘をつくと地獄行きでありんす」

「艶粧姉さんは隣人ではありんせん。姉さまです。だからいいんです」

「同じことじゃね」と艶粧はすまし顔。

「ふたりとも残念だったな。……と言いたいが、神は懺悔《ざんげ》を聞いてくださる。人はいつも正しい行いができるとは限らねえ。自らの罪を心から悔いあらためるのなら神は許してくださる。もっとも艶粧は好きで身を売っているわけではないのだから、神様は許してくださるだろうよ。詳しいことは神様に聞いてみないことにはわからねえが。……そうだ、さっきの十戒に安息の日のことが出てきたと思うが、キリシタンは七日に一度、神に捧げる日を設けなければならん。お前なら、その日は身揚《みあ》がりすることだ」

「七日に一日の身揚がりをしたら、干上がってしまいますが……」

身揚がりとは女郎が自分でその日の揚代を払って休むことであるが、その金は借金に上乗せされる。

「わっちは人のものを欲しがるのを悔いあらためます。だから神さまは許してくださいますよね。わっちは絶対にパライゾに行くでありんす。死んでからも地獄に行くのは嫌でありんす」

「でもな、お前がパライゾへ行くのは随分と先のことだ。気の長い話だぞ」

藤七郎は鷹揚《おうよう》に笑った。

「人はいつお迎えが来るかわかりりんせん。お迎えが来てから悔いあらためても遅うありんす。一生懸命に信じて生きることが大事でありんすから」

なつめは真顔で言った。

「えれえもんだ」

藤七郎はしきりに頷いた。

「『イエス様は言われた。我は命のパンである。我の元に来る者は、飢えることはなく、我を信じる者は決して渇《かわ》くことはない。我の父の御心は、信じる者が皆、永遠の命を得ることであり、我が終わりの日にその人を復活させることである』と、これは福音書《ふくいんしょ》という書物に書いてある一文だ」

「これも意味がわかりんせん」

目を輝かせて聞き入っていたなつめが首を傾げた。

「つまりだ、デウスマリア様、イエス様を信じ、慕《した》い、一生懸命に生きて行けば必ず救われるという意味だ」

なつめは嬉しくなった。自分のためにあるような信仰だと思った。

「お授けを受けるにはどうしたらいいんでありんしょう？」

「お前が、どこまで本気で考えているのか知らねえが、そこまで考えるのは早《はえ》えぞ」

と言いながらも藤七郎は続けた。

「江戸では無理だ。お授けをするオヤジ様がいねえ。俺が知る最後のオヤジ様はもう十年も前に獄門にあわれたからな」

「今はもうキリシタンにはなれないんでありんしょうか？」

なつめはがっかりして訊いた。

「さあな……」

藤七郎はなにか言いたげな目をして言葉を濁《にご》した。


翌朝、なつめがうがい茶碗と半挿《はんぞう》を持って艶粧の部屋へやってきた。

後朝《きぬぎぬ》の別れの前、艶粧《たおやぎ》が藤七郎の髪に櫛《くし》を入れているとき、藤七郎は、なに気なくなつめの髪を見た。そこに見慣れぬものが挿《さ》さっているのに気づいた。

「妙な髪飾りだな。ちょっと見せてみな」

なつめは得意気に笑みを零すと、「わっち、滝助どんから箸のあまりをもらってクルスを作りんした」と髪からそれを引き抜いた。

馴染みとなった客は、妓楼で箸を作ることが慣わしになっているが、何年も音沙汰のない客の箸は捨てられることになる。その箸を料理番の滝助からもらったのである。先端が、髪に挿すのに具合がよかった。細くなった反対側の端から一寸くらいのところに横棒が組み合わされて糸で括《くく》られていた。それが十字の形を成していた。

「上手いこと作ったもんだと言いてえところだが、ご法度であることの意味が本当にわかっているのか？」

「わかっておりんす。わっちの心はデウスマリアさまとともにありんす」

艶粧はなつめの背を押すように言った。

「ここでは命というものがそれほど重いものではありんせん。こんな禿であってもたくさんの女郎の死を見てきておりんす。たとえ命を懸けてでも縋《すが》りたいものには縋る。それが主様であるか、デウスマリア様であるか、そのちがいにすぎません」

そう言ったものの艶粧は『わっちは知りんせんよ』という顔で朝の一服をつけた。
「気触《かぶ》れちまったか。縋る者を止めるようなことはしねえ。好きにしな」と藤七郎はあきれ顔に変わった。

客

なつめに初午が訪れた。耳元でそれを告げられた艶粧は、一分でまんまと乗り切った。自分の初午を思い出すと顔から火が出る思いであった。よい禿を持ったことをつくづく幸運と思い、できの悪い自分を禿に持った姉女郎翡翠《かおとり》の心情を察すると心が痛むばかりであった。

デウスマリアに対する思いは十日もすると薄らいだものの、艶粧の帯には既に身体の一部のようになったメダイが覗いていた。藤七郎の思いを汲んでのことである。目立たぬよう、首に掛けることをやめ、煙草入れの根付として帯に挿し込んでいた。藤七郎から聞いたオラショや十戒は心の隅に追いやられ忘却の末路をたどった。

なつめの髪には相変わらず手作りの十字架が挿してあった。目立たぬものであったためか、それを咎《とが》める者も不審に思う者もなかった。

松田英三郎《まつだえいざぶろう》という武士が登楼した。月に一度くらいの割で登楼する嫌な客である。艶粧が自慢の芸を見せてもにこりともせず、台の物を突きながら手酌で酒を飲むばかりの男である。詳しくは語らなかったが、所用で江戸を訪れたとき吉原で羽を伸ばすとのことであった。

しかし、なんとも無粋な客で、艶粧は振り続けてやろうかとも思ったが、あまり客が離れても売り上げが落ちてしまうので安易に振れないでいた。

この日も得意な箏曲《そうきょく》を奏《かな》でながら秋波を送るが、「よい」とも「いかん」とも言わずただ手酌で酒を呷《あお》るばかりであった。武士は、なに事にも動じず、無口で無粋を美徳と解釈する者が、いまだに多くいる。それでいて、床に入ると途端にむしゃぶりついてくる。その変貌振りが艶粧は気に入らなかった。下半身のみが目的であれば岡場所でも用は足りるであろう。吉原へ来るのは見栄を張っているだけのように思えてならなかった。

「主様、いかがでありんした？」

「悪くない」

聞く耳を持たぬ者に奏でるのは虚しいもので、艶粧は腹立ちを覚えはじめていた。

「お望みがあれば、なんなりと」

「なんでもよい」

無粋な者ほど鈍いもの。穏やかならざる心境で荒々しく何曲か奏でると、早々と切り上げた。

初穂に琴を片付けさせると松田の横に身を寄せ盃を差した。

松田はちらりちらりと艶粧を見るが、感情を抑えるように視線を逸らす。目的は同衾のみであることは肌で感じられる。床急ぎであれば、そのように手筈《てはず》を整えるのだが、それも言わない。ただ、じっと刻《とき》を待っているかのようだった。今日は廻《まわ》しの客を入れたことにして振ってやろうかと艶粧は考えはじめていた。

松田はもう一度艶粧を見た。その視線に違和感を覚え、「なにか？」と返した。

「艶粧の帯に掛かるものを見せてくれぬか？」

メダイのことなどすっかり忘れていたので意表を突かれた感があった。迂闊《うかつ》であったと思った。

「見たことのない根付じゃな」

「へえ、七宝焼だそうで。頂《いただ》きものでありんす」

「そうか、なかなか美しいものじゃ」

松田が褒《ほ》めたことは意外であった。

「皆様にそう言われんす。わっちも気に入っておりんす」

「だがな、これはよくないぞ」

重く粘りのある口調で言うと艶粧を貫《つらぬ》くように見据えた。

「へえ？　どのようなわけでありんしょう？」

まさかここで見咎められるとは思ってもいなかった。

「女郎が知らぬのも無理はないが、これは御禁制のものじゃ。不用意に持っていてはいかん」

「なぜでありんしょう？」とあえて訊いた。

「これを貢いだ客はなんと申して、艶粧に渡したのだ？」

「へえ、新しく売り出された飾りだと。どこかで買い求めたものだとか……。どこで買ったかは聞いておりんせんが」と出所《でどころ》を明らかにせず応えた。

「そのような戯言《ざれごと》を申したか。いいか、よく見ろ。はめ込んだビードロに十の文字が刻んである。一見してわからぬように細工してあるが、これは間違いなくカクレキリシタンのものだ」

「カクレキリシタン？」

初めて聞いたように艶粧は大袈裟《おおげさ》に驚いた。

「お前も、聞いたことはあろう。異端の邪教だ。カクレの者がこれを持って邪教の神を信仰しておる。まさかお前も……？」

「わっちがでありんすか？　まさか……、なぜ女郎がカクレキリシタンでありんしょうか？　女郎は神も仏も信じません」艶粧は大仰に笑って見せた。「もし、その神とやらが身請けの願いを叶《かな》えてくださるのなら喜んで信心いたしんすが」

「さて、どうであろうか。……まあ、それならよいが。これはわしが預《あず》かる。よいな」

「へえ。御禁制のものとあればお託しいたしんす。わっちもその方が助かりんす」

松田英三郎にメダイを取られるとは思ってもおらず、予想外のことに、無性に腹が立ってならなかった。しかし、一目《ひとめ》見てカクレキリシタンのメダイと見抜くとは人は見かけによらぬものとあらためて心に留めるとともに、松田とは何者であろうかと疑問となって心の片隅に刻まれた。

屏風の陰に控えていたなつめに「下で徳利《とっくり》を付けてもらいなんし」と命じた。機転が利くなつめのこと、その意味がわかっていると踏んだ。徳利を運んできたときにはなつめの髪から箸で作ったクルスは抜かれていた。

さらに徳利を二つ追加した。酒をたらふく飲ませたおかげか、艶粧に貸しを作ったつもりか、松田はことのほか上機嫌であった。今日は床入りしないつもりであったが、気分よくさせるためにあえて床を付けることにした。

松田は、酒を過ごしたせいか床入りしても眼の焦点が合わないほどへべれけになり、同衾したかもわからないまま、大鼾《おおいびき》を掻きながら熟寝《うまい》へと落ちていった。

朝、松田は二日酔いにより、虚ろのまま帰っていった。

艶粧はその懐からメダイをこっそりと取り返していた。次の松田の登楼の際には、間違ってもメダイを見せてはいけないと肝に銘じた。

なつめにも人目につかぬよう工夫させた。するとなつめは箸の簪に花の飾りをつけ、一見してはわからぬように作り変えた。その機転には艶粧も感心するばかりであった。

抗

朝、廊下を走り回る足音で艶粧は目をさました。昼四ツまでにはまだ一刻《いっとき》ほど眠る時間はあろうはずなのに叩き起こされた感があった。ふらつく頭で障子を開けると廊下へ顔を出した。

「静かにしなんし。まだ眠っておりんした」

そこへちょうど通りかかったのは不寝番の竹造であった。

「へえ、申しわけねえです。ちょっとことが起こりまして。花魁は、どうぞ休んでいておくんなさい」

「今からではもう寝られんせん。なにがありんした?」

「へえ、実は……」艶粧に近寄ると耳元で囁くように言った。「朱美が喉を突きまして。自害したようで」

「朱美姉さんが……死んだのですか?」

「へえ」と言い、竹造は足早に向かった。

朱美は大部屋のときに散々世話になった姉女郎である。妓楼のしきたり、賭けごと、遊び、それらのごまかしなどを一から教えてくれた。今は部屋持で、艶粧より遥か格下であるが、今でも頭の上がらぬ唯一の姉女郎であった。

なぜ?

愚問であろうか。

この吉原では、女郎はどのような理由で、いつ自害してもなんら不思議ではない。死を望んでいる女郎など巨万《ごまん》といる。死ぬ勇気がないだけである。

朱美の部屋は廊下の突き当たりにあった。艶粧の部屋とは比べものにならないほど小さな部屋で、調度品も少なく、あるものといえば安ものばかりであった。中古の飾り箪笥に化粧道具、鏡、古びた長持がある程度。その部屋の中央に布団が一枚敷かれ、その上で襦袢姿の朱美が、薄く目を開き、大きな口を開けてこと切れていた。喉が大きく裂け、身体中の血が全て出つくしたかのように布団に大きな染みを広げていた。

「なんてことをしてくれたんだ、まったく」

その様子を目にした宇右衛門が顔を顰めて苦々しく吐き捨てた。宇右衛門は女郎ひとりの死より、見世の評判、売り上げに主眼が置かれる。わかっていることとはいえ、艶粧は宇右衛門の横顔を恨めしく、また、哀れみを交えて見ていた。

朱美を見下ろしていた宇右衛門はふと気付いた。死骸を見、さらに首の傷を見て腑に落ちず引っかかっていたことであった。

「どうもおかしいと思ったら、この傷は簪《かんざし》で突いてできる傷じゃねえ。刃物で切り裂いた傷だ」

簪で突いた傷も確かにあった。だが致命傷はそれとは別の傷である。布団の上には簪が一本落ちているが、それ以外に刃物らしきものは見当たらなかった。

「だれかが殺《あや》めたか、もしくは手を貸したらしい。名乗り出るんなら早い方がいいぞ」

一時の沈黙の後、「あっしでございます」と神妙に名乗り出たのは中郎の源治であった。

「お前が殺めたのか？」

「めっそうもございません。実は……」と源治は語りはじめた。

源治が朝、朱美の部屋の前を通りかかったところ呻き声が聞こえた。不審に思い様子を窺おうと、そっと障子を開けたところ朱美が血にまみれて呻いていたのであった。簪で喉を突いて自害しようとしたことはすぐにわかった。しかし、傷が浅く死に切れずにいた。朱美は源治に気づくとその足に縋り、早く楽にしてくれと懇願した。その苦しみようを哀れに思い、懇願されるまま源治は短刀を手渡したのであった。

「……あっしは仕事柄、普段から短刀を持ち歩いておりましたのでそれを朱美に貸しただけであります。その苦しみようといったら……」

「馬鹿なことをしてくれたもんだ。なぜ助けなかった。傷ものになろうとも、なにか使い道はあったはずだ。河岸見世ぐらいなら鞍替えだってできたはずだ。そうすりゃあ二十両や二十五両にはなったはずだ」

「あれじゃあ助からねえ。長く苦しんで、結局、押《お》っ死《ち》ぬだけでございます」

「黙れ。医者でもねえお前になぜわかる。朱美の借金はお前に背負ってもらう。助けなかった罰だ」

なぜ朱美は自害したのか。女郎となってもう七年、奔放な朱美が、今になって身を売ることの辛さに耐えかねてということでは説明できない。


「気にならねえか」

朱美の死骸を運び出すとき、不寝番の竹造が異変に気づいた。

「なにがだい？」

空の水桶を運び入れた丈太郎が部屋を見回した。

「臭《にお》わねえか？」

そう言われると、確かに饐《す》えたような臭いが朱美の部屋にうっすらと漂っていた。今さっき死んだ朱美の死骸が臭うわけはなかった。

「ひょっとすると、もう一つあるぜ。朱美の自害の原因はそれじゃねえか」

部屋を見回すと、隅に長持が置かれていた。臭《にお》いの元はそこ以外には考えられなかった。長持には錠前が掛けられていた。お飾りの長持に鍵が掛けられていることがそもそも怪しい。箪笥の引き出しから鍵を探し出すと錠を外し、蓋を開ける。

予想どおり死骸が出てきた。男の死骸である。紫色に変色した死骸の首には細紐で絞めたような跡が青黒く、くっきりと残っている。死後十日ほど経過しているように思われた。

「だれだね」

竹造が鼻を摘《つま》みながら覗き込んだ。

「見覚えのある顔だ」

丈太郎はちょっと考えると記憶を浚《さら》った。

「魚河岸の喜七《きしち》だ。確か十日ほど前に登楼したが、いつの間にか姿を消していなすった。てっきり揚代が払えなくて屋根伝いに逃げたとばかり思っていた。朱美が自分が揚代を持つからことを荒立てないでくれと頼むものだから取立てはしなかったんだが、こういうことだったとはな。逃げ切れねえと思って自害したというわけだ」

朱美が喜七に惚れたのであろう。しかし、喜七は朱美に飽き、それを機に別れ話が出たにちがいなかった。惚れた女の弱みが狂わせ、常軌を逸した朱美が喜七の首を絞めた。朱美は喜七の死骸を始末することもできず、腐臭がただよいはじめたことで、もはや逃げ切れないと思ったか、又はその後を追ったかは定かでないが、結局のところ自害の道を選んだ。吉原ではそれほど珍しくない件《くだり》であった。相対死にということで朱美の死骸は取り捨てとなる。

「馬鹿者めが」だれにともなく宇右衛門が怒鳴った。「なんてことをしてくれたんだ。女郎のひとりやふたりなら、寺に投げ込んで終わりだが、客が死んだとなるとことはそれだけじゃ終わらねえ。番屋に届けなきゃならん。朱美の奴、店の看板に泥を塗りやがって……」

宇右衛門の怒りは、ぶつけどころがない分鬱積し、はち切れる寸前であった。内心は吉原細見の格付けだけが気になってならなかった。ただでさえ斜陽気味の吉原で悪い評判が立てば店は命取りとなる。このような一件から廃業する店も少なくない。

喜七の死骸が見つかったことは番屋へと知らされ、役人によって検視が行われることとなった。


艶粧は一日身揚がりをさせてくれるよう宇右衛門に願い出た。

「なんのために身揚がりするんだ?」

宇右衛門は顔面を紅潮させて艶粧を睨みつけた。

「朱美姉さんのために喪に服しとうありんす」

「ならねえ。あんな女郎のために身揚がりを許すことはできねえ」

「何卒《なにとぞ》、身揚がりを」

艶粧は愁訴したが、宇右衛門は許さなかった。

「そうでありんすか。じゃあ、よござんす」

艶粧は居直った。

座敷に閉じこもると、朱美のためにひたすら念仏を唱えた。馴染み客が登楼しようと、お豊が呼びに来ようと振り続け、ひたすら念仏を唱えた。朱美の弔いのためだけでなく、これは宇右衛門に対する渾身の背叛《はいはん》であった。

五日目にもなるとさすがに黙っていられなくなった宇右衛門が艶粧の座敷へとやってきた。

「いつまでそんなことしていやがる気だ？　いい加減に客の相手をしねえか。花魁だからといって甘い顔をすりゃあ、つけ上がりやがって」

このようなことが続けば扇屋の評判は落ち、格付けも下がりかねない。箍《たが》を締めなおすいい機会と考えた。

「朱美姉さんのために喪に服すことを正式に認めてくださるまでは、客をとるつもりはありんせん。わっちら女郎であっても、れっきとした有情《うじょう》（生きるもの）。苦界に堕ちたのは前世の因縁で仕方のないことかもありんせんが、死んでからも地獄へは行きとうはありんせん。だれしもが思うこと。弔いしたりされたりするくらい、罰は当たらぬでしょう」

「ふざけるんじゃねえぞ。女郎ごときが一人前の口利くんじゃねえ。一人前の口が利きたければ借金を返し終わってからにしてもらいてえな」

「その借金も、わっちらが好き好んでこさえたものではありんせん。宇右衛門様に無理やり背負わされたもの。ここへ来たころの借金なんて、とうに返し終わってるはず」

「今更、なにを子供みてえなこと言ってやがる。お前を一人前にしたのはだれだ。この扇屋宇右衛門だ。姉女郎の抱えのつもりだったかもしれねえが、姉女郎は扇屋の商売道具だ。お前さんの頭の天辺から足の爪の垢まで全て扇屋宇右衛門の持ち物だってことを忘れていやがるな」

「持ち物でありんすか？」

艶粧はあきれたように聞き返した。

「そうだ。持ち物だ。不服か？　その持ち物を扇屋宇右衛門が生かすも殺すもだれにも文句を言われる筋合いはねえんだ」

「納得しようがありんせん」

「じゃあ、納得させてやらあ。扇屋宇右衛門抱えの女郎であることを身をもって教えてやらねばな」

宇右衛門は艶粧の髪をひっつかむと座敷から引きずり出した。髪に挿してあった簪や櫛が落ちて散らばった。他の女郎への見せしめの意味もあった。女郎たちはその禍事《まがごと》を遠巻きに見ていた。

「待っておくんなまし、楼主様」

宇右衛門の行く手を遮る者がいた。

「なつめではないか。お前もよく見ておくんじゃな。お前の姉さまはわしに楯突《たてつ》いた。わしに楯突くとこうなるんじゃ」

「待っておくんなまし」

なつめは宇右衛門の着物の裾に縋《すが》った。

「なにをするか。はなせ。お前までわしに楯突くか。お前の姉さまは、この宇右衛門を蔑《ないがし》ろにしおった。そのような者は、きっちりと責めを負わねばならん」

髪をつかまれ、引きずられ、振り回されながらも艶粧は叫んだ。

「なつめ、引っ込んでおりんさい。こいつらは鬼畜じゃ。鬼畜に跪《ひざまず》いては駄目じゃ。鬼畜に傅《かしず》いては駄目じゃ。魂まで売ったらおしまいじゃ」

それでもなつめは宇右衛門の裾をつかんだまま、「艶粧姉さんは朱美姉さんの弔いがしたかっただけでありんす。楼主様に刃向かうつもりなんて毛頭ありんせん。ですから折檻だけは許してくださいまし」

「ならねえ」

宇右衛門は歯を食いしばって突っぱねた。

「じゃあ、わっちが代わって折檻をお受けいたします。ですから……」

艶粧が腹の底から叫んだ。

「なつめ、やめな。引っ込んでなっ」

宇右衛門となつめはしばし睨み合った。なつめは涙を浮かべ、切に訴えた。

興《きょう》がさめたのか、それとも、なつめの涙に打たれたのか。それとも、そこまで懇願されてなお邪険にすることが逆に女郎の反発を買いかねないと思ったのか、それとも、艶粧に怪我をさせれば扇屋の売り上げに響くと思ったのか、宇右衛門はつかんでいた艶粧の髪を床板に叩きつけるように放した。ざんばら髪になった艶粧は、地獄の罪人のように喘《あえ》ぎ蠢《うごめ》いていた。

「もういい。だが、明日からは客を取ってもらう。艶粧姉さんにお願いしておくんだな。取らなかったらなつめどんに責めを負ってもらう。禿だからといって手加減はしねえぞ」無表情に捨て台詞《ぜりふ》を吐くと宇右衛門は廊下の先へと消えた。

それを見計らったかのように艶粧の平手がなつめの頬《ほお》へと飛んだ。乾いた音が響いた。

艶粧はなつめを炯々《けいけい》と見据え頬を震わせた。

「わっちは姉さまが痛い目に遭うのを見とうありんせん」

なつめはしゃくり上げ、震えた。

艶粧は許さなかった。花魁としての意気張りがそうさせた。

「お前、わっちに恥を掻かせんした。お前のような悪たれ禿の顔なんぞ見たくないわ。もうわっちの部屋へ来なくてよい」

艶粧は座敷に入り、ぴしゃりと障子戸を閉じた。

執

「姉さんに嫌われんした。もう生きて行けんせん。悪たれ禿と言われんした」

悄気返《しょげかえ》るなつめの姿が大広間の片隅にあった。

「艶粧姉さんもすぐに機嫌をなおしてくれるよ。お前の姉さんは花魁だからね、意気張りってものがあるんだよ。それくらいでないと花魁にはなれないんだよ。それだけ立派ということさね」

振袖新造の琴菊《ことぎく》がなつめを気遣って慰めた。

「姉さんの機嫌は、いつなおりんすか?」

「さあね。艶粧花魁は根に持つ人だから、一月《ひとつき》か二月《ふたつき》か、それ以上か……」

「そんなに待っていたら、わっち干上《ひあ》がってしまいんす。干禿《ほし》になってしまいんす」

朱美の一件が扇屋の格付けに影響することはなく、宇右衛門は安堵した。役人に袖《そで》の下を弾《はず》んだことも功を奏したらしく、内々に処理されたのだった。朱美の死骸は小《こ》塚原《つかっぱら》に運ばれ、取り捨てにされたと扇屋へ伝えられた。


夜見世の客の入りは悪くなかった。紅殻格子の前で丈太郎が、鯔背《いなせ》銀杏に髷《まげ》を結った客の応対をしていた。

「あそこで今、煙草を呑んでいる女郎は部屋持かい?」

「いえ、あの女郎は座敷持の松風《まつかぜ》でございまして、素上がりで構いませんが夜だけで金一分となっております」

「一分とはちょっと高けえな。負《ま》からねえかい?」

応えようとしたとき丈太郎はその客の後ろに見覚えのある顔を見つけた。もう登楼はないと思った顔であった。途端に全身の毛が逆立つのを感じた。艶粧が四回振り続けた武士、小栗正親であった。

「……どうしたい、負からねえかって聞いているんだ」

「へえ、金一分となっております」

「ケチくせえな」と鯔背の客は口をへの字に曲げて離れていった。

小栗は丈太郎の肩越しに扇屋の店の中を覗き込んでいた。

「これは小栗様。たびたびの御登楼、ありがとうございます」

「艶粧はおるか？」

「しばらくお待ちください。都合を確かめてまいります」

丈太郎が店に入ろうとするや否や、いきなり襟首《えりくび》をつかまれて、すさまじい力で引き倒された。

丈太郎は店先で仰向けにひっくり返ると頭を地べたに打ちつけた。朦朧《もうろう》としながらも「なにをなさいますか」と小栗の足にしがみついた。

小栗の尋常でない形相から丈太郎は殺気を感じ取っていた。思いつめ、我慢に我慢を重ねた末の表情は、刃傷沙汰《にんじょうざた》を起こす寸前の形相であり、丈太郎が今までにも幾度となく見た形相であった。これを店に入れてはならぬと咄嗟に思った。

小栗は起き上がろうとする丈太郎の腹を容赦なく蹴った。丈太郎は呻《うめ》き声とともに口から黄色い液体を吐きもどした。小栗は顔色も変えず店へと押し入った。

外の騒ぎを知らない番頭の泰造《たいぞう》が「御登楼ありがとうございます。お腰のものをお預かりいたします」と応対に出、大小を預かろうと手を出した。

小栗は柄《つか》に手を掛けると太刀を引き抜き、ものも言わずに斬りつけた。

泰造は声を出す間もなく崩れ落ちた。袈裟《けさ》に斬られ、肩から腹へとざっくりと割られ、赤くぬめぬめとした内臓が飛び出し、噴出した血が扇屋の玄関を赤く染めた。

一部始終を見ていた番頭新造広末《ひろすえ》の絶叫が扇屋に響き渡った。

銀色の弧は鞘《さや》へと納まることなく、彷徨《さまよ》う凶刃《きょうじん》と化した。

「艶粧はどこじゃ。どこまでわしを愚弄《ぐろう》する気じゃ」

小栗は大広間の女郎を物色するが、そこに艶粧の姿がないとわかると、大階段を上がって艶粧の座敷へと向かった。戦慄する女郎たちに交じってなつめがそこにいた。

事態を察したなつめは小栗の後を追うように大階段を駆け上がった。

「なつめ、行くんじゃない」

琴菊の声はなつめの耳に入らなかった。

小栗は廊下を進むうち、若い衆を二人、女郎を四人、新造をひとり斬りつけた。廊下には夥《おびただ》しい血が流れていた。斬り落とされた腕が転がり、肩を押さえてのた打ち回る若い衆を横目に、足袋を赤く染めながらなつめは小栗の後を追った。その行く手に座敷持の八代《やしろ》と部屋持の吉乃《よしの》がこと切れて転がっていた。

艶粧の座敷はすぐそこにあった。

小栗は座敷の前で「艶粧、待たせたな」と叫ぶと、障子戸を蹴破り、踏み込んだ。そして座敷を見回した。

なつめは小栗の脇をすり抜けて座敷に飛び込むと、叫んだ。

「姉さま、お逃げなんし」

なつめは奥へと入った。艶粧の姿はそこになかった。廻し部屋にいるとわかってなつめはほっとした。

刹那、小栗と目がかち合った。

「貴様、艶粧の禿、なつめとか申したな」

睨みつけると、手にした太刀でなつめの胸を突き刺した。

なつめは目を見開き、驚いたような顔でその場へ崩れ落ちた。赤い着物を濡らすよう鮮血が広がり、白抜きのトンボが一匹、二匹と消えていった。

小栗は渾身の力を腹に込めると叫んだ。

「艶粧はどこじゃ。出てくるまで斬りまくってくれる」

そのころになってようやく役人が駆けつけた。

「小栗殿、これ以上の殺生はやめられよ」

「なんじゃ貴様ら。木っ端役人の出る幕ではないぞ」

「これ以上のご乱心、お父上のお力をもってしても、ただではすみませんぞ」

直参旗本とは言え、理由なき殺生が許されるはずもない。小栗自身もそれは重々に承知している。肩で大きく二度三度息をすると、小栗は刀を落とし、力なくその場へとへたり込んだ。

「艶粧のせいじゃ。わしを愚弄しおった。あれほどまでされれば黙ってておられまい。お主らならわかるであろう」

我に返り同調を願うように呟いた。

「吉原では、女郎に客を選ぶ権限があることなどわかっておりましょうが。見苦しいですぞ」

「わかっておる。わかっておるが、わしは艶粧が堪らなく好きじゃ……この気持ち、どうにもならんのじゃ」

小栗は役人に両脇を抱えられ、番屋へと連れて行かれた。

艶粧は廻し部屋で別の客の相手をしており、難を逃れたが、若い衆が三人、女郎と新造が合わせて四人斬り殺され、傷を負った者は新造生島《いくしま》と禿なつめであった。生島はかすり傷であったが、なつめの傷は深かった。

なつめが深手を負ったと知らされて、艶粧の胸中は尋常でなくなった。客の相手もそこそこに艶粧は女郎達の大部屋へと走った。なつめは隅に敷かれた布団に寝かされていた。

「なつめを、わっちの座敷へ移しておくんなさい。わっちが看病いたしんす」

「ならねえぞ」制する宇右衛門の声であった。「お前の座敷は、客を迎えるための場所だ。禿を看病する場所じゃねえ。それに、連れていってどうする。お前には、これ以上、身揚がりはさせねえ。そんな死にぞこないの横で客の相手をするつもりか？」

「なんと言われようと、わっちの座敷へ連れていきます。その後、わっちを煮るなり焼くなり、楼主様の好きにしたらいいではありんせんか。楼主様の御趣向に合わせて死んでさしあげましょう」

宇右衛門は唇を噛んだまま、艶粧の顔を凝視した。その覚悟を前になにも言えずであった。

なつめは若い衆によって艶粧の座敷へと運ばれた。

なつめは浅い呼吸を繰り返し、時折、薄く目を開けるだけであった。

医師の源庵が呼ばれ、傷の具合が診察されたが、耳触りのよい言葉を聞くことはできなかった。傷は胸の奥深くまで達しており、出血が止まらなかった。

源庵は「今夜が山じゃ」とだけ言って帰った。

なつめは咳《せき》とともに血を吐いた。傷に当てられたさらしはすぐに赤く染まった。

「しっかりしなんせ。お前は、こんなことで死ぬような娘《こ》じゃありんせん。順序がちがいます。神様がそのようなことを許すわけがありんせん。だいじょうぶじゃ、しっかり気を持つんじゃ」

聞こえているのかもわからなかったが、なつめの耳元で艶粧は囁いた。

すると、なつめは薄く目を開けて艶粧に顔を向けた。

「わかっておりんす。わっちはこのようなことでは死にんせんよ」途切れ途切れに言い、なつめは笑みを零《こぼ》した。「わっちが死んだら、姉さんの面倒を見る禿がいなくなりんす。すると姉さんが困りんす。姉さんは我侭《わがまま》でありんすから、わっちでないとうまくいきんせん」

「そうじゃ。わっちが困るでな、だから早くよくなってもらわんとね」

「よくなったら姉さんの部屋にもどってもいいでありんすか？」

「ああ、よいよい。だから早くよくなれ」

なつめは嬉しそうに笑った。

「この際だから言いますけど、わっち、姉さんに謝らないといけないことがありんす」

「なんじゃね？」

「座敷の畳に焦げを作ったのはわっちでありんす。姉さんが廻し部屋で客様のお相手をしていなさるとき、こっそり煙草を吸ったでありんす。そのとき、火の玉が転がって畳を焦がしたんでありんす。ごめんでありんす」

「知っておったよ。だって、なつめしかおりんせんからね。お前はすぐにわっちの真似をしますから」

「あい。……そうじゃ、忘れておりんした。姉さんの箪笥の一番下の引き出しに金平《こんぺい》糖《とう》とボーロが隠してありんす」

「それも知っておりんした」

「やっぱり、そうでありんしたか。ちょっとずつ減っていくのでおかしいとは思っていたんですが、やっぱりでありんしたか。でも、もしわっちが死んだら、それを姉さんに全部あげるでありんす。わっちのことを思い出して食べてくださいな」

「いいえ、いりんせん。後はなつめが食べなんし。他に欲しいものがあったら言いなんし。なんでも言いなんし。でも調子に乗ってはいけんせん」

「わっち、だし巻きが食いたいでありんす。だし汁が染み込んだ甘い玉子焼きが食いたいでありんす」

「わかりました、久兵衛のだし巻きを買っておきますから、明日の朝、お上がりなんし」

なつめは嬉しそうに目を細めた。

「もう一つお願いがありんす」

「なんじゃね？」

「もし、わっちが死んだら、こっそりとデウスマリア様に祈ってくださいましな。わっちがパライゾに迎えられるように」

「そんな約束はできんせん。わっちは嫌でありんす」

「姉さん。お願い」なつめは艶粧の手を握り締めた。「姉さんはきっとお願いしてくれます。わっち信じておりんす。だから安心して眠れます。わっちは死にたくありんせん。わっちは死にたくありんせん」

なつめは浅い息をしながら寝入った。浅く速い呼吸は続いた。

大引けを過ぎても様態は変わらなかった。出血は依然止まらなかった。血に染まったさらしはたらいに山と盛られた。

「だいじょうぶじゃ。今日一日越せばなんとかなる。源庵先生がそう言ってなさった」

そう自分に言い聞かせた。艶粧はなつめに付き添うと、看病を続けた。

大門の開く音がしてふと目がさめた。なつめの手を握り締めたままいつの間にか眠っていた。

なつめを見た。その顔を見て異変に気づいた。

「なつめっ」

その顔は生気のない人形のようであった。

「なつめ、なつめ、なつめ……しっかりしなさい。息をしなさい。目を開けなさい。笑いなさい。わっちの言いつけですよ。なつめ……しゃんとしなさい」

なつめは息をしていなかった。顔もおでこも手もまだ温かい。しかし、息をしていない。

「なつめ、しっかりしなんせ。許しませんよ。なつめにはまだまだやってもらわないといけないことがたくさんあります。だれがわっちの部屋を掃除するんですか？　だれが金魚の餌を買いに行くんですか？　だれがわっちの腰を揉むんですか？　なつめしかおりんせん。お前はわっちの禿です。わっちが育てた禿です。目を開けなんし」

艶粧《たおやぎ》は既に骸《むくろ》となったなつめを揺さぶった。

「なつめ、起きなんせ、起きなんせ……」

艶粧は絶叫した。


なつめの死の知らせを聞いた若い衆がやって来て、なつめの亡骸《なきがら》を運び出そうとした。空の水桶を運び込み、なつめの亡骸にかけられた布団を剥ぎ取ったとき、強い口調が飛んだ。

「触らないでおくんなまし」

艶粧は泣きはらした目で丈太郎らを睨みつけた。

「しかし、弔《とむら》いをしませんと……」

丈太郎が口ごもりながら艶粧を見た。

「わっちの禿でありんす。最後までわっちが面倒を見ます。わっちが連れてまいります」

「それはできません。あっしらが寺へ運びます」

その言葉が聞こえなかったかのように艶粧はゆるりと立ち上がるとなつめの亡骸を抱き起こした。なつめは十二。まだ禿とはいえ、艶粧の腕には決して軽くはなかった。しかし、その重さはなつめを亡《な》くした悲しみに掻き消された。

「花魁は大門から外へ出られません」と丈太郎。

「逃げも隠れもいたしんせん。お疑いならついて来たらいいでありんしょう。きれいな筵《むしろ》を何枚か持ってきておくんなさい」

艶粧はなつめを抱え、宇右衛門の前を素知らぬ顔で通り過ぎると、はだしのまま扇屋を出、仲之町を大門へと歩を進めた。

大門の前では四郎兵衛会所から出て来た見張り役が、怪訝な顔でなつめを抱いた艶粧を見ていた。行く手を遮ろうとしたとき、その後ろにつく若い衆の姿を見て、そのまま大門から出ることを許した。

なつめを抱えた艶粧は半刻ほどをかけて日本堤を上がり、浄閑寺へとたどり着いた。足の皮が破れて血がしたたり、血の足跡が点々と続いていた。

山門前で掃除をする寺男に「住職を呼んでくださいな。お弔いをお願いしたいのですが」と一分《ぶ》を手渡した。

艶粧はなつめの亡骸《なきがら》を下ろすと筵《むしろ》の上に横たえて手を胸の上で組ませた。

しばらくして住職が現れた。

「この仏かな」

「弔いをしていただきとうございます」

住職は筵に横たわるなつめの亡骸を見ると数珠《じゅず》を手に経を唱えはじめた。

「この娘はなつめと申します。今年で十三になる扇屋艶粧抱《かか》えの禿でございます」

江戸幕府の禁教令により、人は必ずどこかの寺の檀家となることが義務付けられていた。そのようなときであってもカクレキリシタンは仏教徒を装いながらデウスマリアを信仰した。

艶粧はなつめの髪にクルスの髪飾りが挿してあることを確かめると手を合わせ、心の中で唱えた。

――デウスマリア様、なつめの魂をしばらくお守りください。後日あらためてお願いに参ります、必ず……――

剃刀でなつめの髪を切ると紙に包んだ。わずかな遺髪だけが艶粧の手元に残った。

声

胸に石を抱くような苦しい日々が過ぎた。寝ていても、どこからか廊下を駆ける足音が聞こえてきて今にも障子戸が開くような気がして艶粧は思わず目を覚まし、廊下へ飛び出すこともあった。

「な、つ、めかえ？」

夢か現《うつつ》か。寝ぼけた目で見回す。

通りかかったのは禿のさ、さ、め。目をぱちくりさせながら「なつめ、どんはいんせん。死にんした」と無情につき返す。

吉原で刃傷沙汰《にんじょうざた》を起こした小栗正親は、一旦は屋敷へ連れもどされたが、その身の処遇は旗本を支配する若年寄にまかせられた。しかし、沙汰を待つまでもなく、その日の夜、切腹して果てた。事件は将軍の耳にも達したが、自ら切腹したことにより内々に処理されることとなった。

禿の亡骸を自らの手で浄閑寺まで運んだ艶粧の話は評判となった。情の厚い、心優しい花魁と謳われ、艶粧目当ての客が引きも切らず詰めかけた。

評判となったことが売り上げを伸ばす絶好の機会と目論んだ宇右衛門は艶粧の昇格を決めた。宇右衛門に対する数多《あまた》の無礼も帳消しとなり、笑顔で奥座敷へと迎えられるようになった。

艶粧は昼三から、入山形二ツ星、昼夜一両一分、道中アリの呼出昼三となった。花魁の最高位である。お職花魁八潮、二番頭、花魁暁《あかつき》に続く三番頭、花魁艶粧となった。二十二歳にしての抜擢である。振袖新造と二人の禿を抱えることとなり、艶粧の周りは、にわかに華やいだ。

しかし、艶粧からはめっきりと笑顔が減り、憂いを含んだような面《めん》が多くなった。それを風格と評する者もいたが、悲しみとあきらめが入り混じることによるものであった。新造、禿とも極力接触を避け、必要なとき以外は座敷へ呼ぶこともなかった。

「お前が呼出昼三に昇格したおかげで、俺の登楼の回数が減っちまったじゃねえか。なんとかならねえのか？」

久々に登楼した飯島林太郎は、艶粧の顔を見た途端、嫌味交じりに言った。

「申しわけありんせん。なんせ楼主様のお決めになったこと」

「俺は、お前が河岸見世あたりに鞍替えになったほうが嬉しいんだがな。そうすりゃあ毎日でも会えるんだがな」

「客様も増えるので、そう簡単にはいきんせん」

わずかに笑みを零すこともあるが、すぐに奥へと引っ込んでしまう。

「なんだよ艶粧、愛想がねえな。……そうか、なつめのことだな。なつめが殺されたと聞いたときには本当にがっかりしたぜ。あのなつめがな。……初穂もなつめも俺が水揚げしてやると約束していたんだが、残念だ」

艶粧はあらぬ方を見ていたかと思うと一筋の涙が頬を伝った。

「わっちはこれまでたくさんの人の死を見てきんしたが、人の死というものがこれほど悲しくて辛いこととは知りんせんでした。人とのつながりがあまりにも薄かったのでありんしょう。なつめは別格でありんした。今でもなつめの声が聞こえるのがわずかばかりの救いでありんす」

「我慢することはねえ。泣きたいときは泣けばいい。俺だって涙が出るわ。なつめはかわいい禿だった。顔はおへちゃだったけどな。俺とお前はもう長い付き合いだ。遠慮することはねえ。お前の涙に俺はいつでも付き合うぜ」

艶粧は林太郎の胸に縋《すが》ると花魁という位を忘れて泣いた。初めて声を上げて泣いた。吉原へ来て以来、それ以前にもたくさんの人の死に立会い、別れの場を踏み越えてきたが、これほど多くの涙を流したことはなかった。林太郎の胸元は艶粧の涙で濡れそぼった。

艶粧は床の中でも泣き通した。

なつめとの出会いから、最後の別れまでの一場面ごとを思い出しながら泣いた。そしてこのとき、自分の心をさらけ出せるのは林太郎だけであると悟り、唯一の相手であることを実感し、また安堵した。

明け方になって、艶粧はようやく泣きつかれて眠った。

後朝の別れのとき、艶粧は赤い目を隠しながら、憑《つ》かれたものから解き放たれたような晴れやかな顔を林太郎に向けた。

「これは手練手管でもなんでもありんせん。林太郎様には五日に上げず御登楼いただきとうありんす。林太郎様なしではわっちは生きていけんせん。わっちははっきりと悟りました」

「俺はお前の情夫ってことでいいんだな」

「そのように」

「嬉しくて涙が出るぜ。だが、お前は、俺をどこかの大店のどら息子と勘違いしてねえか？」

「いいえ、ちゃんとわかっておりんす。金子を工面して御登楼いただいていることは重々わかっておりんす。わっちがわっちの揚代を負いますんで……」

艶粧にとってもこのような申し出は初めてのこと。

「そりゃ、嬉しいが、本当にいいのかい？　それだったら来るぜ。俺はお前に会いに五日と言わず、三日に上げず来るぜ」

「それだとわっちが干上がってしまいんす」

艶粧は笑った。何日ぶりに笑ったことだろうか、それ以前の記憶は定かではなかった。

「その顔だ。その笑顔だ。やっぱり艶粧には笑顔が一番似合うぜ。俺もお前しか見えねえ。素上がりなら俺も半分くらいなら出せるぜ。お前にそこまで背負《しょ》わせちゃあ、江戸っ子の名折れだ」

「林太郎様にもちっとは江戸っ子の気概がおありでしたか？」

「あたりめえだ。見くびられちゃ堪らねえ。今の言葉、詫びさせてやるぜ」

林太郎はわざとらしく舌なめずりすると艶粧を押し倒した。そして、同衾しそこなった分を取り戻そうとするかのように股座へと潜り込んだ。

希

そぼ降る雨の中、藤七郎が登楼した。艶粧が呼出昼三となってから初めての登楼であった。やはりなつめの話となった。藤七郎は遺髪を前にしてオラショを唱えて亡きなつめの魂を慰めた。

「御登楼していただいてなつめの話は恐縮なのでありんすが……」

「いいさ。今日はなつめのために登楼したようなものだ。構わないよ」

藤七郎は優しさ溢れる笑顔で聞いた。

「なつめは寺で弔《とむら》われんした。しかし、なつめはキリシタンになりたがっておりんした。髪にはクルスの髪飾りを死ぬまで、いえ、死んでも挿しておりんした。デウスマリア様になつめの魂をお預けしたかったのですが、寺ではそれはできんせん。いかがいたしんしょう？」

「しかたがないですわ。仏教のみが認められた国であるからな」

「このままではなつめはパライゾに行けんせん。わっちは、なんとしてでもなつめをパライゾに導いてやりたいのでありんす。なつめはわっちのために死んだようなものですので。あの娘にはなにもしてやれなかった。悔しくてなりんせん」

悲しく、悔しい気持ちのやり処《どころ》がなかった。艶粧は目を潤《うる》ませ、唇を噛んだ。

「お前の気持ちはわかる。その気持ち、なんとか叶《かな》えてやりたいものだが……」藤七郎はしばらく考えると、「なんとかなるかもしれん」と呟《つぶや》いた。

艶粧の沈んだ心の中にほのかな光が差したかのようだった。

「ただ、吉原にいる限りは無理だ。まずここを出ねばならん。出て、オヤジ様にお授けをいただき、正式なキリシタンになることだ」

「しかし、江戸にはそのオヤジ様はもう居なさらないと」

「江戸には居ないが、肥前は長崎、浦上《うらがみ》村の家野《よの》というところに今でもお授けをなさる御仁がいなさる。山田万作というお方だ。わたしが知っているのはその方だけだ。だが、わたしが最後に会ったのはもう二十年も前のこと。当時、五十の半ば。今も健在かどうかはわからん。このことはくれぐれも内密の話だぞ」

「へえ、わかっておりんすが……浦上村家野？　わっちには到底無理な話でありんす。代わりに行ってくださる御仁はおりんせんか？　費用はわっちが全て持ちます」

「それは無理だ。自ら行ってお授けをしていただかなければならん」

「自らでありんすか？　なつめはどうなりんすか？」

「死後のお授けもしていただける。たとえ仏式で弔われても、経消しのオラショというものがあって、ちゃんとパライゾに導いていただけることになっている」

カクレキリシタンであり続けるためには仏教徒になりすます必要があった。そのため、カクレは仏を拝み、経を唱えながらも、それを打ち消すオラショを編み出していた。

「ただ、近親者が行かなければならん。なつめどんにとって一番近いのはお前さんだな」

艶粧はその言葉を聞いて暗闇の中に道ができ、その先に光が見えたように思えた。しかし、長崎へはどのようにして行けようか？　年季明けまで待たなければならないのか？　それに、浦上村へ無事に行けるかどうかもわからない。山田万作という人物が健在であるかどうかもわからない。途方もない長旅になろうことが想像される。

別れの朝、もう登楼はできぬかもしれぬと、藤七郎がぼそりと呟いた。艶粧が最高位の花魁となったことで揚代が嵩《かさ》むことが原因であろうかと思ったが、理由はそれではなかった。

「近ごろ、身辺に不穏《ふおん》な動きがあってな」

「不穏と申しますと？」

「数ヶ月前、使用人だった男に暇を出した。あまりにも不真面目な男だったのでな。その男がどういうわけか、わたしの親族がカクレであることに気づいたらしく、暇を出された腹癒《はらい》せに、奉行所へ密告したらしい。役人が近所に聞き込みをしているのを家の者が見ている。近々、引っ括《くく》られるやもしれん」

「引っ括られると主様はどうなるんでありんすか？」

「改宗を命じられるだろう。改宗に応ずればすぐにでも放免となるが……」

「しませんと？」

「島送りか？　場合によっては死罪だ」

「改宗するおつもりで？」

「わたしは生まれたときすぐにお授けを受け、それ以来、今日までキリシタンだ。これからも、死ぬまで、死んでさえもキリシタンだ。改宗など考えてはいないさ。そのときは潔《いさぎよ》く殉教《じゅんきょう》するつもりだ。わたしもパライゾへ行く。そのときなつめどんも連れて行ってやれればいいのだが……ただ、わたしにはお授けができんのでな」

　それから幾日かたって、江戸で『崩れ』が起こったと聞いた。小さな崩れであったが十数人が捕らえられたとのこと。そこに藤七郎とその家族が含まれていたか詳細は不明であったが、それ以後、藤七郎が登楼することはなかった。

新造小菊《こぎく》の酌《しゃく》がうまいのか、それとも飲まなければやっていられないのか、艶粧が座敷へ来たときには林太郎はへべれけに酔っていた。呂律《ろれつ》が回らず、目の焦点が定まらず、それでも艶粧を手許へ引き寄せると酒臭い息を吐き散らしながら言った。

「俺はお前に心底惚れた。ついこないだまで自分でも本気かどうかはわからなかったが、たった今、本気だとわかった。お前がいないと俺は生きていけねえ。本当だ。俺は日暮里の医者の次男坊で、跡取りは兄貴と決まっていて、次男の俺はついでの子で、どうでもいいお荷物で……」

「もう何度も聞きんした。どうしなんした？　いつもの主様とはちがうようにお見受けいたしますが」

「いいから黙って聞きやがれ、このアマ。どこまで話したっけ、……そうそう……俺は遊び人だが志のある遊び人だ。そこらの遊び人とはわけがちがう。いっしょにしてもらっては困るというもんだ。親父は、俺が妙なことに手を染めないようにかなりの額の小遣いをくれている。だからここで艶粧花魁と遊べるんだが……」

「嬉しく思いますが、なにを言いたいのかさっぱり要領を得ません」

「俺は蘭学を学びてえんだ。蘭学を学んでこの国の人々を救いてえんだ。自分の進むべき道がようやく見えたんだ。江戸とは言え、ここは蘭学の本場じゃねえ。妙な学問が混ざって妙なものとなってやがる」

「へえ、へえ」駄々っ子をあやすように艶粧は相槌を打つ。

「ちょっと待て。こないだは、お前が言った。手練手管ではなく、本当に俺を情夫だと言った、あれは嘘だったのか？」

「いいえ、本当でありんす。なんなら小指をちょん切ってさしあげましょうか」

「馬鹿野郎。お前の小指なんていらねえ。欲しいのはお前の身体の方だ。ムチムチの身体の方だ。小指なんてそこらの馬鹿旦那にくれてやるわ」

「へえ、おおきに」

「なんだ、その返事は？　京都の芸妓じゃあるめえに」

「本当になにを言いたいのか、つかみかねます。酔った勢いの戯言《ざれごと》かと」

「とんでもねえ、俺は正気だ。酔ってるように見えるか」

「へえ、へべれけに」

「それは、お前が俺に酔ってるからだ。でへへへ……」

「なにをしなさると？」

「その話だ。……医術を学ぶために長崎へ行きてえ」

―長崎―なにかの巡り合わせであろうかと思った。ここ数日で同じ地名を二度聞くこととなるとは。

「……それで、わっちにどうしなんせえと。つまり、わっちと別れると言いなんしか？」

艶粧は強い口調で言い、力のこもった目で林太郎を見つめた。吉原では情夫の誓いを立てた者が、別れるなどという言葉を軽々しく口に出すことはできない。一昔前であれば離縁状を書き、それ相応の離縁金を差し出さねばならなかった。今でこそそのしきたりは廃《すた》れたものの、それでもおいそれと解消できるものではなかった。林太郎は声を潜めると、艶粧の耳元へ口を寄せ笑みをこぼして囁いた。

「だれがお前と別れるものか。俺といっしょに長崎へ来て欲しいと言っているんだ。お前も案外と鈍いところがあるんだな。……夫婦《めおと》としてだ。つまり、お前を身請けしてえといってるんだ。まだわからねえか」

跳ね返すかのように今度は艶粧が嘲笑を織り交ぜながら艶然《えんぜん》と笑った。散々笑い、笑い疲れたころ真顔で向いた。

「身請けという言葉、十四年待ちんした。嘘臭い話はいくつかありんしたが。身請けなど夢のまた夢。もうその気持ちは乾いて心の縁《へり》に張りついておりんす」

「だったら、湯でもぶっかけてふやかしたらいい」

「わっちの心は麩《ふ》じゃありんせん」

「麩だろうとカマボコだろうと、そんなことはどうでもいい。嫌か？　お前のことが愛おしいんでぇ。お前の全てが。お前の乳房のぬくもりも、股座の匂いも、尻の手触りも、全てが愛おしいんでぇ。お前の髪の毛一本たりとも他の男に渡したくねえ。さっき、小指はだれぞにくれてやれって言ったが、あれは嘘だ。たとえ小指の先っちょたりともだれにも渡さねえ……お前、人を本当に好きになったことはあるかい？　あるだろう。あるにちがいねえ。そのときどうだった？　楽しかったか、それとも苦しかったか」

「苦しくもあり、楽しくもあり、でありんす」

「……そうだろ。俺は今、そんな気分なんだ。胸の中になにかがつっかえていて吐き出すに吐き出せねえ、だけど吐き出したくもねえ、そんな気持ちだ。わかるだろう。わかるにちがいねえ」

「主様は、ここが吉原であることを忘れておりんせんか？　六尺の板塀が取り囲む吉原でありんす。眼に見えない鎖《くさり》でつながれている女郎を連れ出すにはそれなりの身代金が必要であることを忘れておりなさる。主様の……」

「主様と呼ぶな。林太郎と呼べっ」

「……主様が親父様からいただいている五両十両の小遣いごときでは、わっちを身請けすることは到底できんせん。今のわっちは呼出の花魁でありんす。わっちの乳房一つ身請けできんせん。しかも、足抜が不出来に終わったときには主様の命はござんせん。袋叩きにされて簀巻きにされ、大川へと投げ込まれるのが慣わしでありんす。これは昔も今も同じ」

「吉原の掟くらい承知してるさ」

「承知していて言っていなさるか？　お酒の飲みすぎでありんしょうか？　それとも、わっちをからかっておいででありんしょうか？」

「馬鹿野郎。お前に命を懸《か》けてやろうって言ってるんだ。そこまで鈍いとは思わなかったぜ。だけど、そんなお前が好きだ。でへへっ……だが、その後は俺に命を預けてくれ」

「やめておくんなまし。江戸のお方は冗談が過ぎて困りんす。もうこの話はおしまいにいたしんしょう。たとえ冗談でも、お言葉どんなに嬉しいことか。そのお言葉だけで生きていけそうでありんす……それより今日はわっちが主様の腎水つきるまでつくしましょう」

「言葉だけで満足されちゃあ、俺が納得できねえ。お前を、俺だけのものにしてえんだ。ただ、本当のことを言えば、好きなのは艶粧じゃねえ。今のお前は、本当のお前じゃねえ。俺は駒乃に会いてえ。駒乃だ、会わせてくれ」

「おかしなことをお言いでありんす。今、こうして会っているではありんせんか」

「目の前に鎮座するのは艶粧花魁だ。俺が会いたいのは駒乃だ。お前の中に封印されている駒乃だ」

「会いたいとはどのように」

「今、ここで化粧を落としてくれ。全てをさらけ出してくれ」

「それはできんせん。わっちは花魁。新造とふたりの禿を養っておりんす」

「そんなことは、お前が望んだことじゃなかろう。扇屋宇右衛門が勝手に押しつけたことじゃねえか。そんなことは他の者にまかせちまえばいいんだ。お前がいなくなってもだれかがそれを引き継ぐだけだ。抱えが干からびて押っ死ぬことなぞありゃしねえ……お前は騙《だま》されているんだよ。なにもかもが嘘なんだよ。お前、知らねえか？六、七年前にここから足抜をした若浦という女郎を」

「覚えておりんす。火事に乗じて足抜をしましたが、地廻りに追い詰められて剃刀《かみそり》で喉《のど》を掻《か》き切ったはず」

「冗談じゃねえぜ。全部嘘だぜ。若浦は元気に生きているぜ。日暮里の医院に、夏風邪をこじらせて診察にやってきた女がいてな、親父が診察しているところをちょっと覗いてみたら、どうも見覚えがある顔だったんで、ひょっとしたらと思って声をかけてみたんだ。最初は頑《かたく》なに否定していたが、観念したようにしゃべったよ。やっぱり若浦だった。今は嫁いで子供もいるそうだ。つまり、逃げた女郎は皆死んだことになるわけだ。ここの連中は女郎を騙し、怖《おそ》れさせて吉原に囲い込もうとしているだけなんだ。江戸は八百八町だ。そこに逃げ込めば簡単には見つからねえ。お前がしくじったのは、江戸のことを知らな過ぎたからだ」

「そうかもしれんせんが……それが嘘であれまことであれ、わっちはここで生きて来ました。それは事実でありんす。その恩だけは返さなければ……」

「もう十分返したじゃねえか。わずか五両か十両で売られてきたんだろ」

「八両二分で……」

「細かいんだよ、お前は……もう十分だ」

艶粧は戸惑った。

「これからは俺がついている。俺は決めたんだ。お前を嫁にもらうと。惚れた女が、こんなところで朽ち果てるのを黙って見ているような男だと思っているのか？」

「わっちはこんなところで朽ち果てるつもりは毛頭ござんせんが……」

「なにをごちゃごちゃ言ってる。なにを躊躇《ためら》っている。逃げるのが怖いのか？　捕まったときの折檻が怖いのか？」

「そうじゃありんせん。折檻にはもう慣れんした。折檻で何度もあの世の入り口を覗きんした。自分からその口へ入ろうと思ったことも一度や二度ではありんせん。わっちが心配なのは主様でありんす」

「俺を信じろ。俺はそんなヘマはしねえ。お前ひとり救い出せない男に、日本中の苦しむ人々を救うことなどできやしねえ」

艶粧は意を整えたかのように鏡に向かうと化粧を落としはじめた。

しばらくして振り返り、その顔を見せた。素朴な顔がそこにあった。

「艶粧はだれのものか知らねえ。そんなものはだれのものでもいいんだ。だが、駒乃は俺のものだ。文句は言わせねえ」

「お初にお目にかかります。駒乃と申します」

駒乃は恥じらいながら微笑んだ。あどけない女がそこにいた。

「お笑いになりんしたね」

「笑ったんじゃねえ。嬉しいんだ。涙が出るほど美しいぜ」

林太郎は駒乃を押し倒すと懐へと潜り込み、中着の胸元を開いた。そして露《あらわ》になったその艶美な乳房にむしゃぶりついた。膳がひっくり返り、煙草盆が転げるのも構わず、酒の勢いも手伝っての絡み合いとなった。

第七章　遥かなる長崎

策

「どのようにしてわっちをここから連れ出してくださるんで？」

艶粧《たおやぎ》も林太郎の話に引き込まれつつあった。もしやという一縷《いちる》の望みが艶粧の心に根付きはじめていた。

「簡単だ。大きな凧を作って、俺がそれを吉原の外から揚げる。俺はガキのころから手先が器用でな、そんな物を作るのは造作もねえことだ。その凧をこの扇屋の真上に揚げ、それにお前が飛び移る。飛び移ったのを見計らって俺が勢いよく引っ張るんだ。すると凧は風に乗って大空へ飛んでいく。晴れて艶粧は自由の身……ってのはどうだ」

「そりゃいい方法でありんす。その方法で是非お願いいたします」

期待した自分が馬鹿であったと思いはじめた。熱く語ったあの言葉は林太郎の手練手管だったのかとさえ思えてくる。

「……冗談だ。すまねえ。江戸っ子というのは冗談が好きなんだ。なんたって俺は根っからの江戸っ子だからな」

かかっと軽く笑った。

「今のは冗談ですか？　わっちは本当に信じてよいのでありんしょうか？」

「当たり前だ。じゃあ、こういうのはどうだ？　ここからでっけえ花火を打ち上げる。三尺玉ならお前でも入ることができる。つまり、その中にお前が小さく丸まって入ってだな……すまん……勘弁してくれ。今、考えているところだ。少し待ってくれ」

なにも案がないまま結果だけを算段している林太郎に艶粧はあきれた。これでは履物屋の栄助とあまり変わらない。これで医師になり、日本中の苦しむ人を救うことができるのだろうか。

「期待するわっちが馬鹿なんでありんしょうか？　それとも、苦しみと悲しみのあまり、わっちは気が狂《ふ》れてしまったのでありんしょうか？　目の前に見える御人はただの幻……」

「とんでもねえ。必ずお前をここから連れ出してやる」

二町三町の四角い吉原である。忍返しの付いた高さ六尺の板塀でぐるりと囲まれている。その周りを幅二間の溝《どぶ》が取り囲んでいる。大門以外に九つの門があり、それぞれに木戸が設けられているが滅多なことでは開けられない。木戸の外には溝を渡す跳《は》ね橋が備えられていて、たとえ木戸が開けられたとしても橋が下りなければ渡ることはできない。

「男なら二間のドブくらいひとっ飛びなんだが、お前じゃ無理だな」

「無理でありんす。まちがってドブに落ちるくらいなら死んだ方がましでありんす。考えただけでぞっとしんす」

「そのくらい我慢しろい。一時《いっとき》のことだ。風呂に入ればきれいになろうが」

「わっちに、そこへ飛び込めとお言いで?」

「まだそうは言ってねえ。その前に忍返しの付いた板塀を飛び越えられりゃ話は別だが……」

足抜の方法で昔から多いのは、男に変装して大門から出る方法である。着物を男ものに替え、猿股をはき、頬《ほっ》かむりし、帰り客の振りをして四郎兵衛会所の前を通るのであるが、見張番も心得たもので、体つきや、歩き方、肌の白さから女と見抜く術《すべ》を身につけている。成功することはまずありえない。

次に多い方法は、火事に乗じて逃げ出すことであるが、以前、艶粧はこの方法で抜け出したものの連れ戻されている。次の火事の際には監視が厳しくなることが予測されるため成功する可能性は極めて低いであろう。それ以外には、長持に隠れ、荷物といっしょに外へ出る方法や、外からの手引きによって板塀を乗り越える方法が試みられたが、成功した話はあまり聞こえてこなかった。もっとも、成功した話は中へは伝わらないようになっているが。

「肥桶《こえおけ》の中に潜んで運び出すっていうのはどうだ？　まさか肥の中までは検《あらた》めねえだろ」

「わっちは、ここで朽ち果てることを選びます」と艶粧はあきれたように顔を手で扇《あお》いだ。

「そうか。つまり、もうひと工夫必要ってことだな……」眉間に皺を寄せてしばらく頭を抱えると、林太郎は艶粧に訊いた。「お前、扇屋からは自由に出られるのかい？」

「へえ、昼見世、夜見世の前でしたら出られます。ときには京町二丁目の九郎助稲荷《くろすけいなり》に願掛けに参ります。あまりご利益はありんせんが」

「そうだろうな。ご利益があれば、今ごろこんなところにはいねえだろうな」

林太郎はふっと頭を持ち上げてにんまりと笑った。

「閃《ひらめ》いたぜ。やはり俺はタダ者じゃねえ」

「自分で自分を褒《ほ》めていれば世話はありんせん」

「お前さんにも変装して、ちょっとした芝居を打ってもらう。花魁ともなれば、そのくらいお茶の子さいさいだろ。普段から男を騙してるんだからな」

「そんな目で見ていんしたか？」

艶粧はツンとそっぽを向いた。

「お前の怒った顔もまんざらじゃねえな。その顔、好きだぜ」

艶粧はそっぽを向きながら笑いを堪えた。

その後、二度の打ち合わせをし、手筈《てはず》が整えられると林太郎の策は実行された。


じきに昼見世が始まろうとするころ、お豊は廊下を足早に行き来していた。大広間を見回し、階段を上ると二階の廻し部屋へ顔を出したり、艶粧の部屋座敷を見て回った。

「小菊、艶粧花魁はどこかね」

「知りんせん。さっき、座敷で煙草吹かしていんしたが。その後は見ていんせん。なにか御用でも？」

「今度の新造出しの後ろ盾のことで相談があるんだけど……どこ行っちゃったんだろ

うね、まったく……」

お豊は大きな身体で独楽鼠《こまねずみ》のようにくるくる回った。

見世の前で水をまいていた丈太郎に聞いた。

「艶粧花魁を見なかったかね」

「へえ、艶粧花魁なら、先ほど九郎助稲荷へ願掛けに行くといって出て行きましたが」

「なんだいお稲荷様かい。ならいいよ」

「へえ、ただ、もう一刻《いっとき》（約二時間）にもなるんですが。いつもなら半刻《はんとき》（約一時間）もするとおもどりになるんですがね。なにかあったんでしょうか？」

お豊は途端に顔色を曇らせた。いつもと異なる行動を取るときが一番危ないことを経験から心得ていた。

「丈太郎、お稲荷さんまで走って、ちょっと見てきておくれ。騒ぎ立てるんじゃないよ」

丈太郎は水撒《ま》きをほっぽり出すと着物の尻を端折《はしょ》って走り出した。九郎助稲荷は京町二丁目の突き当たりにある。歩いても往復四半刻（約三〇分）もかからない。

丈太郎が到着したとき稲荷の前では女郎たちが願掛けをしている最中であった。扇屋の女郎の姿もあった。

「おい、浮葉《うきは》、艶粧花魁を見なかったか？」

「見ておりんせん。わっちは今来たばかりでありんす。艶粧姉さんがどうかなさったんで？　いなくなったんでありんすか？　ひょっとするとまた足抜でありんしょうか？」浮葉は大口を開けて笑った。「足抜病でありんすな」

「馬鹿野郎、滅多なことというんじゃねえ」

丈太郎は走り出した。吉原の中をぐるりと回った。駄菓子屋、汁粉《しるこ》屋、そば屋……。艶粧が立ち寄りそうなところは勿論、立ち寄りそうもないところも当たった。

しかし、艶粧の姿はなかった。丈太郎の形相はにわかに変わった。

「もしや、やられたか？」

扇屋へもどるとそのことを告げた。ただちに若い衆が集められ、吉原の中を捜す者と外を捜す者とに分けられて走らされた。

真っ昼間の足抜であれば大門から出た可能性が高い。それ以外に開いている門はなく、板塀を乗り越えたりすれば人目につくため騒ぎとなっているはずである。

まず最初に、四郎兵衛会所の前で見張りをする吾助を問い詰めた。

吾助は怪訝《けげん》な顔で無愛想に言い返した。

「花魁がここを通れば黙ってねえ。もっとも俺は花魁の顔も知らねえがな」

「ここを通った女は？」

「いるが、みんな切手を持っていた。持ってねえ者はたとえ死に損ないのババアでも通ることはできねえ。それを見張るのがわしの役目だ」

「ここ一刻ほどで通った女は何人だ？」

「三人だ。行商の女がふたりと、金の無心に来た女郎の母親がひとりだ」

「行商の女は、以前に見たことのある顔か？」

「何度も見た顔だ。だが、そんなことでは通さねえ。切手があったから通したんだ」

「金の無心に来た母親というのはどんな女だ？」

「出っ歯で染みだらけの汚いババアだ。まさかあれが花魁というんじゃねえだろうな。そんな花魁をどこが抱えてるんだ？」

「切手は持っていたのか」

「持っていた。だから通した」

「そのババアが入るところは見たのか？」

「わしは昼からここに立っておるでな。入るところは見ておらん。でもまさかあの汚ねえババアが花魁？　ババアを花魁に据える妓楼なんてあるのかい」

「大馬鹿野郎。化けていたんだ」

「タヌキかキツネの類《たぐい》か？」

「馬鹿野郎」

「だが、切手は持っていたぜ。間違いねえ」

「どんな手を使ったか知らねえが、切手を手に入れやがったんだ」それ以外には考えられなかった。「とにかく足抜だ。艶粧の足抜だ」

吉原はにわかに殺気だった。真っ昼間、女郎に堂々と大門を出ていかれては示しがつかない。今後、真似しようとする輩《やから》も出かねない。

「切手は女にしか発行されねえ。艶粧が持って出たのであれば中に切手を持たない女がいるはずだ。その女を探すことだ」

すぐに若い衆へと知らされ、切手を持たない外の女の捜索がはじまった。しかし、どれだけ時をかけてもそのような女を見つけることはできなかった。

しばらくして丈太郎はからくりに気づいた。

「もういねえよ。いくら探しても出てきやしねえ」

「どういうことだね。説明しておくれな」

お豊が食らいついて問い質《ただ》した。

「入って来た女も変装にちがいねえ。しかも、そいつは女じゃねえんだ。男が女に変装していやがったんだ」

入るときには何の詮議もなく容易に大門を潜《くぐ》ることができる。出るときが難しいことを逆手に取ったのである。どれほど警戒が厳しくとも切手さえあれば容易に出られるのである。

「女に変装して切手を持って入ってきたのは男。九郎助稲荷に願掛けと偽って出掛けた艶粧とどこかで落ち合ったわけだ。裏茶屋あたりだぜ。探せば艶粧の着物が見つかるはずだ。そこで切手を手渡した。そして、入って来たときの着物を艶粧に着せる。艶粧はババアに変装し、渡された切手を使って大門から出て行った。手引きした奴は男の着物に着替え、堂々と大門を出て行ったという寸法だ」

聞けば単純なからくりである。その可能性を否定する者はなかった。

「ちくしょう、またやられたよ。なんとしてでも艶粧を連れもどすんだ。今度という今度は容赦しないからね」

お豊の怒号が扇屋に響き渡った。しかし、それだけの覚悟と手引きするものがあれば、今度は簡単に見つかりそうにないともお豊は思った。

地廻り、吉原雀を動員すると、艶粧の馴染み客を虱潰《しらみつぶ》しに当たった。

林太郎が借りた東日暮里にある九尺二間の棟割《むねわり》長屋に艶粧《たおやぎ》は身を潜めていた。火事の時に逃げ込んだ松吾郎の長屋に瓜二つであり、そこに舞い戻ったかのような錯覚を覚えた。

林太郎は老婆に扮した艶粧を前にして言った。

「お前、本当に艶粧だろうな？」

「主様の言うとおりにして来んした。この茶色い水はなんでありんしょうか？　ひどい臭いでありんす。それに、一生このままでは困りんすが……」

艶粧は九郎助稲荷へ願掛けに行くといって扇屋を出、そのまま揚屋町の裏茶屋右京《うきょう》の桔梗《ききょう》の間へとやってきた。そこで老婆と出合った。この老婆は喜助《きすけ》という男の変装で、林太郎の差し金であった。喜助は華奢《きゃしゃ》な男で、見ようによっては女にも見え、背丈も体つきも艶粧によく似ていた。

喜助は老婆に扮し、大門前の茶屋で切手を手に入れて中に入った。

手筈どおり裏茶屋で落ち合い、脱いだ着物とともに艶粧に切手を渡した。そのとき出っ歯に見せるための入れ歯と吸筒《すいづつ》（水筒）に入れた柿渋《かきしぶ》を渡した。柿渋は柿から抽出した汁を発酵させた茶色の液体で、染色や防水に利用される。これを塗れば日焼けしたような褐色の肌となる。艶粧はそれを顔、首、手、足など、肌の見える部分へ隈なく塗って、日焼けして染みだらけの老婆に扮した。さらには、木で細工した入れ歯を挿して、受け取った着物に着替え、切手を使って堂々と大門を出たのであった。

大門を出たところで駕籠《かご》に乗り込むと浅草で降り、またそこで別の駕籠に乗り換えて東日暮里の長屋へとやって来た。

喜助はあらかじめ用意していた男物の着物に着替え、なんの咎《とが》めも受けず大門から出たのであった。

「こんなに上手く行くとは思いんせんでした。存外、呆気ないものでありんした」

「当たり前だ。俺の手筈に狂いはねえ。しかし、お前はさすがだぜ。大門を出るときのお前の堂々とした芝居には恐れ入ったぜ」

「見ていんしたか」

「当たり前よ。心配で、いても立ってもいられなかったからよ。なにかあったらそこで追っ手を斬りつけてやろうと思って匕首《あいくち》を握りしめていたんだが、上手くいってなによりだ」

「大門を出るときには心の臓が張り裂けそうになりりんした」

艶粧は濡れた手ぬぐいで柿渋を拭った。首筋から耳の中まで全て塗るように言われていた。柿渋はなかなか拭いとれず難儀した。

「今ごろ吉原は大騒ぎだ。なんせ、大見世扇屋の人気花魁が昼間っから消えちまったんだからな」

「へえ、そうでありんすな」

「お前、そのありんす言葉はやめねえか。ここは吉原じゃねんだ」

「そうでありんすが、十四年の間に染みついた言葉は簡単に消えそうにありりんせん」

と言いながら髪を解いた。「わっち、本当に自由なんでありんしょうか？　夢みたいでありんす」

「そして、お前はもう艶粧じゃねえ。駒乃だ」

「駒乃ですか。その響き、懐かしいでありんすな」

駒乃という名、長く失くしていたものをようやく見つけ、取りもどした心持ちであった。

「お前はもう自由だ。そして、お前は俺のものだ」

林太郎は駒乃に戻った艶粧をひしと抱きしめた。しかし駒乃にはまだ実感は湧いてこなかった。

「あの殿方は信用できる方なんでしょうか？」

「あの殿方？　殿方ってだれだい？　……ああ喜助か。殿方なんて上等な奴じゃねえよ。八丁堀で行倒れとなっていたところを俺が見つけてうちの医院で面倒を見てやったんだ。見てくれはさえねえ男だが、あれでも海千山千の強者《つわもの》だ。今じゃ、うちのお庭番だ。口が裂けても他へは喋らねえよ」

小柄な体躯が老婆役に打ってつけと一役買わせたのであった。

「そうですか、安心しました」

「だが、安心するのはまだ早《はえ》え。扇屋の若い衆が血眼《ちまなこ》になってお前を捜していることだ。しばらくはここから一歩も外へは出られねえぞ。厠《かわや》へも行っちゃならねえ」

「閉じこもるのは慣れておりんすが、大小は、どこでしなんせえと？」

「そこに桶がある。そこに跨《また》がってすることだ。……そんな怖《こえ》え顔をするんじゃねえ。ここが大事なとこなんだ。奴らはあっちこっちの長屋を見張っていやがる。一番危ねえのが厠へ出るときだ」

「わっちに、ここでしなんせえと」

「そうだ。ここがお前の人生の分かれ道になるかもしれねえ。十日、いや二十日だ。

その間は俺が食い物を持って来てやる。毎日来られるかどうかはわからねえが、そのときに、お前が出した糞尿を始末してきてやる。だから、お前はここから一歩も出るんじゃねえぞ」

「林太郎様がわっちの……を？」

「俺は医者を志す人間だ。親父も兄も医者だ。子供のころから死骸も臓物も糞尿も見飽きるほど見てきた。気にするな」

地獄と呼ばれる吉原で育った女の強さを駒乃の中に見ていた。林太郎は不敵に笑った。しかし、

「そんなものを見られるくらいなら吉原へもどります」

そればかりは看過できぬと駒乃は突っぱねた。意外だったのは林太郎であった。

「嫌か？　そうか……だったら夜中、こっそり自分で捨てに行くんだな。奴らは夜中でも見張ってるぞ。見つかったら元も子もねえということを忘れるんじゃねえぞ。ほとぼりが冷めてそのときに命があったら江戸を出る。長崎に着くまでは気が抜けねえ。向こうまでは追っちゃあこねえだろ。当分は長崎で暮らすことになる。そのつもりでいてくれ」

扇屋では艶粧の情夫を知らなかったため捜索は難航していた。林太郎はただの客と

思われていた。しかし、客であれば嫌疑は掛かる。林太郎の父親が営む医院にも目つきの悪い連中が聞きこみにやってきた。患者の中に艶粧が紛れていないか病室までも調べが入り、林太郎はどこにいるかとしつこく聞かれたが、林太郎の父親も慣れたもので、「ひと月に一度、金の無心にくるような奴で、勘当したいくらいの馬鹿息子じゃ。なにをしでかしたかしらんが、見つけたら、そっちで始末してもらって構わん。そのときには礼を言うぞ」と患者達の前で言い放って失笑を買ったという。本心かどうかはわからないが、その話を喜助から聞いた林太郎は複雑な思いだった。

「林太郎様の親父様も相当なお人ですね」

駒乃は口元を隠して笑った。

用心を重ねて駒乃は五日を長屋に閉じこもって過ごした。

さすがに疲れが見えた。林太郎によって差し入れられる本を読むくらいしか暇をつぶす方法が見当たらなかった。相手がいれば、囲碁、将棋でもして暇をつぶす術もあろうがそれも叶わず、三味線、琴もない。たとえ三味線、琴があったとしてもここで弾くことはできようはずもないが。

林太郎は時折足音を忍ばせるようにやって来ては世話を焼くがすぐに帰ってしまう。

いっそのこと外へ駆け出そうかとも思ったが、ここで躓《つまず》くと全てがふいになるとの最後の思いが駒乃の足を止めていた。

六日目の朝方のこと、せわしなく戸を叩く者がいた。

地廻りか吉原雀かと警戒しながらしばらく様子を窺いつつ、「はい」と小さな声で返答をしてみた。

「気分はどうかね？　大家の庄右衛門《しょうえもん》だがね。ちょっといいかね」

駒乃は障子戸をちょっと開けて顔を出した。白髪交じりだが、身形《みなり》のよい上品そうな老人が立っていた。

「あんたがお早紀《さき》さんかね？　話は林太郎さんから聞いてるよ。ちょっと開けてくれないか、これじゃ話もできやしない」

いつの間にか早紀という名になっていたことに驚いた。場所が変わると名も変わるものかと、禿のころのことを思い出しながら戸を開け、楚々と頭を下げてみた。

「早紀と申します」

頭を上げたその顔を見て老人は面食らった。

「ありゃ、別嬪《べっぴん》さんだね。林太郎さんから聞いた話じゃ、病上がりの患者さんで、養生のためにしばらく部屋を借りたいとのことだったが、こりゃ怪しいもんじゃな」

庄右衛門は込み上げるような笑みを湛えた。

「申しわけありません。ご挨拶もせず。何分《なにぶん》まだ体調が優《すぐ》れませんので、閉じこもっております」

「いいんだ。わたしも江戸っ子だ、野暮なことは訊かないがね。どちらにしても、いつまでも閉じこもっていてはいかんと思って、どんな事情があるのかは知らないがね、ちょっと誘い出してやろうと思ったんだが、迷惑だったかね？　長屋の者も不審に思っておる。ちょっと顔を出したらどうかね」

庄右衛門の後ろに一つ二つと顔が増えた。姉さん被りの女や、鉢巻をした職人風の男がもの珍しそうに覗き込んでいた。この長屋の住人らしい。決して上品ではなかったが悪い人たちとも思えなかった。

警戒心を抱きつつも、駒乃は外に出た。知らぬうちに七、八人の者がそこに集まっていた。子供の顔もあった。

「お早紀と申します。しばらくの間よろしくお願いします」

たどたどしく頭を下げた。毅然と構え、艶然と流し目をしていた吉原のころを思うと、別人になったような気分である。

人々は不審を抱きつつも口元には笑みを湛えながら会釈した。

「林太郎さんがどこかの岡場所の女を足抜させて匿《かくま》ってるんだよ」と姉さん被りの女の声。「岡場所にあんな別嬪はいねえよ。お前みてえなオカメ、へちゃむくればかりだ。きっとどこかの大店の御新造さんと駆け落ちして匿ってるんだろうよ」と職人風の男の声。当たらずといえども遠からず。しかし、自分の存在が長屋の者たちに知られることで気分は幾分晴れやかとなった。

子供の声がして、ちょっと外を見回すと長屋の路地を走り回る子供の姿が見えた。男の子は独楽を回して遊んでいた。

数日前までは外を覗くことすら憚られたが、少しずつ扉が開きつつあった。こんなことをしていたら、いつか見つかって吉原へ連れもどされるのではなかろうかと思いつつも、外への憧れが強くなっていった。

さらに数日すると、駒乃は近所の子供たちを集めて読み書きを教えはじめた。習い事をするほど余裕のない子供たちが長屋には多くいて、瞬く間に駒乃の周りに黄色い声が溢れた。戸口に縁台を置き、木箱を机にして文字を書かせ、読ませた。貸本の読み聞かせをすると子供たちの目が輝くのがわかり、嬉しくなった。

そんなこととも露知らずと、そこへやってきたのは林太郎であった。林太郎は血相を変えて子供たちを追い払うと、駒乃を家に押し込め、障子戸を閉め切った。

「お前、ここでなにをやってやがるんだ。人目につくだろうが」

「あんまり暇だったので、子供たちに読み書きを教えていただけです。そんなにいけませんか？」

駒乃は不平をぶつけるかのように平然と言った。

「この筆と硯《すずり》はどうした？」

「そこの古道具屋まで行って買ってきました。怪しい人には見つかっておりません」

「自分の立場がわかってるのか？　見つかったら命にかかわるんだぞ。お前も俺も」

「こんなところに閉じこもっていたら息が詰まります。扇屋の方がまだましかと」

「本気で言ってるのか。目をさませ」

林太郎の右手は駒乃の左頰《ほお》を打った。腰が砕けたと同時に駒乃の中でなにかが弾《はじ》けた。その言葉で目がさめた思いだった。鬱積と油断で増長していた駒乃の威勢は途端に萎《しぼ》んだ。

「場所を変えたほうがいい。ここは危ねえ」

「鞍替《くらが》えでしょうか？」

「馬鹿野郎。部屋を変えるだけだ。ただの引っ越しだ」

江戸っ子は噂話が好きで、面白おかしく話を広げる。どこからどのように噂が広まるかわからない。長屋のおかみさんが、どこかの店先で話のタネにしないとも限らない。吉原雀や地廻りはそのような噂話に耳を傾けるものである。

その日のうちに駒乃は別の長屋へと移された。急に容態が悪くなったと林太郎が芝居を打ち、荷車で運ばれた。そこでは長患いの病人を装い、ひたすら息を潜め、沈黙を守った。

引っ越しの直後、前の長屋に数人の人相の良からぬ男たちがやってきて、住んでいた者の人相風体を事細かに聞いていたとのことであった。間一髪のところであった。

「わかったか、こういうことになるんだ。わかったか」

駒乃は返す言葉が見つからなかった。

一方、扇屋は焦った。十日たっても一つの手掛かりもつかむことはできなかった。捜索費用は嵩《かさ》むばかり。足抜した女郎が見つかったときには費用を全て本人に背負わせることになっているが、見つからなければ雇い主が背負うこととなる。宇右衛門の苛立ちは尋常ではなかった。

二十日ほどしたころ、艶粧は情夫《まぶ》とともに心中して果てたと女郎衆には伝えられた。

「情夫ってだれだい？」と遊女の一人が飯を掻き込みながらお豊に訊いた。

「どこかの若旦那だよ」

「どこかってどこの若旦那だい？」

問いかけに戸惑うお豊の顔を見て皆がすぐに察した。

「ははん、さては逃げられたんだね。だからどこのだれかって言えないんだ。図星だろ」

嘲笑が入り交じった視線がお豊に向けられた。

「何言ってんだい。あんたらには関係ないんだよ。もうすぐ見世が開くんだよ、いつまで飯を食ってるんだい。早く支度しな。そんなだから揚代二朱から足を洗えないんだ」そう言うとお豊は歯ぎしりしながら奥へと引っ込んでいった。

「いいね、艶粧姉さん。まんまと逃げ果せたらしいよ。持つべきものは切れる情夫だね」

「わっちもそんな情夫がほしい」

艶粧が足抜を果たしたことは扇屋でもっぱらの噂となり、それを疑う者はだれもいなかった。

町を見回しても捜し回る地廻り、吉原雀の姿は見られなかった。一つの山は越えたかのようであった。

「もうお前は駒乃だ。と言いたいが、もうしばらく早紀でいてもらう」

「なぜその名前でないといけないんでしょう？　ここも、もう出るのでは？」

何度も名前を変えてきて、ようやく本当の名にもどれると喜んでいたところであった。

「長崎に行くには女手形を作らねえといけねえ。そのとき、旅に出るのはどこのだれかということを届けねえといけねえ。吉原から逃げた艶粧とは言えねえんだ。駒乃という名でも危ねえ。だから別の人間になってもらう必要があるというわけだ。関所を通るときだけだが、肝心なときに名前を間違えるとどうにもならねえ。だからこれからもしばらくは早紀だ。いいな。俺もお早紀と呼ぶ」

「主様の仰《おお》せのとおりに。わっちはお早紀でありんす」

「やめろい。もう二度とそんな口を利くんじゃねえ。お前はもう俺の女房だ。お早紀の名で女手形を取ってある」

「わかりました。林太郎様」

仏頂面で返したが内心は震えるほど嬉しい。

「このお早紀という女は、肥前から出てきてうちの医院を手伝ってくれた女だ。しかし、流行病《はやりやまい》に罹《かか》って二年前に死んだ。ちょっと名前を借りるってわけだ。優しい女だったから許してくれるわ」

「いい仲だったんですか？」

「焼もちか？　俺よりも二十も年上の女だ」林太郎は吹き出した。「明日、出発する。途中、医院へ寄って、両親と兄に会ってもらう。その後、すぐに長崎へ出発だ。長旅だ。覚悟しておいてくれ。ということで、出発の前にお前を抱きてえ。文句は言わせねえ」

長崎までは約三百里の長旅である。順調に行っても二月《ふたつき》かかる。なに事もなく行くことなどあろうはずもない。天候に嫌われれば三月《みつき》かかるかもしれない。途中、山賊に襲われるかもしれない。病に倒れるかもしれない。

立

医院春成館《しゅんせいかん》は日暮里、宋福寺を北へ一町ほど行ったところに構えていた。初代は甲斐藩士であるが、三男として生まれた伊織は物心つくころから医師を志し勉学に明け暮れたとのこと。その努力が認められ、藩主の口利きにより藩医に弟子入りが許され、約十年余りにわたって医術習得に勤しんだ。独り立ちすると、一念発起し、江戸へ出てこの地で医院を開くこととなった。

伊織の後、三代にわたる医師として現在では地元に根付き、周辺では知らぬものがいないほど名の知れた医院となっていた。瓦土塀《かわらどべい》にぐるりと囲まれた敷地に歴史を思わせる重厚な建物が鎮座しているが「ただ古いだけのボロ医院だ」と林太郎は謙遜《けんそん》と皮肉を織り交ぜた。

「林太郎にしてはえらい別嬪を見つけてきたもんじゃ。しかも知識も教養もあるようじゃ。顔を見ればわかるぞ。はて、どこかで会ったかな?」

診療の合間、座敷での顔見せであった。白衣姿の親父殿は顎髭《あごひげ》をまさぐりながら磊落《らいらく》に言った。なにを生業《なりわい》にしておったかと聞かれたとき、「三味線を教えておりました」と応《こた》えた。林太郎からそのように応えろと言われていた。

「できれば一曲お聞かせ願いたいものじゃ」と親父殿は座敷を見回したが、「ウチには三味はなかったか。気が利かぬ連中ばかりじゃ」と己のことを棚に上げて大魚を取り逃がした子供のように悔しがった。

駒乃が吉原の花魁であったことは伏せられた。もどったとき、折を見て話すとのことであった。

林太郎は長崎へ行き、杉田玄白の孫弟子にあたる尾崎早雲《おざきそううん》を訪ねることとなっている。早雲が開いた医塾成倫館《せいりんかん》は、数多《あまた》の医師を輩出することで誉《ほま》れ高い。そこで林太郎も医師としての修業を積むことになる。古くからの友である父親の推薦状を携えての出発であった。

箱根の関所を越えるまでは油断できなかった。表向きには扇屋の捜索は終わっているとはいえ、艶粧の首には賞金がかけられているはずである。どこに出没するともわからぬ地廻りや賞金目当ての輩《やから》の目に留まらないとも限らない。

東海道を西に上る。長年の吉原暮らしのせいで歩きなれない駒乃は一日五里が限度であった。まずは品川宿で一泊し、翌日、六郷《ろくごう》の渡《わたし》で多摩川を渡る。

夜明けと共に宿を出立すると多摩川へと向かった。

半刻もせず六郷の渡へ着く。既に渡し舟を待つ客で賑わっている。

駒乃がなに気なく桟橋《さんばし》を見ると、どこかで見たような男が女の菅笠《すげがさ》を乱暴に剥《は》ぐって顔を覗《のぞ》きこんでいる。吉原雀《よしわらすずめ》の義三《よしぞう》である。浅草観音で艶粧を見つけたのも義三であった。よくよく相性がいいのか、悪いのか。しかし、幸い先に見つけたのは駒乃の方であった。

「わたしから離れてください。執拗《しつよう》にわたしを捜し回っている男がおります」

林太郎は駒乃の視線の先を見た。

「あの野郎か。なんてしつこい野郎だ。このまま先へ行くわけにはいかん。かといって上手の渡しに足を延ばしても、おそらく、そこでも仲間が張っているにちがいねえし、さてどうしたものか」

駒乃は覚悟を決めたように言った。

「林太郎様は先に舟に乗って川を渡ってください。わたしは後から必ず行きますから、川の向こうで、わたしを信じて待っていてください」

「待つのはいいが……」

林太郎は駒乃の覚悟の顔を見た。

「早く行ってください。そう……申しわけありませんが吸筒を貸していただけませんか。向こうでお返しいたしますので。そして、もう一つ、この荷物をお預かりくださ い」と行李を預けた。林太郎が吸筒を渡すと「じゃあ、早く行ってください」と駒乃は急《せ》かした。

「お前のことだから、なにか魂胆《こんたん》があろうが、無茶するんじゃねえぞ。ここまで来てお前を失いたくねえ。ひとりで長崎へ行ってもつまらねえからな」

駒乃は笑みをひとつ見せると「早く」と急かす。止むなく林太郎は渡し場へ向かった。

　駒乃は、林太郎が舟に乗り、出発するのを確かめると、自分の吸筒と借り受けた吸筒の中の水を捨てて空《から》にし、それを懐へと差し入れた。

　駒乃が桟橋まで来ると、義三は他の客と同じように駒乃の菅笠を乱暴に剥ぐった。

「おっ、おおおお艶粧《たおやぎ》」

　義三は素っ頓狂な声を上げると込み上げるような笑みを浮かべた。駒乃はそこで初めて気がついたかのように芝居を打った。

「なにを言ってるんですか？　お前さんはだれですかね？」

「お前、艶粧じゃねえか？　捜していたんだぜ、お前とは妙に気が合うようだな。ここで張っていれば会えるような気がしたんだ」

　義三は追い求めた獲物を仕留めたかのように自慢気に言った。

「わたしはお前さんなんて知りませんがね、だれかと人違いをしていなさるんじゃないでしょうか」

「その声は確かに艶粧だ。とぼけても無駄だぜ。間違いねえ。いっしょに来てもらおうか」

「なにをするんですか。勾引《かどわかし》ですかね」

義三は駒乃の手首をつかむと強引に連れて行こうとした。後から来る旅人たちは、なに事かと遠巻きに眺めている。

「だいじょうぶだ、なんでもねえ、この女は借金を踏み倒して逃げようとした女郎だ」

義三は周囲に瓦版でも売るような口調を向けた。

「ちがいます、人違いです。だれか、お役人を……勾引です」

「逃げても無駄だぜ。川を渡ってもすぐに追っ手が来る。見つかった以上、もう逃げられねえぜ」

駒乃は力任せに義三の手を振り払うと桟橋《さんばし》から飛び降り、川原を川下へと走った。

「お前の足じゃ逃げられねえぞ。やめておけ」義三は余裕の足取りで追った。「どこまで行っても川は渡れねえ。そっちに行けばより深くなるだけだ」

半町（約五〇メートル）ほど走って義三が近づいたとき、駒乃は悲鳴を上げて突き落とされるような振る舞いで深みへと飛び込んだ。

駒乃は助けを求めて精一杯に叫んだ。

「だれか、お役人を……」

しかし、旅人らは声の主へと眼をやるがどうしていいものやら思案に暮れるばかりであった。

その様子を見て義三はほくそ笑んだ。

「無駄なことしやがる」

しかし、駒乃の姿が小さくなるにしたがってその笑みも次第に消えていった。

「馬鹿野郎。いい加減にしろ、死んじまうぞ。もどって詫《わ》びを入れれば命くらいは助かるかもしれねえ。早まるんじゃねえ」

駒乃に聞く耳はなかった。悲痛な叫びを上げながら浮き沈みしながら流れて行った。

「やめろい、もどって来い」

義三は膝ほどの深さまで追ってきたが、そこで様子を見ているだけだった。幸いなことに義三は金づちのようであった。浅瀬で地団太《じだんだ》を踏むような仕草を繰り返した。

駒乃は流れに身をまかせ、さらに深みへと流れていった。義三はしばらくそのまま駒乃を目で追った。頭が浮き沈みするのが見えたが、やがて見失った。

「流れていっちまいやがった。あれじゃあ助からねえ。えれえことになった。せっかく見つけたものを、なんて言い訳すりゃあいいんだ」

義三は今更のように嘆いた。

その様子を見た旅人らが途端に集まってきて義三を取り巻いた。もはや見て見ぬ振りはできぬことであった。

「お前さん、なんてことしやがるんだ。突き落とすことねえだろ」

「なに言いやがる。俺は捕まえようとしただけだ」

「嘘をつけ。女を突き飛ばしたじゃねえか。ちゃんと見てたぞ。女は助けを求めていたじゃねえか」俺も見た、俺も聞いたと皆が言い出した。「じゃあ、なぜ助けねえんだ」

「俺は金づちなんだ。深い水は苦手なんだ」

「男だろ、そんなの言い訳になるか。だいたいあの女が、お前さんが捜していた女だという証《あかし》はあるのかい。女は人違いだって言ってたじゃねえか」

「逃げたじゃねえか」

義三は苦し紛れに言い逃れようとする。

「当たり前だ。お前みたいな悪党面に睨《にら》まれりゃ、大抵の女は逃げるわ」

「この野郎を番屋に突き出せ。女殺しの大罪人だ」

義三は旅人らに取り押さえられると、そのまま担ぎ上げられ、神輿のようにして連れて行かれた。

「俺が死なせたことになっちまう。艶粧の借金なんて俺に払えるわけねえ。……それどころじゃねえ、人殺しの咎人《とがにん》になっちまう。島送りか、獄門か……どっちにしても最悪じゃねえか……」

義三はようやく自身の立場に気づいたが手遅れであった。女が艶粧であったという証拠はない。艶粧であったとしたら借金を負わされるだろうし、そうでなくとも女殺しの咎人である。

対岸では林太郎が、いても立ってもいられぬ思いを噛みしめ渡し客の顔を具《つぶさ》に見ながら待っていた。そのうちの一人から、向こう岸で女が川に落とされて死んだという話を聞かされた。その女の人相身なりを聞いて愕然となった。駒乃に間違いなかった。

「駒乃が川に投げ込まれて死んだ?」にわかには信じられなかった。「あんた、女の死骸を見たのかい?」

無慈悲な物言いに林太郎は声を荒らげて詰め寄った。

「見ちゃいないが、川を流れて行くのは見たぜ。浮き沈みしながら流れていって、しまいには見えなくなっちまった。この先は海だ。助かるとは思えねえが」

林太郎は信じなかった。駒乃にはデウスマリアがついていて守ってくださるはずだ。それともこの地まではそのご利益は届かないものなのか？

「そんな神なら意味がねえじゃねえか」

煮えくり返る気持ちを抑えた。

しかし、いくら待っても駒乃はやって来なかった。川に飲み込まれたか。海の藻屑《もくず》となったか。

「必ず行くと約束したじゃねえか……こんなところで別れることになるなんて、俺は勘弁しねえぜ」

林太郎はおぼつかない足取りで川原を川下へと歩いた。

川の流れを見、川岸に打ち上げられた漂着物を検分した。

死骸が流れ着いているとそれをひっくり返して人相を確認見た。いくつかの死骸を検分したが、どれも駒乃ではなかった。無事でいることを願い、ひたすら駒乃を捜し歩いた。自分を信じて待っていてくれと願った。林太郎は信じていた。

こんなところで駒乃が死ぬわけがなかろう。飢饉の村を命からがら出てきて、吉原で育ち、大見世の花魁にまで出世した女だ。こんなところで死ぬはずがあるまい。駒乃が信仰するデウスマリアがついているのであれば必ず守ってくれるはずだと思い、ひたすら捜し歩いた。

——万が一のことがあったらデウスマリアといえども許さねえ。——

昼まで捜したが、駒乃を見つけることはできなかった。川は流れるばかり。捜し歩くうちいつの間にか陽は傾いていた。林太郎は疲れ果て、夕日を背に受けながら川の流れを茫乎《ぼうこ》とした目で眺めていた。

絶望と疲労により意識が朦朧《もうろう》とするなか気がつくと視界の隅に人影が現れた。川下からふらつく足取りで向かってくる女がいた。ずぶ濡れの駒乃であった。

林太郎は目を疑った。幻《まぼろし》ではなかろうかと。

「駒乃だな。生きてるよな」

林太郎は確認するようにその身体を強く抱いた。腕の中の駒乃の身体から力が抜けた。

「お前、どこほっつき歩いていたんだよ。心配したじゃねえか」

駒乃は疲れきっていたが、林太郎の顔を見ると心の中から湧き上がるような笑顔を見せた。

「てっきり海まで流されて行っちまうかと思いました」駒乃は夕日で顔を真っ赤に染めながらおかしそうに笑った。「必死でもがいておりましたらデウスマリア様が手を差し伸べてくれました。わたしにはデウスマリア様が付いていてくださる。おかげで助かりました」

「さすがデウスマリアだ。えれえもんだ。俺も感謝するぜ」

関

出発して五日目、箱根関まで来た。地廻りや吉原雀の姿はどこにもなく、吉原の呪縛《じゅばく》はもはや解けたように思われた。しかし、油断はならない。髪型を変え、化粧を落とし、着物を替えれば、艶粧であったことなどそう簡単にわかるわけもないと思っていたが、六郷の渡では危うく連れ戻されるところであった。吉原雀の執念深さと眼力には肝《きも》を冷やされた思いであった。

関所では順番に吟味《ぎんみ》が進んでいった。駒乃は林太郎の言いつけ通りお早紀になりきった。自分の番となり一歩前へ出る。

関所の手前に設けられた江戸口千人溜《だまり》を通って、江戸口御門を入ると右手に御制札場がある。ここで詮議を受けることとなる。男の場合は往来手形の確認のみで比較的容易に通されるが、江戸から地方へ出ていく『出女《でおんな》』については厳しい詮議があった。

駒乃は別室に呼ばれ詮議となった。

別室に向かうとき、ふとすれ違った役人の顔を見て愕然した。見覚えのある顔。松田英三郎であった。カクレキリシタンのメダイを一目で見抜いた侍である。松田は駒乃に気づくことはなく、ちらっと顔を見ただけで通りすぎた。駒乃はほっと胸を撫で下ろした。

別室で人見女、あらため婆《ばばあ》とも呼ばれる詮議役の女によって荷物の中、髪の中、着物の中まで調べられた。

「不審なものはないようだね。はい、もういいよ」

厳しい詮議と聞いていたものの呆気ないほど簡単に終わり、興ざめた感があった。立ち去り際、人見女に「あんた、吉原にいたかい？」と不意に聞かれた。

「いえ」と駒乃は応えた。

「どっちでもいいんだがね。耳の後ろに枕ダコがあったからね、ちょっと聞いてみただけだ。あんたの器量なら吉原でも上級だろうよ」

陰湿な笑みを湛えて人見女は追い払うように手を振った。枕ダコとは耳の後ろにできる瘤《こぶ》のことで、床を生業とする女郎には必ずできるものとされた。

駒乃は部屋を出たところで息を呑んだ。松田が待ち構えるように立っていた。

「久しいのお」

「なんでございましょうか？　お初と存じますが」

「お前、扇屋の艶粧《たおやぎ》であろう」

駒乃の胸中は動揺した。それを悟られまいとして思わず俯《うつむ》いた。

「艶粧だなっ。耳の形に覚えがある」

松田は覚えがないにもかかわらず決めつけるように言った。それによって観念を誘う術を心得ていた。しかし、駒乃にも譲れぬ思いがある。

「人違いでございます。早紀と申します。先を急ぎますので失礼します」

脇を通り抜けようとしたとき、松田は駒乃の手をつかんだ。

「あのとき、わしは、たらふく酒を飲まされ、不覚にも眠りこんだ。その前にわしはメダイとやらを確かに懐へと入れた。どれほど酒に酔ったとはいえ、お役目にかかわることを忘れることはないのだ。気がついたときには失せていた。艶粧、謀《はか》ったであろう。メダイを取り返すためにわしに酒を飲ませたのではあるまいか？　貴様、キリシタンか？」

「なにをおっしゃいます。人違いでありんす」

駒乃は咄嗟に口を噤《つぐ》んだ。迂闊であった。冷静を失うとありんす言葉が出ることがあった。十数年の生活の中で染みついた習慣は簡単に消えそうにない。身に染みた習慣を恨むばかりである。

松田は尻尾をつかんだとばかりに引きつるような笑みを滲《にじ》ませた。

「もはや言い逃れることはできん。わしは当関所伴頭《ばんがしら》である。あのときの埋め合わせをきっちりしてもらわねばわしの気が収まらん。わしが直々に詮議《せんぎ》してやろう」

松田は手をつかむとさらに奥へと駒乃を引きずっていった。そこは大番所の裏手にある人気のない役宅であった。

「卑劣な。お侍様のやることではありません」

駒乃は松田を渾身の眼差しで睨みつけた。

「何とでも言え。詮議じゃ。人前で吟味してもよいのなら別だが。それも一興じゃ」

役宅の一室に連れ込んだ松田は駒乃を押し倒した。馬乗りになると着物の裾《すそ》を開き、股座《またぐら》に手を差し入れた。

「こういうやり方は一番嫌われるでありんす。艶粧はどうあっても受け入れることできんせん」

言ったかと思うと駒乃の目元に力が入った。駒乃は身を捩《よじ》ると、松田の体を両手で突き上げた。そして、体勢が崩れたのを見計らうと、渾身の力で膝《ひざ》を振り上げた。

蛙《かえる》を踏みつぶしたような嫌な音がしたと同時に、松田の腰が一尺ほど跳ね上がった。そして呻き声が漂った。

「役人は無粋であるから嫌われるんでありんす。花魁はこのような足技をも心得ておりんす。覚えておきなんし」

駒乃は身を起こすと、のた打ち回る松田を見下ろした。

「艶粧。頼む……た・の・む。最後に一度……わしはお前が好きじゃ……」

「わっちは嫌いでありんす。主様は振られんした。潔《いさぎよ》うしなんせい。これもご奉公。艶粧最後のご奉公でありんした。揚代一両一分は付けにしておきます」

駒乃は素早く裾《すそ》をなおすと役宅を出て行った。

騒ぎに気づき、なに事かと横目付がやって来て松田の様子を窺った。

「なに事か、あったのでございますか？」

「……なんでもない、ちょっと腹が痛くなった。今日は早引きいたす。後はまかせるで」

「医者を呼びましょうか？」

「……よい。しばらく休めばよくなる……であろう。放っておいてくれ」

「さようで……今しがた、女が走って出て行きましたが、追いますか？」

「よい。もう……よいのじゃ。悔しいが、わしは潔くあきらめることとするで。わしも武士だで」

既に詮議を終えた林太郎は関所出口の京口千人溜《だまり》で駒乃が出てくるのを待っていた。なにかあったのではあるまいかとやきもきしながら出口に目を向けていた。いつも待たされる因果な身の上だと思った。

四半刻ほどしたころ笑顔の駒乃が駆け出して来た。ようやく全てから解放された気分であった。嘉永五年（一八五二年）五月のこと。このとき駒乃は二十三歳。

しばらく歩くと芦ノ湖湖畔へと出た。湖畔は一面、黄色に染まっていた。空の端まで菜の花畑が広がり、むせ返るほどの濃厚な花の香りに埋め尽くされていた。五月の風に漂う香りを駒乃は胸一杯に吸い込んだ。暖かく、心地よく、大きな愛に育《はぐく》まれているような満ち足りた気分になった。

駒乃は駆け、花畑へと飛び込んだ。土手から子供のように転がった。そして大の字に寝そべり空を見上げた。空はどこまでも広がる。眩しいほどの白い雲が二つ三つと浮かぶ。吉原から見る空も同じであったはず。天には境はないはず、しかし、ここで見る空は、比べることがおこがましいほどに美しい。

「自由とはなんとすばらしいことか。そして、神様というのはなんと底意地の悪いことか」

　意味が分からぬと林太郎は怪訝な顔をした。

「神様は地獄の隣に極楽をお創りなさった。極楽と地獄を比べ、両方を堪能できるようにとの配慮でありましょう」

「そうかな……そうかもしれねえな」

「それでも感謝します。そして林太郎様にも感謝しております」

「そうかい。喜んでくれて俺も嬉しいぜ」

　林太郎は柄にもなく照れながら一服つけた。

　一匹のトンボが駒乃の上を飛んだ。赤いトンボで、翅《はね》の先に黒い模様があった。トンボはしばらく駒乃の上を飛び回った。駒乃が天を差すように指を伸ばすと居場所を見つけたようにトンボはそこに止まった。

「この季節には珍しいな。そりゃ、ミヤマアカネだ。季節を間違えやがったか？」

　情緒もなく言うと林太郎は土手に腰を掛け、吸筒の水で喉を潤した。

「このトンボはなついめトンボじゃ。なついめどんがトンボになって待ってくれていたんじゃ」

「そうかもな。お前が言うんなら、そうだろうよ」

林太郎は笑いながら感慨に浸る駒乃を見下ろしていた。

「もう少しの辛抱じゃ。しっかりついて来んさいよ」

旅

江戸を出て十日もすると駒乃も林太郎も旅に慣れてきてことのほか良い調子で行程を進めることができた。五月晴れの空の下を風の香を嗅ぎながら歩くのはこの上なく気持ちがいい。

「この調子なら一月《ひとつき》、いや調子に乗ってはいかんな。もう十日見といたほうがいいかもしれん。四十日もあれば肥前へ着けるだろうよ」と林太郎は上機嫌で笑った。

しかし、そんなときほど気を引き締めねばと駒乃は思った。林太郎の横顔を駒乃は冷めた目で見た。何が起こるかわからないことは駒乃のほうが身に染みている。

関ケ原宿まで来て目の前にする今須峠《いますとうげ》を眺《なが》めつつ「ここを無事に越えれば大坂までは目と鼻の先だ。そこでうまいものを食って精をつけるとするか」と、林太郎はなにやら甘い考えを膨《ふく》らませた。

準備万端を整えたおかげか今須峠を無事に越えることはできたが、宿へ着く直前、雨に降られた。もう一息というところであったので、そのままずぶぬれとなりながら宿までの行脚となった。

翌朝、駒乃が目を覚ますと身体が重くて思うように動かすことができない。雨を甘く見たことをそこで後悔することとなった。頭がくらくらし、とても起き上がることなどできそうになかった。

「林太郎様、わたし、風邪を患ったようで、しばらく動けそうにありません。申し訳ありません」と脇で眠る林太郎を見ると林太郎も苦しそうに喘《あえ》いでいた。

「そのことだが、実は俺もだ。あの雨のせいだ……長旅の疲れに追い打ちをかけたようだ。調子に乗っちゃあいけねえってことだ」

「林太郎様は医者ではありませんか？　何とかしてもらえませんか？」

「それどころじゃねえ……。天井がグルグルと回りやがる」

「たしか、高麗人参をお持ちではなかったですか？」

「あれはもうない。精をつけるために飲んでしまった。あのときだ……二日前の宿場で……」

「あのときですか……どうりで……」

様子を見に来た宿の主人に説明し、粥を作ってもらうと医者を呼んでもらった。林太郎は自分も医者の端くれであることなど言えようはずもなく、田舎医者の言いなりになるほかなかった。

額にネギを貼りつける治療など聞いたことはないと田舎医者が帰ったあと林太郎は呆《あき》れていた。

「これだからこの国の医術はだめなんだ」

「なぜいまごろ言いますか？」

結局、その宿で二人そろってよくなるまで養生することとなった。動けるまでに三日。出発できるまでに五日を要した。

「油断しちゃいけねえってことだな」と途中、林太郎は笑った。しかし、病み上がりの足取りはことのほか重かった。いつもの調子に戻るまでにそれから三日を要した。

熊

東海道最後の宿場、大津《おおつ》宿を出てしばらく行脚し逢坂峠《おうさかとうげ》に差しかかったときのこと。上から血相を変えて駆け下りて来る行商人がいた。背中には大きな柳行李を背負っている。

「えらいことじゃ」

「なんですかね？　山賊でも出ましたかね」

「そうじゃない……」

息を切らしながら座り込む行商人を駒乃が覗き込んだ。行商人はひとつ息を呑むと今来た路《みち》の先を指差した。

「熊が出たそうじゃ」

「熊ですか？　そりゃえらいことじゃや。どうしますかね」

駒乃は林太郎と顔を見合わせた。

行商人は真顔で続けた。

「だが心配するな。わしは縁日でおもちゃを商いしておってな」といいながら荷物をほどくと、その中からいくつかの鈴を取り出して見せた。「おもちゃの鈴じゃが、持って歩けば安心じゃ。熊はもともと臆病な獣じゃそうじゃ。人の気配に気がつくと熊の方からは近寄ってこんという。十二種類ある。どれがいい？　ひとつ十五文じゃ。二つで三十文のところ、二十五文に負けておいてやるが」

見せられたのは、径《けい》が二寸ほどの干支《えと》を象《かたど》った陶器の鈴であった。音色はコロコロと耳に心地よく響くが。

駒乃はピンと来た。体のいい商売じゃなと思った駒乃は「芝居まで打ってご苦労なことです。ですがね、その手には乗らんからの。鈴などいらんわ」と威勢よく突っぱねた。

「芝居などではない。本当に熊が出たんじゃ」

「はいはい、それはえらいことで……」と子供の戯言《ざれごと》でもあしらうように跳ねのけた。

「いらんのか？　後悔することにならなけりゃええんじゃが。今年の山には餌《えさ》となる木の実が少なくて熊も気が立っておるでの。食われんように精々気をつけることじゃな。二十五文をけちって命を落とすと割があわんぞ。お守りのつもりで持っていったらどうじゃ？」

「熊などちっとも怖いことないわ。熊が出たら捕まえて熊鍋にして食ってやるわね。楽しみじゃな」と駒乃は高を括った。

とは言うもののいささか不安は残る。本当に熊が出たらどうしようかとも思うが、行商人の芝居に乗せられて鈴を買うのも癪《しゃく》である。

峠道を半分ほど登ったとき、茂みが何やらざわついていた。もしや熊かと思い迂闊であったと鈴のことを思い出した。

「本当の話じゃったんかね？」

買っておけばよかったと思ったとき、人が出てきた。

「なんじゃやね、人じゃやないかね。脅かすんじゃやないですよ」とほっとしたのもつかの間、「熊じゃ」と人が叫んだ。

「お前さん人じゃろ」

そのすぐ後ろから黒い巨体を揺すって熊が飛び出してきた。身の丈六尺（約一八〇センチ）、五十貫（約二百キロ）はありそうな大熊であった。

飛び出た人は山菜を入れた籠《かご》を二人の前に放り出すと林太郎と駒乃の横をすり抜け、一目散に走って逃げた。熊は戸惑う二人に狙いを変えたようで、目の前で止まると仁王立ちして見せた。

林太郎も駒乃もお互いのことなど考える余裕もなく今来た方角へと必死になって逃げた。しかし、このままでは追いつかれると算段し、途中の茂みへ飛び込み、煙に巻こうと二人は別々の頭で考えた。

どこをどう逃げたかわからず、しばらくし、生きていることを実感して駒乃が我に返ったときには一人になっていた。山の中でひとり。一方、林太郎も同じであった。

それからお互いを探し求め、どこをどの方向に向かっているのかもわからぬまま山の中を歩き回り、二人とももはやこれまで野垂れ死にかと思ったとき、ばったりと出くわした。三日目の朝のことであった。二人はその場で抱き合うと声を上げて泣き崩れた。

「忠告は素直に受けるべきじゃやな。たとえ出費が嵩《かさ》んでも」

二人してここで学んだことであった。

盗

西国街道へ入り順調に行脚し二十八番目の宿、西条宿《さいじょうじゅく》を越え、難所といわれる大《おお》山峠《やまとうげ》を無事に乗り越えた時のこと。疲れを癒《いや》すべく茶屋で一服していると、地元の農家の子供なのか六、七歳の薄汚れた顔に洟《はな》を垂らした男児がどこからともなくやってきて床几《しょうぎ》に座る駒乃の隣にちょこんと座った。そして鼻水をすすりあげるとにっこり笑い、駒乃の顔をしげしげと見て「お姉ちゃん、どこから来たんや？」と問いかけた。

「わたしらのことですかね？　わたしらは江戸から来たんですよ」

「そうやろ。そうやと思ったわ。こんな別嬪《べっぴん》さん、この辺にはおらへんからな」

そのようにいわれれば駒乃に限らず女であればだれしもが気分いいに違いない。駒乃の隣に座る林太郎も聞いていて自分の女房が褒《ほ》められればまんざらでもない。

「このお姉ちゃんはな、江戸でも一、二を争うくらいの別嬪さんとして知られていたんだ。瓦版にも何度も刷られた有名なお姉ちゃんなんだ」と自慢げに言い終えたところで妙な気配と異変に気がついた。林太郎の脇に置いてあった荷物がこつぜんと消えていた。

ふと見ると街道を右手の方へ走って行く男がいる。その腕には林太郎の荷物が抱えられている。

「やりやがったな。かっぱらいだ」と叫ぶと次の瞬間には林太郎も駆けだしていた。

しかし、林太郎の足は意外なほど早く、というか盗人《ぬすっと》の足が遅いというか、半町(約五〇メートル)も走らぬうちに追いつき、襟首《えりくび》を捕まえた。そして、振り回し、ねじ伏せ、馬乗りになると盗人の頭を拳骨でゴツンゴツンと叩き始めた。

「とんでもねえ野郎だ。この中には大事なものが入っているんだ。金だけならいざ知らず、それを盗むとは……この野郎、ただじゃすまさねえ」

後から追いかけてきた駒乃が息を切らしながら「もういいんじゃないですか? 大事なものは戻ったんでしょ」と言うが林太郎は「だめだ、こいつを番屋に突き出してやらねえと気が収まらねえ」とまで言う。

盗人は「勘弁してくだせえ」と泣き始め、止《や》むに止まれぬ事情があることを話し始めた。

仕事がなく、金もなく、毎日が食うや食わずの日々で、もはや一家心中するしかないと考えていたところ、林太郎の荷物が目に入って、つい出来心で手が出てしまったと経緯《いきさつ》を涙ながらに語った。

駒乃にもそんな過去があり、その苦しさは痛いほど身に染みている。

「父ちゃんを許してあげて」と先ほどの男児であった。親子の盗人である。子供に声を掛けさせ、気を逸《そ》らしている間に荷物をかっぱらうというよくある手である。

しかし、出来心という割には慣れた掛け合いである。林太郎はちょっと首をひねった。

「林太郎様……もうその辺で」

駒乃の懇願する顔を見ると林太郎もそれ以上に強く咎《とが》めることもできず「ああ、わかったよ。駒乃に免じて許してやる。二度とするんじゃねえぞ」と盗人の上からどくと、男の襟首を引き上げて立たせた。

「へえ、もうしわけねえです」

林太郎は懐の紙入れから二朱を取り出すと、

「これだけあれば二、三日は食えるだろ。これだけ持って行きな」

「許していただいた上にこのようなものまでいただいて。なんとお礼を言っていいか……」

そう言い男は何度も頭を下げながら子供とともに離れていった。

林太郎と駒乃が人助けをしたつもりでよい気分に浸っていたところ、一町ほども離れたところで盗人親子が再び振り向いた。

「馬鹿たれ、お前らみたいなのが一番ちょろいんだよ。馬鹿たれ。馬に蹴られて死んじまえ。人の頭をぽこぽこ小突きやがって。木魚じゃねえんだ」と叫ぶやいなや走って逃げて行った。子供は子供で、あっかんべをすると尻を捲《まく》ってペタペタと叩いた。

恩を仇《あだ》で返すとはまさにこの事ではないか。駒乃と林太郎はその豹変ぶりをしばし呆然と眺めていた。

はっと我に返ると、「なんてやつらだ、ちっとも懲《こ》りてねえじゃねえか。あいつら常習だぞ」と林太郎は顔を真っ赤にして歯ぎしりした。

駒乃はそれを見て可笑《おか》しくてたまらず身を捩《よじ》って笑った。

「まんまとやられましたね。こんな稼業もあるんですね」

「あの親子を地獄へ落とさねえと気がすまねえ。そうだ、駒乃、お前なら地獄へ落とす呪文くらい知っておろう」

「呪文？　どうしてわたしがそのような呪文など……」

「お前なら知っているはずだ。何人もの男を地獄へ突き堕《お》としてきたんだからな」

林太郎は、腹立たしさのあまり、騙《だま》されたのは駒乃にも責任の一端があるかのように皮肉を交えて口走ってしまった。

途端に駒乃の形相は一変した。

「だれがだれを地獄へ突き堕としたんですか？」声を荒《あら》げたかと思うと今まで見たことのないような目で林太郎を睨みつけた。林太郎は駒乃の中に般若《はんにゃ》を見た。

「……冗談だ。冗談だ。気にするな」

林太郎は必死に取り繕《つくろ》おうとするが、その後、どんな言葉をかけても駒乃は見向きもせず、一切の口を利かず、黙然と前を歩いた。息が詰まるかと思うほど重苦しい道中となった。

次に口を利いたのは三日目の夜であった。

「だれがだれを地獄へ突き堕としたんですか？」

般若は眠らせておいた方が得策であることを林太郎は学んだ。

授

林太郎と駒乃は数多《あまた》の苦難を乗り越えながらどうにかこうにか命あるうちに肥前へとたどり着くことができた。七月の半ばとなっていた。

二ヵ月もの間、苦難を共にすればその都度、お互いの痘痕《あばた》も見えてくるというものである。そんな素顔とも向き合い、隠し事、隠され事を共有しつつお互いを慮《おもんぱか》りながら歩くことが本当の夫婦《めおと》なのだろうと二人は薄々と感じ始めていた。

しかし、今、駒乃がなにに膨《ふく》れているのか分からず、首を傾《かし》げつつ追いかけるように歩を進める林太郎は、その後ろ姿を見ていた。不可解は不可解のままそっとしておいたほうがよいこともあると林太郎は旅の中で学んだ。駒乃は駒乃で、「なぜ分からぬのか」と臍《ほぞ》を噛む思いで先の歩を進めていた。

二人はその足で尾崎早雲の成倫館を訪ねた。

「ここですかね」

「おう、ここじゃここじゃ。無事到着じゃ」

二人は手を取り合って喜んだ。脳裏にいくつもの試練が断片的に蘇《よみがえ》った。

田圃《たんぼ》と畑に囲まれたぽつんとした萱《かや》ぶきの家屋に成倫館の看板が掲げられていた。豪奢ではないが医塾独特の緊張感が漂い、それを感じ取った林太郎は仇討の直前のような武者震いに打ち震えていた。神妙な面持ちの林太郎の横顔を見て駒乃はぷっと吹き出した。

門弟に言伝《ことづて》を頼み、玄関先でしばらく待たされた後、座敷へと通された。

四半刻ほど待たされて現れたにこやかな老人が尾崎早雲であった。

尾崎直々に父親からの推薦状を手渡すと、それに目を通し、「父上殿の若いころにそっくりですな」と大笑された。それから思い出話を一刻ほど聞かされた後、無事、入門を許可されることとなった。

尾崎の計らいにより、ふたりは古い一軒家を借り受け、そこから新しい生活をはじめることにした。

小さな畑を耕して野菜を作りながら、ときに駒乃は近所の子供たちに読み書きを教え、また三味線、長唄を教えて暮らしを支えた。

二月《ふたつき》もすると生活はひとまず落ち着き、余裕ができたころ、駒乃は浦上村家野《よの》の山田万作を訪ねる準備をはじめた。地元の者から、ふたりの住む村から浦上村までは片道二日の道のりであると聞き、安堵した。

旅立つ前、林太郎にキリシタンに改宗しないかと勧めてみたところ、「医者を志す者は、神も仏も信じねえんだ。信じるのは医術だけだ。悪いがこればっかりはお前ひとりで行きな。ただし、お前が無事に帰ることだけは神に祈っててやる。俺の最初で最後の神頼みだ」と突き返された。林太郎らしいと思った。

江戸から長崎までの道のりを考えると、浦上村家野はほんの目と鼻の先で、苦もなくたどり着けるとばかり思っていたが、それほど容易《たやす》いことではなかった。出鼻を挫《くじ》かれるように初日から雨風に行く手を阻《はば》まれた。これがお授け（洗礼）というものかと思った。その後も、険しい山道に足を取られ、道に迷い、イノシシに追いかけられながら、ようやくたどり着いたのは出発して六日目のこと。デウスマリアより信仰の意志を試されているのかと思えてならなかった。

浦上村へ着いたその日から、旅籠《はたご》を拠点にし、訪ね廻《まわ》る日々が始まった。

村人に山田万作について訊いて廻るが警戒心を滲《にじ》ませた村人は知らぬ顔を決め込んでいた。キリシタンの取り締まりを怖れてのことであろうと思うが、ひょっとすると、この村にはもう山田万作はいないのかと駒乃は懸念を抱きはじめていた。

手立てもないまま旅籠での滞在も四日目となってあきらめかけたころ、どこからか遣《つか》いが来て駒乃の部屋を訪ねた。四十半ばの百姓風の小男であった。小男は六助と名乗った。

「お前さんは万作様を探し廻っておられるようでありますが、どのような御用件でありましょうか？　わたしは故あって身元は明かせませぬが、万作様を知る者にございます」

対座すると、丁寧な物腰でそう言いつつ精査するような眼差しで駒乃を見据えた。

駒乃は所用の旨を語った。自らの生い立ち、吉原の女郎であったことも包み隠さず語った。

「い、お授けのことはだれから聞きなさった？」

「江戸で小間物問屋をなさっていた藤七郎という御仁《ごじん》からでございます」

肌身離さず身につけていたメダイを見せた。六助はそれを手に取ると両手で握り締めて押し戴いた。

「あなた様もこれを持っておられましたか。御用の向きはわかりました。ただ……」

六助は言葉を濁《にご》した。駒乃は怪訝《けげん》そうにその顔を覗き込んだ。

「万作様は八年前に亡くなっておられます」

「亡くなった……そうでありましたか」

怖れはあった。藤七郎にもそのことはあらかじめ聞かされていたことであった。

「今はもうお授けはできませぬのか？」

失望の影が駒乃の心を掠《かす》めた。

「いえ、それを受け継ぐ者がおります。なつめ様に対する死後お授けも叶《かな》います。ですが、今すぐにとは参りません。準備のために七日が必要となります。それでもよろしいのでしたら……」

駒乃は深々と頭を下げた。

その日から駒乃は旅籠で気の遠くなるような長い七日を過ごした。七日をひたすらデウスマリアに祈りを捧げて過ごした。そのとき明らかに神との距離が近くなるのを感じた。

八日目の朝、迎えが来た。

人目を憚《はばか》るためか一刻ほども歩き、鬱蒼《うっそう》とする山奥の一軒家へと駒乃は導かれた。

そこには既にお授けを受ける者達が待っていた。侍もいれば百姓もいる。禁教の時代であってもデウスマリア、神の子イエスに救いを求める者は後を絶たないらしく、皆、真摯な表情でそのときを待っていた。

時が来て、六助が家から出てきて中へ入るように促した。

順番に中へ入ると、薄暗い家の中ではお授けの準備が行われていた。

薄暗い部屋に目が慣れたとき駒乃は目を疑った。そこに見覚えのある顔を見つけたのである。その顔の主は藤七郎であった。

藤七郎はにっこり笑って駒乃を招いた。

「いつ来られるかと、ずっと待っておりました」

「ご無事でありましたか」

駒乃は駆け寄るとその手を取った。『崩れ』のとき、捕らえられたとばかり思っていた。もしや処刑されたのではないかと最悪のことも考えていた。

「役人に踏み込まれる直前に、家族ともども逃げ、仲間の手を借りて江戸を出ました。そして命からがら長崎へとやって参りました。今はここでお授けのお手伝いをしております。しかし、あなたもよくあの場所から出られましたね」

「手を貸してくださる御人《おひと》がおりましたので、今、ここにこうして無事におります」

「やはり、信頼できるお方でしたか。なによりです」

準備が整うと一転、張り詰めた空気に包まれた。

山田万作からオヤジ役を引き継いだ息子の作之助により神寄せのオラショが唱えられ、お授けの儀式がはじめられた。

駒乃は聖水を額に受け、お授けのオラショを聞き、言われるまま復唱した。

次に死後お授けとなり、駒乃はなつめの遺髪を前に置くとなつめに代わって復唱した。

駒乃は、ここでなつめと共にお授けを受け、晴れて正式なキリシタンとなった。

続いてなつめを弔うためのオラショが唱えられた。これにより、なつめをパライゾへ送り出すことができ、長い間、肩に乗っていた重荷がようやく下りた気持ちとなった。

ふと見上げると、「わっち、姉さんのおかげでパライゾに行けます」と嬉しそうに顔をほころばせるなつめの顔が目に浮かんだ。地獄と呼ばれる吉原へ落ち、そのようなところでもひたすら極楽へ行くことを夢見、なに事にも一途に生きたなつめであった。駒乃がなつめに唯一してやれたことであった。

三年後の安政二年（一八五五年）十月二日、引け。吉原遊郭が最も活気づくころである。にわかに大地が揺れはじめた。揺れは次第に大きくなり、やがて地響きを立てて江戸を揺さぶった。地震は江戸を中心に甚大な被害をもたらした。後に安政の大地震と呼ばれるものである。

揺れの直後に上がった火の手により吉原は一夜にして全焼。客を含め数百名の死者を出す大惨事となった。扇屋でも遊女、新造、禿合わせて十七名、若い衆六名が犠牲となった。

その後、三百と六十日の仮宅営業を経て吉原は復興したが、扇屋はそれまでの不振がたたり、再建することなく廃業した。

第八章　滔々と流るる

結

翌年の暮れ、駒乃と林太郎の間に男の子が生まれた。小さな家ではすぐに手狭となり、子育てにもさし障《さわ》りがあろうと、林太郎が学ぶ成倫館からほど近い所に新居を見つけ、早々に二人は移り住んだ。

前の家よりほんのわずかばかり大きい家であった。部屋が一つ増えただけであったが子供の泣き声に悩まされず勉学に勤しむことができて林太郎は満足気であった。母屋に面した畑もほんのわずかだが広くなり、作物を増やすことができた。とはいえ、百姓に不慣れな手では収穫は高が知れており、生活は相変わらず苦しかった。林太郎は医術を学ぶため朝から晩まで机に向かうため、畑を手伝うことはほとんどなく、畑仕事はもっぱら駒乃の役目となっていた。持参した金も既に底をつき、生活はことのほか苦しくもあったが、陰《いん》にこもることもなく毎日が輝いていた。

つつがなく時が流れ始めたと思われたが、心残りもないわけではなかった。忘れかけていた、というより苦しさの余り忘れてしまいたかったが、どうすることもできないことであった。そんな心残りを払拭する出来事がデウスマリアの御加護か突然に舞い降りた。

四月の半ばであった。初夏を思わせる日差しを浴びながら駒乃は畑で、いまだ慣れぬ鍬《くわ》を振るっていた。農家の出でありながら不器用な己にあきれながらも汗を流していた。

もうひと振りしようとしたときであった、不意に聞きなれぬ声が掛けられた。

「何だね？　そのへっぴり腰は？　それじゃあ作物ができるまでに畑は耕せんぞ」

気にしていることほど突かれると癪《しゃく》にさわるもので、脳天にカチンときた駒乃は持ち前の気の強さが出て屹度《きっと》声の主を睨《にら》みつけた。

大きな柳行李《やなぎごうり》を背負った見知らぬ男が畑の横の道に立っていた。年のころは六十ほどか。

「だれじゃね。盗人かね？」

声の主は駒乃の形相に一瞬たじろいだように見えたが、すぐに気を取り直した。

「盗人に見えますかな？」

「見えなくもないがの。盗人がほっかむりして風呂敷包を背負《しょ》ってるとは限らんからの」

「なるほど」と男は頷《うなず》きながら笑った。「わしはな、見たとおりの薬売りじゃ。盗人ではないぞ」

「薬売りが畑仕事の手ほどきかね」

「見るに見かねてじゃ。わしでももう少しうまく振るがな。あまりにもひどい。ひどすぎる」

大きなお世話じゃとでもいいたげに駒乃は視線を足元へと落とし、かぶっていた手拭で汗を拭った。「用はなんじゃね?」

薬売りは行李を下ろすと同じように滴る汗を拭った。

「暑くて辛抱堪《しんぼうたま》らん。すまんが水を一杯恵《めぐ》んでくださらんか? こちらは暑い」

「水くらい好きなだけ飲むがいいわね。金は取らん」

「よかった。今来た道に二股があってな、そこに地蔵さんが立っておられた。手を合わせておったら、その地蔵さんがこちらへ行くがいいと言いなさったからお指図に従って来てみたんじゃ。水にありつけたのは地蔵さんのご利益じゃの」

「地蔵さんがそのようなことといいますかね」と駒乃は目を細め訝《いぶか》し気に薬売りを見た。

「気の変わらないうちにご相伴にあずかるとしますかな」

薬売りは苦笑いを零しながら畑の隅に置かれた手桶に向かうと、荷物を下ろした。そして柄杓《ひしゃく》を手にすると駒乃の視線を感じながらも何杯も喉を鳴らして水を呷《あお》った。大きく息を吐くと「格別じゃの」と思わず言葉が洩《も》れた。

一服した薬売りは水桶の隣に置かれた傘の下に籠《かご》を見つけ、その中をひょいと覗き込んだ。中には腹掛けに包まれた赤子が眩《まぶ》しそうに顔を顰《しか》めて眠っていた。

「この赤子、名は何という？」

「光太郎《こうたろう》じゃ」

「よい名じゃ。利発そうな子じゃな」

薬売りはニコリと笑うと一息つき、汗を拭いながら駒乃をまじまじと見た。

その視線に気づいた駒乃は振り払うように言った。

「赤子を見ればわかるように、わしにはちゃんとした亭主がおるでな。色目つかっても靡《なび》かんからの。しかも薬はいらん。わしの亭主は医師じゃ。薬も間に合っておる」

薬売りはいっそう目を細めて笑った。

「そうじゃないぞ。さっき、お前さんに睨《にら》まれたときびっくりしてな。お前さんの目は、わしの死んだ女房に生き写しじゃ。女房に睨まれたかと思って肝《きも》が縮んだわい。死んでから、もうかれこれ六年になるかの。なにもしてやれなんだから、てっきり化けて出たのかと思ったわ」

「そんな口説き文句もあるのかの。日本中を旅してあちらこちらに女子《おなご》がおるのかの？」

「勘ぐりすぎじゃて」

薬売りは口角を歪《ゆが》めながら呆れたように言った。

駒乃はそのとき、妙な胸の高鳴りを感じた。まさかとは思った。思ったときにはそのまさかが口から迸《ほとばし》っていた。

「お前さんの女房殿の名前は何じゃね」

「女房の名前か？　ヌ衣じゃが……それが何か？」

駒乃は意識が遠のくような不思議な感覚に陥った。果たしてこのような偶然があろうものか。

「どうしたんじゃ？」薬売りは呆然《ぼうぜん》とする駒乃の顔をまじまじと見つめた。「しかし、見れば見るほど似ておる。体つきまで似ておる」

「お前さんの女房殿の出はどこじゃ？」

「奥州田村郡朝月じゃが……」

「なぜお前さんの女房なんじゃ？」

駒乃は掴みかからんばかりの勢いで薬売りに詰め寄った。その形相に薬売りは再びたじろいだ。

薬売りが羽州（秋田・山形）からの行商の帰途、奥州田村郡を通ったときのことである。雨の山道、餓死者の骸《むくろ》の山を尻目に朝月村を過ぎたとき、地蔵菩薩の陰から何者かが飛び出したかと思うと、突然、目の前が暗くなった。少し前にすれ違った旅人から十分に気をつけるようにとの忠告を受けていたというのに、あまりにも迂闊《うかつ》であった。突然飛びかかってきた何者かにこん棒で頭を殴られた。意識もうろうとする中、獣のように唸る連中に取り囲まれたかと思うと、たちまち袋叩きにされた。金、食い物、行李を奪われ、瀕死《ひんし》の大怪我を負わされた。

山の中、しかもそぼ降る雨。意識を取り戻した時には日も暮れようとしていた。草むらに横たえた体は冷え、身動きすることさえできず、最早《もはや》これまでとあきらめた。何度も意識を失い、意識を取り戻すたび山犬に生きたまま食われる恐怖に苛《さいな》まれた。

だが、幸いなことにまだ生きていた。ここでは不幸と言えなくもない。

二日目、何かの気配に気付いた。

「山犬か？　ナンマンダブ、ナンマンダブ」

念仏を唱え、薬売りは見つからぬことを願いながらも覚悟した。足から食われるか頭から食われるか？　それとも腹からか……。

足音が近づいたかと思うと草むらの上にひょっこりと小さな顔が覗いた。

「おっかあ、こんなとこにもだれぞ死んどるぞ」

「死んどる者は放っておきな。手遅れじゃ」

薬売りは天の助けとばかりに呻《うめ》いた。「生きとる。わしは生きとる」と言ったつもりであったが言葉にはならなかった。

「この仏さんなんか言っておるぞ。おっかあ。この仏さん生きとるぞ」

「ほんまじゃな。このまま見捨てるわけにはいかんようじゃな。地蔵さんも見とられることだし……」

薬売りは二人に助けられて村まで戻ると、女の家で三日の介護を受けることとなった。しかし、女の家にはわずかな食い物しかなかった。女はそれでも、それを分け与えた。食糧はすぐに底をついた。

この村でこのまま過ごすこともできず、また、恩に報いようと薬売りは「一日歩けば日和田宿へ出られる。そこまで連れて行ってくださらんか？　日和田宿にはわしの得意先がある。食い物も何とかなる。命の恩人にお礼もしたい。あなたがたは村を出るつもりだったはず。わしといっしょに来なさらんか」と持ちかけた。

薬売りとヌ衣、息子の松吉は最後の力を振り絞って日和田宿まで歩き、そして無事にたどり着いた。

薬売りはそこでしばらく養生したのち、生国の越中（富山）へと向かった。ヌ衣、松吉とともに。

旅すがら、薬売りはヌ衣の境遇を聞き、同情し、やがて好意を持つようになった。行商で全国を歩き回る薬売りは嫁を貰《もら》いそびれ、四十を下っていた。薬売りとヌ衣が懇《ねんごろ》となるのに、さほど時はかからなかった。

薬売りは故郷へと帰るとヌ衣と所帯を持った。松吉をわが子としてかわいがり、十二歳になるまで一緒に暮らし、その後、薬問屋へ丁稚奉公に出した。

「松吉も生きておるのかね」

「ああ、生きておる。今年で二十五になるかの。去年には所帯をもった。今は平穏に暮らしておる。奉公は辛かろうがの」

駒乃は震えた。嗚咽《おえつ》とともに涙が溢《あふ》れた。涙が溢れ、震えが止まらなかった。死んだとばかり思っていた母と弟があの飢饉《ききん》を無事に生き延びたことはこれ以上ない喜びであった。

六年前に大病を患い他界したとのことであったが、母はここまで生きてこられて満足であったに違いないと思った。

「お前さんが駒乃さんだったか。旅をしていると奇遇もあるものよのう。これはその最たるものじゃろうて。ヌ衣はお前さんのことを死ぬまで気にかけておった。吉原へ売ったことを死ぬまで後悔しておった。何度も奉公先の妓楼へ手紙を出したが、そんな女郎はおらんとの返事ばかりだったそうじゃ」

駒乃はもともと尾張屋という妓楼へ口入れされる手筈であったが、旅の途中で里が病死し替え玉として急遽《きゅうきょ》、扇屋への口入れとなったため、所在不明となっていた。

「もっと詳しく話を聞かせてくださらんか」

駒乃は薬売りの袖《そで》をつかんで離さなかった。

「よいが、一日や二日では語りつくせんがな」

「何日でも泊まっていくがいい。お前さんは、わしの親父様じゃ」

「さっきまでは盗人扱いじゃったが、一転、賓客《ひんきゃく》になったな。……では、お言葉に甘えて四、五日ご厄介になるとするか。宿賃が助かるというもんじゃ」

薬売りは駒乃の家にしばらくの間、わらじを脱ぐこととなった。

　人の生きる様は大河のごとく
　滔々と流るるは熱き血潮
　峠の地蔵はなに思う

安政六年（一八五九年）六月。駒乃は身体《からだ》を壊して寝込むようになった。

林太郎の診立ては労咳《ろうがい》。

医者を志しながら、妻の労咳を治せぬ無力さに苛立ち、荒れたが、駒乃は穏やかな顔を向けた。

「わたしにはもうひとりの娘がおりました。なつめどんは、あのようなところでも一生懸命に生きなさった。なつめどんは今、ひとりで寂しがっております。今度はわたしがなつめどんの面倒を見てあげなければなりません。我が子を残して逝《ゆ》くのは心残りでありますが、後のことは林太郎様にお任せします」

長崎の地において、二年の闘病ののち、駒乃は夫林太郎と五歳になる息子光太郎に見守られて息を引き取った。奥州田村郡朝月村を出て二十三年目のことであった。このとき駒乃、三十二歳。

駒乃の葬儀は、まずは仏前で執《と》り行われ、その後、藤七郎らの手によって経消しのオラショが唱えられた。

遺体の胸にはオマブリと呼ばれる紙の十字架を入れられて正式なキリシタンとして埋葬された。日本が明治という時代へ入る八年前のこと。

《参考資料》

『図説　見取り図でわかる！　江戸の暮らし』中江克己　青春出版社
『江戸の吉原　廓遊び』白倉敬彦　学研プラス
『江戸三〇〇年吉原のしきたり』渡辺憲司監修　青春出版社
『お江戸吉原草紙』田中夏織　原書房
『図説　浮世絵に見る江戸吉原』佐藤要人監修　藤原千恵子編　ふくろうの本　河出書房新社
『吉原図会』尾崎久弥　竹酔書房
『川柳吉原風俗絵図』佐藤要人　至文堂
『図説　吉原入門』永井義男　学研プラス
『江戸吉原図聚』三谷一馬　中央公論新社
『カクレキリシタン　オラショ　魂の通奏低音』宮崎賢太郎　長崎新聞社

解説

松本大介

本書を、あえて現代の学校に譬えよう。

小学校低学年のあなたは、見知らぬ街へと越してきた。

三月の下旬。新居の庭には、隣家との敷地のちょうど境目に、緋色の桜が咲いている。荷解きをしながら窓の外の紅い花に目を奪われていると、隣家にも引っ越しのトラックが止まる。

トラックから降りてきた一人の少女に、あなたの目はパッと輝いた。同じくらいの年齢のかわいい女の子。これからの学校生活に不安を感じていたあなたは、その不安を共有できる相手を見つけて嬉しくなる。胸の内に起こったその感情が安堵と呼ばれるものだということを、幼いあなたはまだ知らない。

あなたと彼女はすぐに仲良くなった。短い春休みを一緒に過ごすが、ほどなくしてある事実が明るみになる。あなたと少女が通う小学校が、別々であることが判明したのだ。これからの学校生活の不安を分かち合うことができると思っていたが、二人がそれぞれに通う小学校の学区は、彼女たちの家の敷地の境目に境界線が引かれていた。

庭の桜のこちら側とあちら側。二人を別つこととなった一本の木。

新学期が始まり、隣家の少女とはだんだんに疎遠になる。仲が悪くなったわけではない。離れてはいても、同志のような心持ちは変わらなかった。

新しい日々。

異なる環境下、異なるルールのなかで送る日々で生じた人と人との関係。

学校とはいえ、それはもう社会そのものだ。我々が社会と定義づけるものだ。社会はそこに属する者たちが、共通認識を互いに確認しあうことで成り立ち、和を乱す者に対して厳しさを隠さず、閉鎖的でありながら、少しだけ外に開かれている。

あるとき、あなたの耳に隣の学校の噂が届く。流れてきた噂は、器量が良く、勉強ができ、皆に好かれる転校生の話だ。それは隣家の少女のことだった。彼女が「選抜クラス」に入ったと、あなたはその噂により知った。

一方のあなたは、可もなく不可もなく、過度な期待をされることはない。仲の良いクラスメイト、優しい先輩に支えられながら学校生活を送っている。少しずつこの場所での暮らしを手に入れているという実感がある。

だが同時に、消えることのない居心地の悪さも常に抱えていた。

あなたの失敗を喧伝し、自分に利益をもたらそうとする者。たちの悪い先輩。さらにはとても厳しい女性教師もいる。学校の評判ばかりを気にする校長は、酷薄な見た目そのままだ。学校社会で日々暮らしていくうえで、不安の種はたくさんある。

「あなたと少女が逆の学校だったらよかったのにね」

あるとき、女性教師に面と向かって言われたこともある。負けん気の強いあなたは反発を覚えるが、悔しさを内に秘めたまま日々を暮らす。いつか見返すために。

しかし、辛いことがあったとき、なんとも言えぬ理不尽さを感じたとき、いま居るこの場所に息苦しさを感じたとき、あなたは隣家の少女に思いを馳せる。つねに意識はしながらも、あえて意識を向けないようにしている存在を思い浮かべながら、こんな考えを自らに許す。

彼女は違う境遇を生きている、もう一人のあり得たかも知れない自分。

もしかしたら、自分と彼女の生活は入れ替わっていたかも知れない、と。

時代を本書の舞台へと戻す。江戸の吉原で日々を暮らす女たちの話だ。冒頭に記した私たちのいま暮らす社会から、たかだか百八十年ほど前のこと。九十歳で没する人間が、生まれて死ぬまでを二度繰り返す。そう考えると、遠い昔ではない。

1833年の大雨による洪水と冷害は、大凶作をもたらした。とくに東北地方の被害はひどく、例年の三分ほどの出来で、山間部に至っては収穫が皆無の場所もあったという。

この飢饉は天保の大飢饉といい、寛永、享保および天明の年号に、それぞれ起こった飢饉と併せ「江戸の四大飢饉」と呼ばれた。九十歳まで生きる者など皆無に等しい時代。

この天保の大飢饉による死者は、推定二十〜三十万人。本書は冒頭から、飢饉によって東北地方の農村部が飢餓にあえぐ様子が子細に描かれている。

最初の登場人物である伊佐治は、この飢饉の時代にあって女衒を生業としている。

彼は、主人公である駒乃を口入れするために、江戸から奥州（現在の福島県）へとやって来た。

伊佐治は根っからの悪党ではない。

草鞋のヒモを結ぶためにかけた足が、石ではなく誤って地蔵の頭を踏んだことを悔いて団子を供えたり、飢饉によって食べる物が無くなった生家から口減らしのために彼に売られることが決まった駒乃を憐れんで、吉原に送る直前に団子を食わせてくれたりといった優しさを見せる。

それらの行いには良心が感じられ、「人買い」が彼の本意ではないことが窺える。だがその一方で、伊佐治は死人の小指を切り落として集めるという奇怪な行動も見せている。

何故か。

その疑問を解くヒントは、芥川龍之介の『羅生門』にある。

芥川龍之介の『羅生門』には、楼で死人の髪を抜く「老婆」が登場する。主人公である「下人」の視点では、「老婆」は得体の知れぬ不気味さを宿した悪の象徴であるが、髪を抜く理由が明らかにされた瞬間に、「老婆」は「下人」のなかでつまらない存在へと格下げされる。

では本作で、伊佐治が死人の小指を集める理由が明らかにされたときには、どのような効果がもたらされるのだろうか。

伊佐治が死人の小指を持っていた先は、駒乃の口入れ先である吉原の大見世・扇屋の遣り手婆であるお豊だ。情夫へ切り落とした小指を送ることで愛情を示すという習慣のあった吉原では、すでに小指を切り落としてしまった女郎が、偽の小指を手に入れ自分の小指の代わりとするために重宝がられていたという。

羅生門の「老婆」と伊佐治を重ね合わせると、奇怪な行動の答えが浮かび上がるだろう。

著者は、信心深く、善人である伊佐治に抵抗なく死人の小指を売買させることで、この時代の死生観とひどい困窮とを巧みに示して見せたのだ。

つまり、この時代の「死」がいかに身近であったかということを、我々が暮らす現代の「死」が持つイメージとの差異を示すことによって想像させるという工夫である。これは導入部において、読者を現代からこの時代へと引き込む工夫としても大きな効果を生んでいる。

主人公の駒乃も、吉原で「しのほ」、「明春」、「艶粧花魁」と出世してゆく過程で数々の「死」に直面するが、その「死」はさほど重いものとして描かれてはいない。

しょうがないものとして折り合いをつけて、立ち止まることなく通過してゆく。

彼女が最後に直面する「死」を除いては。


吉原という江戸時代の特殊な舞台を選び、現代との死生観の違いを克明にあぶり出した本書は、第一回「本のサナギ賞」受賞作である。

「本のサナギ賞」とは、ビジネス書を中心に出版するディスカヴァー・トゥエンティワンが、文芸に新風を起こすべく満を持して立ち上げた新人賞だ。大賞受賞作には、新人としては異例の「初版二万部」スタートという破格の扱いを与えることで話題を呼んだ。

さらにもう一つ。通常の新人賞の違いに言及すると、「本のサナギ賞」における選考委員に書店員が入っているという点だ。

新人賞というと、プロの作家が選考委員として名を連ねるのが常である。しかし、作家が持つ書くための着眼点と、読みのプロである書店員の着眼点とは全く異なる。「良い作品＝売れる作品」ではないことが、それを証明しているだろう。釣った魚を船上で食べる漁師が、流通のはてに消費者が口にした魚の味と評価を、知ることができないことと同じだ。それを知ることができるのは、鮮度や産地を考慮して料理をした板前であり、コックであり、消費者本人である。

つまりこの賞は、いまの時代に読者が求めているものを最前線で感じている書店員が、読者側のニーズを汲んでおいしく食べて欲しい……もとい、本当に読んで欲しい、本当に売りたいと願う作品を大賞に選ぶのである。テクニックよりもリーダビリティがあり、前例の踏襲よりも新しい試みが評価される賞という性格を自然に帯びた。

結果的に「本のサナギ賞」は、大賞作である本書を筆頭に他の優秀作も含めて、王道の文芸とライトノベルの中間の読み物という領域を新提案することとなった。

近年、他の大手出版社がこぞって立ち上げた、中間層に向けた文庫新レーベルの走りは「本のサナギ賞」であると私は思っている。この賞によってディスカヴァー・トゥエンティワンは、文芸界に一石を投じたといってよい。

一書店員としてこの賞に創設時から関わらせていただけたことを、非常に嬉しく思う。

とくに暗中模索の第一回において、本書『滔々と紅』と出会えたことは「本のサナギ賞」最大の財産であろう。読み終えたときは胸が震えた。完成度の高さで群を抜き、これほど読ませる作品を書く作者が、いままで無名であることが信じられなかった。聞けば、この作品で初めて時代小説を書いたという。

一体どんな人物なのだろう。受賞の報に触れ、とても興味がわいた。授賞式で著者の志坂圭氏にあったときの印象は忘れられない。

私もかなり早く会場入りしたのだが、控室にはすでに荷物が一つ。聞くと、大賞受賞者である志坂氏が誰よりも早く来場し、すぐにどこかに行ってしまったという。

ほどなくして控室には、優秀賞を受賞した他の面々が集まり始めた。私も審査員代表として同席させてもらい、しばらく談笑して過ごしたのだが、開始五分前になっても当の志坂氏はまだ来ない。

関係者が焦り始めたちょうどそのとき、志坂氏は時間ぎりぎりにウィンドブレーカーを着て現れた。会場の帝国ホテル周辺をウォーキングしていたのだという。

さすがに式ではウィンドブレーカーから正装に着替えてはいたが、自分の胸の内に絶対的な基準、価値観、尺度を持つ肝の座った人との印象を受けた。お話しさせていただいた際に、発せられた言葉の端々からもそれは感じられた。作家として独り立ちするために絶対に必要な要素である。新しい常識は、いつだって非常識から生まれるのだ。新たなる才能が産み落とした『滔々と紅』。

この物語を、いまの時代にまったく関係のないお伽話として読むことはたやすい。だが、冒頭に現代の学校を譬えとして用いたのは、そのように捉えて欲しくないからだ。社会に適合するために送る現代の学校生活と、社会から遠ざけて隔離するためにある吉原の生活。対極にあるようにみえて、なぜか重なってしまう現在と過去。

その差は庭に植えられた、一本の紅い桜のようなものなのかも知れない。いまも昔も変わらないのだ。自らの存在が誰かの運命を変えてしまったとしても、与えられた場所に存在すること。根をはり、枝を伸ばし、花を咲かせること。逃れられない「死」を凌駕すべく、時代を超えて繰り返し営まれる「生」の喜び。死があふれるこの物語で「紅」は「血」のイメージと結びつきがちだが、それはあふれる鮮血では決してなく、体中を駆け巡る「熱き血潮」なのである。終章まで読んで、ぜひそのことを確かめていただきたい。

本書は二〇一五年に小社より刊行された著作を改稿し、
文庫化したものです。

滔々と紅
志坂圭

発行日　2017年　2月 25日　第1刷
2020年　1月 15日　第8刷

Discover

Illustrator　山本祥子
Book Designer　bookwall

Publication　株式会社ディスカヴァー・トゥエンティワン
〒102-0093　東京都千代田区平河町2-16-1
平河町森タワー11F
TEL　03-3237-8321(代表)
FAX　03-3237-8323
http://www.d21.co.jp

Publisher　干場弓子
Editor　林拓馬　塔下太朗

Proofreader　株式会社鷗来堂
DTP　アーティザンカンパニー株式会社
Printing　株式会社暁印刷

ISBN978-4-7993-2044-0